Alles Liebe, oder was?

WOLFGANG V. ALT-STUTTERHEIM

# Alles Liebe, oder was?

FSC
www.fsc.org
MIX
Papier aus ver-
antwortungsvollen
Quellen
Paper from
responsible sources
FSC® C105338

**Bibliografische Information der Deutschen Nationalbibliothek:**
Die Deutsche Nationalbibliothek verzeichnet diese Publikation
in der Deutschen Nationalbibliografie; detaillierte bibliografische
Daten sind im Internet über https://portal.dnb.de/ abrufbar.

© 2021 Wolfgang v. Alt-Stutterheim
Umschlaggestaltung: Sabine Schuh, Titelbild: Podulka
Satz, Herstellung und Verlag:
BoD – Books on Demand, Norderstedt

ISBN: 978-3-7526-0176-3

# Inhalt

# 1. Die Theateraufführung

»Franz Sütterlin wurde 1865 hier in Lahr geboren«, erläuterte Hannah Heidenreich ihren Schülern. »Er hat mit seiner Handschrift eine ganze Epoche geprägt. Im 22. Lebensjahr verließ Sütterlin unsere Heimatstadt und ging nach Berlin. Dort hat der Grafiker die Handschrift entworfen. Schon mit zweiundfünfzig Jahren verstarb er 1917 in Berlin. Man sagt, er sei verhungert. Es war eine schreckliche Zeit. Seine Handschrift wurde erst 1941 durch das lateinische Alphabet ersetzt. Auch Bertolt Brecht hat seine ersten Gedichte in Sütterlin geschrieben. Vor dem Abitur werden wir uns noch einmal mit Brecht befassen.«

Ausgerechnet an Melissas siebzehntem Geburtstag wurde die Dreigroschenoper im Deutschunterricht behandelt. Die Abiturienten sollten Brechts Dreiakter in den nächsten Stunden lesen und diskutieren. Der Musiklehrer würde sogar einige Stücke aus der Dreigroschenoper auf dem Klavier spielen. Musikalisch begabte Schüler könnten einige Songs aus der Dreigroschenoper vortragen. Die Lehrerin, Frau Heidenreich, hatte vorsorglich den Direktor von ihrer Absicht informiert. Zunächst hatte der Direktor gegen das Projekt Einwände.

»Frau Heidenreich, wissen Sie, was Sie Ihren Schülern damit antun? Sie werden in den Morast von Dieben und Huren gezogen. Sie sollten sich lieber mit Goethes Faust beschäftigen.«

Sie erwiderte: »Goethe ist auch nicht viel besser. Faust verlässt das arme Gretchen. Schließlich wird sie als Kindsmörderin hingerichtet. Überall lauert Verrat. Das Treiben Fausts steht der Rache der verschmähten Geliebten Jenny in nichts nach. Auch er hat, wie Mackie Messer, ein Bündnis mit dem Bösen geschlossen.« Widerstrebend kam der Direktor dem Wunsch der Deutschlehrerin schließlich nach.

Melissa las das Theaterstück mit zunehmender Begeisterung. Die Rolle von Polly, der Tochter des Bettlerkönigs Peachum, gefiel ihr besonders gut.

*So möchte ich auch einmal eine Ehe eingehen,* überlegte sie. *Heiraten im Pferdestall und dazu noch einen richtigen Kerl, einen wie Mackie Messer! Der ist furchtlos und hat das Glück auf seiner Seite. Mithilfe der Tochter des Polizeipräsidenten flieht er aus dem Gefängnis. Nicht einmal der Galgen kann ihm etwas anhaben. Zu guter Letzt wird er vom König begnadigt und sogar in den Adelsstand erhoben. Und singen dürfen wir auch noch dazu. Ich hoffe, dass Alex den Mackie-Messer-Song übernimmt. Das kann ja eine schöne Geschichte werden. Der Dummkopf hat noch gar nicht bemerkt, dass ich mich in ihn verliebt habe. Wenn ich ihm als Polly meine Herzenswünsche vorsinge, wird er mir nicht mehr widerstehen können. Er wird weinen und meine Sehnsucht verstehen. Die Jana aus unserer Klasse, diese blöde Kuh, die ihm immer schöne Augen macht, wird ihn als Seeräuber-Jenny an den Galgen liefern. Das nennt man »zwei Fliegen mit einer Klappe schlagen«.*

Am nächsten Tag fragte Frau Heidenreich ihre Schüler, ob sie einen Song aus der Dreigroschenoper vortragen wollten. Jana konnte nicht widerstehen. Als verschmähte Geliebte würde sie Mackie der Polizei ausliefern. Alex, der schon immer der Beste im Musikunterricht war, sollte die Moritat von Mackie Messer singen. Schon trällerte er in der Pause: »Und der Haifisch, der hat Zähne, und die trägt er im Gesicht « Er fand sich damit ab, dass ihn Jana als Jenny an die Polizei verpfeifen würde. *Es ist ja nur ein Spiel,* beruhigte er sich.

Jana las den Text mit großem Vergnügen: »Und wenn der Kopf fällt, dann sage ich »hoppla«. Und das Schiff mit acht Segeln und mit fünfzig Kanonen wird entschwinden mit mir.« *Ein schöner Text mit einer starken Musik von Kurt Weill,* dachte sie. *Das Gegenteil ist der Fall, ich möchte tausendmal lieber Alex den Kopf verdrehen.*

Sie schrieb ihm eine WhatsApp: »Lieber Alex, ich freue mich auf unseren Auftritt. Wir können die Songs heute Nachmittag mit Herrn Dreifuß üben.«

Jana staunte nicht schlecht, als beim Singspiel plötzlich Melissa auftauchte.

*Diese eingebildete Zicke muss sich doch überall einmischen. Was soll's. Die dämliche Melissa wird den Mackie Messer nur im Pferdestall anhimmeln. Wunderbar, eine Hochzeit im Stall. Die Pferde werden dabei wiehern, und ich werde ihr meine Glückwünsche überbringen.*

»Liebe Moritatensänger«, begrüßte Herr Dreifuß die sangesfreudigen Bewerber. »Habt ihr die Texte dabei?« »Natürlich«, riefen sie im Chor. »Alex, fängst du mal an: Mack the Knife, bitte.«

Alex begann zu singen, doch Herr Dreifuß korrigierte ihn. »Es heißt nicht: An nem schönen blauen Sonntag liegt ein toter Mann am Strand. Der englische Akzent muss rauskommen, die Szene spielt in London, in Soho. Der tote Mann liegt am Strend.«

»Ja«, sagt Alex: »Der Tote liegt am Strend, das reimt sich auf die nächste Zeile, den man Mackie Messer nennt.«

»Und beim letzten Satz machst du eine verschwörerische Handbewegung. Die Hand muss mit einem Ruck nach unten fallen: Die im Dunkeln sieht man nicht.«

Alex fing noch mal an: »Und der Haifisch, der hat Zähne «

»Wunderbar«, lobte ihn der Musiklehrer »Der Gesang, die Betonung, die Mimik und Gestik. Alles passt gut zusammen.«

»Melissa, du willst auch singen?« Ich weiß nicht recht. Deine Stimme ist für die Rolle der Polly eigentlich nicht geeignet.«

»Doch, Herr Dreifuß, die Polly singt so, wie sie es eben kann. Das Stück hat Kurt Weill bestimmt nicht als Opernarie geschrieben.«

»Na gut«, antwortete der Musiklehrer. »Dann probiere es mal. Denk daran, dass sich Polly in die Arme von Mackie flüchtet. Die Rache ihres Vaters hat sie nicht bedacht. Liebe macht blind. Du bist Polly, die Tochter des Bettlerkönigs. Du flüchtest vor deinem geldgierigen Vater und heiratest aus Protest einen dahergelaufenen Strolch im Pferdestall.« Mitten im Gesang unterbrach sie der Lehrer. »Melissa, wiederhole das noch mal. Achte auf die Betonung: Und als er nicht wusste, was sich bei einer Dame schickt – zu ihm sagte ich nicht nein. Das Wörtchen »nicht« müsstest du stärker betonen.«

»Das geht durch«, nickte der Musiklehrer anerkennend nach ihrem Vortrag. Melissa hüpfte vor Freude in die Luft.

»Und jetzt Jana, bitte: Vergiss nicht, dass du die Seeräuber-Jenny bist. Du wirst Mackie ans Messer liefern. In letzter Minute hat er sich vor den Verfolgern zu dir ins Bordell geflüchtet. Er hatte deine Liebe verschmäht.

So war es schon immer in deinem Leben. Du wurdest nur herumgestoßen. Niemand hat dich wirklich geliebt. Und wenn der Kopf fällt, dann sage ich »Hoppla« ... Das »Hoppla« singst du so, als wäre dir gerade ein kleiner Hund vor die Füße gelaufen. Mit einem Fußtritt verjagst du ihn.«

Auch Jana erntete mit der Moritat die Zustimmung des Musiklehrers.

Melissa war enttäuscht, dass sie in dem ganzen Drama eigentlich nur eine Nebenrolle einnehmen durfte. Die Ehe mit Mackie war nur eine Eintagsfliege. Polly landete wieder bei ihrem rachsüchtigen Vater. Sie schickte Alex eine E-Mail: »Lieber Alex, wäre es nicht schön, wenn wir Brechts Lehrstück Leben einhauchen und eines schönen Tages im Pferdestall heiraten? Davon habe ich schon immer geträumt. Im Gestüt Illertissen bin ich am Sonntagnachmittag mit meinem Pferd unterwegs. Wir könnten uns im Pferdestall treffen. Wenn du mich dort nicht finden solltest, dann frag' nach mir und meinem Pferd Jolanda. Die anderen wissen schon, wo ich gerade stecke.«

Alex schmunzelte, als er die E-Mail las.

*Melissa, dieser unausgegorene Backfisch, schwärmt vom Heiraten im Pferdestall. Ich habe am Sonntagnachmittag nichts Besonderes vor. Warum nicht, ich werde mir den Reiterhof anschauen. Mal sehen, was Melissa da so treibt. Im Unterricht kriegt sie kaum den Mund auf. Die ist ziemlich schüchtern und dazu dürr wie eine Zaunlatte. Ich wundere mich eh, dass die schon 17 ist. Bei ihrer schrillen Kinderstimme könnte man meinen, dass sie gerade mal 14 Jahre alt ist. Sie erfüllt sich ihren Mädchentraum und reitet ein Pferd. Dass ich nicht lache, ein Schulmädchen macht mir einen Heiratsantrag. Sie träumt von*

*Polly und will mich im Pferdestall heiraten. Mal sehen, was sie sonst noch anzubieten hat. Ich habe gehört, dass es im Gestüt von Illertissen schöne Grauschimmel gibt. Mit meinem Mofa bin ich schnell bei ihr drüben. Hoffentlich kann sie schon reiten. Beim Ausmisten des Stalles werde ich ihr bestimmt nicht helfen.*

Am Sonntagnachmittag suchte Alex vergeblich nach seiner Verehrerin. Sie war mit ihrem Pferd unterwegs. »Die müsste gleich wieder da sein«, sagte Melissas Freundin. »Schau mal rüber zur Koppel.«

Im Galopp jagte Melissa mit ihrem Pferd heran. Sie erkannte Alex schon von Weitem. Die rote Kappe mit dem Emblem seiner Fußballmannschaft war unübersehbar. Atemlos stieg sie von ihrem Pferd. Fast wäre sie ihm vor lauter Freude um den Hals gefallen.

»Hallo Alex, schön, dass du gekommen bist. Ich habe nicht mit dir gerechnet. Entschuldige bitte, die E-Mail war nicht so ernst gemeint. Ich hatte mich zu sehr in Polly hineingesteigert.«

»Warum?«, fragte er. »Hast du an mir einen Narren gefressen? Polly ist von ihrer Familie abgehauen und hat sich Hals über Kopf in Mackie Messer verknallt. Sehe ich aus wie ein Bandit? Schlimmer noch, wie einer, der ahnungslose Menschen ausraubt und umbringt?«

Melissa schaute Alex verwundert an: »Auf diesen Gedanken bin ich noch nie gekommen. Jetzt muss ich erst mal das Pferd in den Stall bringen, es bürsten und trocken reiben. Hilfst du mir dabei?«

»Wenn's sein muss«, knurrte Alex.

»Hier, nimm mal den Gummistriegel und reib den gröbsten Dreck ab. Immer schön langsam mit der Bürste kreisen. Bitte das Fell nicht gegen den Strich bürsten, immer von vorne nach hinten und von oben nach unten. Du machst das gut, Alex. Man könnte meinen, dass du das von der Pike auf gelernt hast. Ich kümmere mich erst mal um die Mähne. Sieh mal, die ist ganz verknotet.«

Im Handumdrehen wurde Alex in die Pferdepflege einbezogen. Er wunderte sich.

*Die ist ganz schön raffiniert. Ich habe Jahre gebraucht, um mich den Befehlen meiner großen Schwester zu widersetzen. Und jetzt kommt die piepsige Melissa daher und spannt mich für die Pferdepflege ein. Ich bin eben ein gutmütiger Trottel. Wahrscheinlich hat mir das meine Schwester schon früh eingetrichtert. Welcher Teufel hat mich bloß geritten, dass ich Melissas Einladung gefolgt bin? Na ja, es kann nicht schaden, wenn ich meinen Horizont erweitere. Der kräftige Grauschimmel wartet geduldig auf seine Fellpflege. Später steht er im Stall und wartet auf sein Futter. Der nächste Ausritt steht bevor. So ist das Leben*, dachte sich Alex. *›Immer warten auf das nächste Highlight. Essen, trinken, schlafen, und morgen geht es weiter. Wir träumen gut, wir träumen schlecht, der nächste Tag wartet schon auf uns.*

»Prima, Alex, jetzt kommt der Kopf dran. Nimm dafür bitte die weiche Bürste. Vorsichtig, Jolanda ist am Kopf sehr empfindlich. Den Schweif übernehme ich, da hast du nichts zu suchen. Oder möchtest du dich mit Pferdeäpfeln beschäftigen?«

Alex stöhnte. »Sind wir bald fertig?«

»Nur noch eine Kleinigkeit«, beruhigte sie ihn. »Wir müssen die Hufe noch mit dem Hufkratzer säubern.«

»Mir reicht's jetzt!«, sagte Alex. »Ich habe keine Lust, mit einem kräftigen Tritt durch den Stall zu fliegen.«

»Keine Sorge«, tröstete sie ihn, »das ist für mich reine

Routinesache.« – »War es schlimm?«, fragte Melissa ihren Schulfreund.

»Ich bin begeistert!«, rief Alex. »Alles ging reibungslos. Was soll ich sagen – Jolanda liebt dich. Wie oft bist du eigentlich hier?«

»Am liebsten jeden Tag, aber ich habe nur an drei Nachmittagen Zeit.»Strahlend schaute sie Alex an. Sie reichte ihm die Hand. »Können wir Freunde werden?«

»Freunde?«, fragte er. »Gestern wolltest du mich am liebsten im Pferdestall heiraten.«

»Immerhin hat Jolanda freudig gewiehert, als du mit langsam kreisenden Bewegungen über ihr Fell gegangen bist.«

»Melissa, das Ganze ist ein Missverständnis. Lies doch bitte noch mal deine Rolle in der Dreigroschenoper nach. Ich bin nicht Mackie Messer, und du bist nicht Polly Peachum, die im Pferdestall ihren Angebeteten heiratet. Ich freue mich, dass dich wenigstens dein Pferd liebt.«

»Alex, die Liebe beruht auf Gegenseitigkeit! Möchtest du nicht auch einmal auf einem Grauschimmel reiten? Ich habe für Pferdefreunde immer ein offenes Herz.«

Alex zögerte: »O.K, ich könnte es mal versuchen. Ich habe nichts dagegen, mich mal auf deinen Gaul zu setzen. Aber Reiten wird nie und nimmer ein Hobby für mich. Schließlich habe ich meinen Fußballverein.«

Melissa lächelte: »Willkommen im Gestüt Illertissen. Genauso wenig werde ich mich auf dem Fußballplatz herumtreiben. Aber eins haben wir doch gemeinsam. Ich reite bei jedem Wetter, und ihr spielt Fußball, egal, ob es regnet oder schneit. Ihr wascht nach jedem Spiel eure dreckigen Klamotten und ich meine Reiterhose.«

»Oh«, höhnte Alex, »so viele Gemeinsamkeiten, das hätte ich gar nicht erwartet.«

Melissa: »Im Gegensatz zu dir liebe ich mein Pferd. Während ihr wie losgelassene Hunde dem Ball hinterherrennt und ihn nach dem Spiel nur mal schnell unter die Dusche haltet, behandle ich mein Pferd mit Liebe und Sorgfalt.«

»Lass es gut sein«, lenkte er ein. »Wenn Blicke töten könnten! Wir müssen uns deswegen nicht streiten. Jeder macht sein Ding. Jeder macht das, was ihm Spaß macht. Auf meinem Moped ist noch Platz für dich. Soll ich dich nach Hause bringen?«

»Meinetwegen, aber eines musst du mir noch versprechen: Sag' nie wieder »Gaul« zu meinem Pferd!« »Versprochen«, antwortete Alex schmunzelnd.

Ein paar Tage später war es so weit. Die Proben der Dreigroschenoper fanden im Musikzimmer statt. Herr Dreifuß saß am Klavier. Frau Heidenreich betrat fröhlich das Zimmer.

»Ich hoffe, ihr habt euch gut vorbereitet, die Rollen sind verteilt. Wir haben für das Lesen der Dialoge und den Gesang genug Zeit: Alex hat den Mackie-Messer-Song eingeübt, Melissa trägt die Liebeswünsche von Polly vor, und Jana wird den Vortrag mit ihrem Lied abrunden.«

Die Zeit verging wie im Flug. Frau Heidenreich lobte die Akteure. »Wunderbar!«, rief sie. »Der Gesang hat mich beeindruckt. Ihr könnt stolz auf euch sein. Melissa hat die Herzenswünsche von Polly gut rübergebracht.« Auch Herr Dreifuß nickte zufrieden.

Melissa ging frohen Herzens nach Hause.

*Ich habe sicherlich 100 Punkte bei Alex gewonnen. Na ja, da* ist noch Jana. Aber die werde ich ausstechen. Es hat mir einen kalten Schauer über den Rücken gejagt, als sie triumphierend sang: Und wenn der Kopf fällt, dann sage ich »hoppla«. So etwas kann nur eine herzlose Schlange von sich geben. Ich werde am Mittwoch zum Fußballplatz gehen und Alex beim Training anfeuern. Dann werde ich ihn zum Reiten einladen. Mal sehen, ob er sich auf dem Pferd halten kann. Aber das wird schon klappen, Jolanda hat ja schon seine Bekanntschaft gemacht.

# 2. Verabredungen

Auf dem Nachhauseweg zitierte Melissa noch einmal die Verse von Polly: »Und als er nicht wusste, was sich bei einer Dame schickt, zu ihm sagte ich nicht »nein«.

*Das ist es,* schoss es ihr durch den Kopf.

*Mit einem Lackaffen will ich nichts zu tun haben. Alex, der auf dem Fußballfeld keinen Rempler scheut, dem Dreck und Schlamm egal sind, zu dem sage ich nicht nein. Hurra! Das ist heute bestens gelaufen. Das hässliche Entlein hat sich in einen Schwan verwandelt. Endlich wurde ich von den Lehrern gelobt. Und ich glaube sogar, dass mich Alex bewundert hat. Vielleicht werde ich eines schönen Tages als Schauspielerin verehrt und berühmt. Früher hatte ich geglaubt, dass ich, wie meine Mutter, nur zur Hausfrau taugen würde. Sie hatte keine Chance, über den Tellerrand hinauszublicken. Als sie zusammen mit den Großeltern aus Kasachstan nach Deutschland übergesiedelt sind, waren sie froh, ein Dach über dem Kopf und genug zum Essen zu haben.*

Melissa begrüßte ihre Mutter gut gelaunt. Ihr jüngerer Bruder saß wie immer an der Playstation und spielte irgendein Ego-Shooterspiel. Er hatte sich die Kopfhörer übergestülpt und gab laut schreiend Befehle an seine Kampfgefährten durch. Gleichzeitig rasten seine Finger über die Tastatur. Melissa würdigte er keines Blickes.

»Mama, das war heute ein gelungener Tag. Ich habe das »Lied der Polly« gesungen. Möchtest du den Text lesen?«

Die Mutter überflog das Pamphlet. »Meine Güte, da wundert mich nichts mehr! So was lernt man heutzutage in der Schule? Habt ihr nichts Besseres zu tun?«

»Aber Mama, das ist die Dreigroschenoper von Bertolt Brecht.«

»Wer soll das sein? Den Namen habe ich noch nie gehört. Wir hatten damals keine Zeit, uns mit Dichtern und Denkern zu befassen. Ich habe in Kasachstan die Dorfschule besucht und war froh, dass wir lesen und schreiben gelernt haben. Zu Hause durften wir Deutsch sprechen. Meine Eltern wurden 1941 von Stalin als Wolgadeutsche nach Kasachstan vertrieben. Sie wurden verdächtigt, mit den Nazis gemeinsame Sache zu machen. Abertausende sind damals auf dem Weg nach Sibirien oder Kasachstan vor Hunger gestorben oder in Viehtransportern erfroren. Überall vermuteten Stalin und der KGB Spione und Volksverräter. Viele Männer sind bei der Vertreibung einfach erschossen worden. Wir waren froh, dass wir als Russlanddeutsche nach Deutschland auswandern durften. Davon weißt du nichts, mein Kind, du bist hier im Schwarzwald geboren. Viele Russlanddeutsche leben hier. Ich bin froh, dass du die schweren Zeiten nicht mitbekommen hast. Du gehst sogar aufs Gymnasium. Nur dein Bruder macht mir Sorgen. Womöglich bleibt er in diesem Jahr sitzen, dieser Tunichtgut. Sieh ihn dir doch nur an: Den ganzen Tag spielt er am Computer. Auf mich hört er nicht. Erst wenn der Vater abends nach Hause kommt, pariert er, wenn er von ihm ein paar hinter die Löffel kriegt. Dein Vater hatte es hier auch nicht einfach. Er war froh, dass er trotz seines steifen Beines im Schlachthof eine Stelle gefunden hat. Wir hatten wirklich andere Sorgen. Gerold, jetzt ist Schluss, hör endlich auf!«

»Ich bin gleich fertig«, gab er zurück.

»He!«, rief Melissa. »Hast du nicht gehört, was deine Mutter gerade gesagt hat? Du bist nicht mehr ganz klar in der Birne. Warte nur, gleich kommt der Vater heim.«

Gerold antwortete nicht. Er hämmerte weiter auf die Tasten ein und starrte auf den Bildschirm.

Melissa gab auf: »Es hat keinen Zweck, der lebt in einer anderen Welt. Eins ist mir heute klar geworden«, sagte sie zu ihrer Mutter. »Ich werde Schauspielerin.«

»Wie kommst du nur darauf?«, fragte die Mutter. »Es gibt wirklich wichtigere Dinge im Leben.«

»Doch, ich möchte Schauspielerin werden. Frau Heidenreich und der Musiklehrer haben mich auf die richtige Spur gebracht.«

»Und was wird aus unserem Garten?«, fragte die Mutter.

»Garten hin, Garten her«, widersetzte sich Melissa. »Nach dem Abitur werde ich auf eine Schauspielschule gehen. Ich habe es endgültig satt, hier das Hausmädchen zu spielen.«

Melissas Mutter kämpfte mit den Tränen. »Ist das dein Ernst?«

»Bis zum Abitur werde ich bei euch bleiben. Mir geht hier allmählich alles auf die Nerven. Gerold sitzt immer nur am Computer, du werkelst im Garten herum, und der Vater kippt sich abends nach der Arbeit Wodka hinter die Binde. Mit dem kann ich nicht reden. Der hat sowieso immer recht.«

»Melissa, überleg doch mal. Als Schauspielerin schwebst du in der Luft. Die Regisseure und Produzenten sind Luftikusse. Schauspielerin, das ist kein solider Beruf. Na gut, Papa schuftet im Schlachthof und sortiert die Schweinehälften. Aber du solltest etwas Anständiges lernen. Du könntest bei der Stadt anfangen oder eine Beamtenlaufbahn einschlagen. Vielleicht möchtest du Architektin werden? Aber bitte keine Schauspielerin! Möchtest du wirklich von der Hand in den Mund leben?«

»Mama, wir leben nicht in Kasachstan. Ich brauche keinen Garten, kein Häuschen auf dem Land und kein Bügelbrett. Es tut mir leid, aber in diesem Kuhdorf habe ich wirklich keine Zukunft.«

»Kuhdorf?«, entrüstete sich die Mutter.« »Lahr ist die bedeutendste Stadt in Südwest-Baden. Und überhaupt, was wird aus deinem Pferd? Wirst du es nicht vermissen?«

»Ich werde Jolanda besuchen, so oft ich kann.«

Die Mutter legte schließlich ihren Arm auf Melissas Schulter. »Liebes Kind, ich bin immer für dich da.« Auch Melissa musste weinen. Die schweren Schritte des Vaters waren auf der Treppe zu hören. Gerold räumte eiligst die Spielekonsole weg.

Am Mittwoch ging Melissa zum Fußballplatz. Alex war gerade mitten im Gefecht. Als Mittelstürmer rackerte er sich richtig ab. Am rechten Spielfeldrand schoss ein Mitspieler eine steile Flanke zu Alex. Der nahm den Ball an und verwandelte die Steilvorlage in einen Schuss aufs Tor. Der Ball prallte an einem seiner Gegenspieler ab und landete außerhalb des Spielfeldes in der Nähe von Melissa. Plötzlich sah Alex Melissa. *Ah, die Tussi verfolgt mich.* Doch ihr unverhofftes Auftauchen schmeichelte ihm.

Der Trainer lief auf Melissa zu. »Guten Tag, was für eine Ehre. Wem hältst du denn die Daumen?«

»Es ist doch schön, zu sehen, dass sich auch mal die Jungs abrackern müssen«, wand sie sich heraus. »Da kann man mal sehen, dass nicht nur die dümmsten Bauern die größten Kartoffeln ernten. Alex und Franz sind doch wirklich gut drauf, oder?«

»Am Sonntag spielen wir gegen die Mannschaft von Holzhausen. Es ist ein Freundschaftsspiel. Du kannst gerne vorbeikommen und unsere Jungs anfeuern«, erwiderte der Trainer.

»Oh, das klappt leider nicht. Am Sonntag haben wir ein Turnier. Aber ich halte euch natürlich die Daumen. Kannst du Alex bitte Bescheid geben? Ich möchte ihm die Abschrift von der letzten Stunde zukommen lassen. Er musste heute früher nach Hause, weil seine Mutter einen Unfall in der Küche hatte.«

»Ich sag ihm Bescheid«, versprach Gerd.

Als Alex die Dusche verließ, wartete Melissa schon im Gang auf ihn. »Was für eine Abschrift?«, fragte er.

»Vergiss es«, antworte sie. »Ich wollte dich nur mal beim Fußballtraining sehen. Unser Gespräch vom letzten Sonntag geht mir nicht aus dem Kopf. Ihr macht ja wirklich ein schweißtreibendes Training. Außerdem wollte ich mich für die losgelassenen Hunde, die einem Ball hinterherrennen, entschuldigen.«

»Schon gut, das habe ich dir nicht übel genommen. Die Mädels sitzen manchmal gerne auf dem hohen Ross.«

»Bitte Alex, wir sollten uns nicht schon wieder streiten. Am nächsten Sonntag veranstalten wir im Reiterhof ein Turnier. Und ich weiß, dass ihr am Sonntag darauf brennt, es den Jungs aus Holzhausen heimzuzahlen. Aber morgen Abend hätte ich Zeit. Wir könnten uns drüben am Storchenturm treffen und ein bisschen miteinander quatschen. Außerdem habe ich ein paar Liebesgedichte von Brecht gelesen. Er erzählt so traurige Geschichten von Liebe und Einsamkeit. Die könnten wir gemeinsam lesen.«

Alex fragte: »Am Storchenturm?«

»Ja, du kennst doch den Turm an der Stadtmauer.«

»Hm, ein romantischer Vorschlag, Liebesgedichte von Brecht am Storchenturm lesen. Aber versprich mir bitte, dass wir nicht über Pferde reden.«

»O.K. Und du verlierst keine Silbe über Fußball.«

Am nächsten Abend wartete Melissa vor dem Turm auf ihren Mackie Messer. Der Frühling war bereits mit aller Macht ins Breisgauer Land eingezogen.

»Hallo Melissa!«, rief Alex, »beinahe hätte ich es nicht rechtzeitig geschafft. Ich sollte meinem Vater beim Reparieren unseres Gartenhäuschens helfen. Die Bretter sind im letzten Winter morsch geworden. Ich habe mich mit der Ausrede abgesetzt, ich müsste mich dringend auf eine Schulaufgabe vorbereiten.«

»Das fängt ja gut an«, meinte Melissa. »Lügen haben kurze Beine.«

»Lügst du denn nie?«

»Jetzt hast du mich erwischt,« gestand sie. »Ich habe meinen Eltern erzählt, dass ich meine Freundin Veronika treffe. Ich würde mit ihr »Französische Konversation« für die Abi-Prüfung vorbereiten. Um Ausreden sind wir nicht verlegen«, lachte sie. »Wie ist es dir beim Singen von Mackie Messer gegangen?«

Alex: »Das ist eine schöne Passage, die sich Brecht da ausgedacht hat: Man sieht nur die Zähne des Haifischs, doch das Messer sieht man nicht. Der Haifisch ist wenigstens ehrlich.«

»Wieso?«, fragte Melissa. »Der Haifisch will mit seinen

scharfen Zähnen einen guten Fang machen, und Mackie will es auch. Beide schlagen gerne aus dem Hinterhalt zu.«

»So kann man das nicht sagen, Melissa. Es macht doch einen Unterschied, ob jemand seine Waffen offen im Gesicht trägt oder ein Bandit einen ahnungslosen Menschen in der Nacht umbringt. Mackie Messer schlägt aus dem Hinterhalt zu. Die Gier nach Geld treibt ihn an. Der Haifisch muss überleben. Mackie könnte sich auch durch ehrliche Arbeit über Wasser halten. Der Hai ist ein Fisch, wie ihn Gott geschaffen hat, aber Mackie Messer ist hinterhältig. Niemand zwingt ihn dazu, ein Verbrechen zu begehen. Der Hai jagt die Beute, um zu überleben, aber Mackie will sich bereichern.«

»Stimmt«, gab Melissa zu. Insgeheim bewunderte sie Alex wegen seiner klugen Worte.

»Und wie ging es dir bei dem Gesang von Polly?«

»Ich konnte mich in Polly gut einfühlen. Erst beschreibt sie, was sie alles nicht möchte, und dann wünscht sie sich einen Kerl, der sich um die Etikette einen Dreck schert. Genauso einen will sie. Vor ihm schmilzt sie dahin.«

»Glaubst du wirklich, Melissa, dass ich so einer bin? Bei dir sind wohl einige Sicherungen durchgebrannt, als es um die Hochzeit im Pferdestall ging. Bist du womöglich mit deinem Pferd verheiratet?«

»Alex, was soll das? Ich habe mich schon bei dir entschuldigt. Die Rolle von Polly hat mich begeistert, dann ist es eben passiert. Für ein paar Stunden hatte ich den Kopf verloren. Hast du so was beim Fußball noch nie erlebt? Ein Gegner foult dich, und du möchtest ihm am liebsten eine reinhauen. Rein logisch gesehen wäre das falsch, aber dein Gefühl sagt dir, dass du es tun solltest.«

»Das kenne ich«, sagte Alex. »Gefühl und Kopf, das sind eben zwei Paar Stiefel. Wenigstens bin ich beruhigt, dass du mich nicht im Pferdestall heiraten möchtest.«

Melissa fragte: »Warum hast du mich im Reiterhof besucht, und warum treffen wir uns hier am Storchenturm? Eigentlich wollte ich mit dir Liebesgedichte von Brecht lesen. Vor lauter Aufregung habe ich sie zu Hause liegen gelassen.«

»Also Melissa, wie konntest du nur das Wichtigste vergessen? Oder war es bloß ein Vorwand, um mich zum Storchenturm zu locken?« Alex grinste und näherte sich ihren Lippen. Melissa wusste nicht, wohin sie schauen sollte. Alex strich ihr über das Haar und gab ihr einen zärtlichen Kuss.

»Alex«, flüsterte sie, »warum küsst du mich? Der Schiedsrichter hat dir das doch verboten. Du solltest dich an die Regeln halten.«

»Liebe Polly«, gab er zurück, »ich wusste, dass du nicht nein sagen würdest.« Eng umschlungen verweilten sie an einem Baum. Die Zeit verflog.

Melissa schaute auf die Uhr. »Meine Güte, ich sollte schon längst zu Hause sein. Meine Mutter hat womöglich bei meiner Freundin angerufen, weil sie sich Sorgen macht. Aber Veronika ist eingeweiht. Ihr wird schon eine passende Ausrede einfallen.«

Auch Alex schaute erschrocken auf seine Uhr. »Wahrscheinlich werkelt mein Vater noch am Gartenhäuschen herum. So, wie ich den kenne, findet der kein Ende, bis er tot umfällt.«

»Hoffentlich bist du nicht so wie dein Vater«, entgegnete Melissa.

»Also dann bis morgen, Polly, äh, Melissa.«

»Pass bloß auf, Mackie Messer, dass du nicht am Galgen landest«, rief sie ihm nach.

Melissa wurde von ihrer Mutter eindringlich gemustert. »Du warst aber heute sehr lange bei Veronika. Was ist mit deinem Kleid los? Sei bloß froh, dass der Vater schon schläft.« Dann strich sie ihrer Tochter über das Haar und schaute sie besorgt an.

»Jaja, die »französische Konversation« hat heute bei Veronika etwas länger gedauert. Zu dumm, dass ihr das Licht an der Gartentür ausgemacht habt. Ich bin mit dem Kleid an einem Baum hängen geblieben.«

»Jetzt aber schnell ins Bett, Melissa. Hoffentlich bist du morgen in der Schule wieder fit.«

»Kein Problem, Mama, ich habe heute meine Lektion gut gelernt.«

Frau Heidenreich lobte ihre Schüler. »Ich war sehr beeindruckt, wie gut ihr die Dreigroschenoper gespielt habt.«

»Was meinen Sie, Frau Heidenreich, warum hat die See-räuber-Jenny den Mackie Messer an die Polizei verraten?«, fragte Jana.

»Das ergibt sich doch aus der Logik des Stückes«, erwiderte die Lehrerin. »Der skrupellose Mackie benutzt die Frauen, die ihm gerade nützlich sind. Die Jenny durchschaut ihn und rächt sich für die verschmähte Liebe.«

»Das leuchtet mir ein«, erwiderte Jana.

Melissa hatte das Gefühl, dass die Botschaft eigentlich an Alex ging.

Jana fragte ihn in der Pause: »Wann spielt ihr gegen die Holzhausener Mannschaft?«

»Am Sonntagnachmittag.«

»Prima!«, erwiderte Jana. »Dann bin ich am Sonntag auf dem Fußballpatz und drücke euch die Daumen.«

Melissa bedauerte, dass sie am Sonntag am Turnierreiten teilnehmen musste. Sie hätte Alex und seine Mannschaft gerne angefeuert. Sie tröstete sich: »Auf mehreren Hochzeiten kann ich nicht gleichzeitig tanzen.«

Jana trug am Sonntagnachmittag eine rote Fußballkappe mit dem Emblem der Mannschaft. Sie feuerte die Burschen aus Lahr an. Alex erntete beim ersten und zweiten Tor großen Jubel. Der Sieg war perfekt. Jana eilte nach dem Abpfiff auf das Spielfeld und beglückwünschte ihn zu den Toren. »Alex, du hast eine große Karriere als Fußballer vor dir. Ich wusste gar nicht, dass du mit dem linken und dem rechten Fuß gleich gut draufhalten kannst.«

»Nicht umsonst hat mich der Trainer als Stürmer aufgestellt«, sagte Alex.

Jana umarmte ihn. »Alex, kommst du am nächsten Samstag zu meiner Geburtstagsfeier? Ich habe ein paar Leute eingeladen. Das wird bestimmt eine coole Party.«

»Warum nicht?«, sagte Alex. »Es wäre schön, wenn ich auch noch ein paar Jungs aus unserer Mannschaft mitbringen dürfte.«

»Na klar, bring alle mit, euren Trainer Gerd werde ich höchstpersönlich einladen.«

Am Samstagabend erwartete sie ungeduldig ihre Gäste. Janas Mutter hatte sich ins Zeug gelegt und ein reichhaltiges Büfett vorbereitet. »Jetzt lernst du auch noch die Jungs aus dem Fußballverein kennen. Alex, Franz und der Trainer sind auch dabei«, sagte sie zu ihrer Mutter.

»Wenn sie sich gut benehmen«, antwortete die Mutter, »habe ich nichts dagegen. Ich wusste gar nicht, dass du dich für Fußball begeisterst.« Jana lachte. »Oder interessierst du dich vor allem für die Jungs vom Fußballverein? Aber denk daran, die Abiturprüfung steht vor der Tür. Wenn du dich verliebst, kriegst du nichts mehr in deinen Kopf rein.«

»Mutter, mit achtzehn bin ich erwachsen. Du willst mir doch keine Vorschriften machen, oder?«

»Ja, mein Kind, du bist jetzt erwachsen. Vorschriften habe ich dir noch nie gemacht. Du hast alles im Griff und bist bestimmt nicht auf den Kopf gefallen. Lebenserfahrung musst du selber sammeln. Im Sexualkundeunterricht hast du hoffentlich gut aufgepasst.«

»Mutter, bitte, was soll das?«

»Nichts für ungut, Jana. Als damals deine Großeltern aus dem Sudetenland geflüchtet sind, haben wir vor allem ums Überleben gekämpft. Sie waren froh, dass sie wenigstens mich durchgebracht haben. Mein älterer Bruder hat die Flucht nicht überlebt. Jahre später haben mich meine Eltern mit deinem Vater verkuppelt. Sie hatten für mich den passenden Mann ausgesucht. Aber ich war damals nicht unglücklich. Schwamm drüber. Heutzutage redet man von Liebe, wir mussten seinerzeit ans Überleben denken.«

»Willst du für mich auch einen Mann aussuchen?«, empörte sich Jana.

»Gott bewahre. Lass es gut sein. Wir wollen an deinem achtzehnten Geburtstag keine Probleme wälzen, sondern ihn mit deinen Freunden feiern.«

Allmählich trudelten die Gäste ein. Alex gratulierte Jana. Sie trug an ihrem Festtag ein weißes Faltenröckchen mit einem eng anliegenden roten Shirt. Passend dazu trug sie ihre roten Turnschuhe. Ihr blondes Haar hatte sie mit einer Strohblume geschmückt.

»Meine Herren«, sagte die Mutter, »langen Sie bitte kräftig zu. Ich hoffe, dass Sie ordentlich Appetit mitgebracht haben. Für die Fußballer habe ich extra gesunde Beilagen vorbereitet.«

Alex lächelte Janas Mutter zu: »Danke für die überraschende Einladung. Es sind eine Menge Leute hier, die ich noch nicht kenne. Jana hat heute sogar die ganze Fußballmannschaft eingeladen.«

»Alex, wir kennen uns doch. Ich habe dich schon mal im Schulchor gesehen. Jana hat mir von dir erzählt. Anscheinend bist du nicht nur ein begnadeter Sänger, sondern auch noch ein ausgezeichneter Fußballer. Nur keine Umstände, Alex.« Sie reichte ihm die Hand: »Du kannst mich ruhig »Gerlinde« nennen. Ich hasse es, wenn alles so förmlich zugeht.« Sie lächelte Alex an.

Alex und sein Fußballteam sangen ein »Happy Birthday« für das Geburtstagskind. Jana war überglücklich. Alex überreichte ihr einen bunten Blumenstrauß. Artig bedankte sich Jana und tauschte mit ihren Gästen unzählige Küsschen aus. Sie beglückwünschte Alex noch einmal zu dem glorreichen Sieg am letzten Sonntag.

»Du hast doch die Sache mit der Seeräuber-Jenny nicht persönlich genommen?«

Alex schüttelte lachend den Kopf: »Warum sollte ich, es ist doch nur ein Theaterstück. Und außerdem, wenn mich mein Gedächtnis nicht täuscht, bin ich nicht auf der Flucht vor der Polizei und suche bei dir keinen Unterschlupf.«

»Ich würde dich niemals verraten, Alex.« Dabei schaute

sie ihm tief in die Augen und legte ihre Hand auf seine Schulter. »Habe ich dir schon erzählt, dass ich im Tischtennisverein spiele?« Alex schaute sie verwundert an. »Wir trainieren immer donnerstags. Du könntest doch mal bei uns vorbeischauen. Das Training ist bestimmt auch für Fußballer gut. Wir sind flink auf den Beinen und müssen blitzschnell reagieren. Merkst du was? Das Tischtennisspiel ist eine wunderbare Ergänzung zum Fußball.«

»Das klingt gut«, meinte Alex.

»Wir beide sind sogar im gleichen Sportverein, im TSV Lahr«, fügte Jana hinzu. »Wir haben im Tischtennisverein zu wenige Männer. Aber versteh das bitte nicht falsch. Kannst du Tischtennis spielen? Wenn du mit mir üben möchtest, könnten wir das auch auf unserer Terrasse machen. Wir haben eine Tischtennisplatte mit viel Platz.«

»Tischtennis habe ich früher mal gespielt, im Park auf einer Steinplatte. Der Franz hat mich meistens geschlagen. Der hat so trickreich gespielt, dass ich zum großen Teil mit dem Ballaufheben beschäftigt war. Das Schöne war, dass ich beidhändig spielen konnte. Wenn es mir langweilig wurde, habe ich den Schläger einfach in die linke Hand genommen. Dann hat sich Franz nur noch die Augen gerieben. Er wusste nicht mehr, auf welcher Seite der Ball landen wird.«

»Alex, du bist ein Genie. Ich freue mich auf unser erstes Match. Kannst du auch einen Schmetterball hinüberziehen?«

»Und ob«, erwiderte Alex. »Aber das ist nicht meine Stärke.«

»Und die wäre?« »Das Schneiden liegt mir besser. Der Ball taumelt, wenn er auf deiner Seite landet.«

»Er taumelt?«

»Ja, im Bruchteil einer Sekunde musst du den Schläger unter den Ball schieben und ihn schnell zurückpfeffern.«

»Kannst du mir das mal zeigen?«

»Wie soll ich dir das zeigen? Wir stehen hier nicht an der Tischtennisplatte!«

»Also stell dir vor, ich bin der Ball, ich lande auf deiner Seite, ich taumle, und du schiebst blitzschnell den Schläger unter mich.«

»Und was machen wir jetzt?«, fragte Alex.

Wie vom Blitz getroffen schwankte Jana, gleich darauf taumelte sie. Was blieb Alex übrig? Er fing sie mit seinen Armen auf.

»Danke, Alex, du hast mich gerettet.«

»Du bist ganz schön raffiniert!«, stöhnte Alex.

»Alex, du bist wirklich gut, deine Reflexe funktionieren bestens. Gratulation, ich wäre ohne dich ins Bodenlose gefallen.« Sie gab ihm ein Küsschen. »Oh, Alex, ich bin sehr gespannt auf unser Spiel. Meine Mutter hätte bestimmt nichts dagegen, wenn wir bei uns auf der Terrasse üben.«

Alex zögerte: »Na ja, ich komme erst mal am Donnerstag bei euch im Sportverein vorbei.«

»Alex!«, rief seine Mutter am Sonntagvormittag. »Was ist los? Wir warten auf dich. Bitte steh endlich auf.« Seine Schwester Amely warf ihm am Frühstückstisch verächtliche Blicke zu.

»Hast du gestern bei der Superparty von Jana zu viel gebechert?«

»Lass mich in Ruhe«, zischte er zurück. »Du solltest dich

lieber um deine Angelegenheiten kümmern. Schau dich mal im Spiegel an. Du siehst einfach scheiße aus.«

Fast wäre ihm Amely an die Gurgel gesprungen.

»Ruhe!«, schrie der Vater. »Müsst ihr euch immer angiften? Wenigstens am Sonntag möchte ich meine Ruhe von euch beiden haben.«

Stumm schaufelten Alex und Amely ihr Müsli in sich hinein.

Wenig später verzog sich Alex in sein Zimmer. Gedankenverloren ließ er die letzten Tage an sich vorüberziehen.

*Die Ereignisse haben sich überschlagen. Melissa hat sich in mich verliebt, Jana lässt auch nicht locker. Die beiden mögen sich nicht, und ich stehe dazwischen. Für welche soll ich mich entscheiden? Beide haben mich auf dem Fußballplatz besucht und über den grünen Klee gelobt. Melissa liebt ihre Pferde, und Jana ist eine begeisterte Tischtennisspielerin. Melissa hat etwas Kindliches, aber sie ist bestimmt nicht auf den Kopf gefallen. Das Lied der Polly hat sie wirklich gut gesungen. Jana weiß, was sie will und ist außerdem ziemlich raffiniert. Sogar ihre Mutter hat mich in den Himmel gehoben. Das Techtelmechtel mit Melissa am Storchenturm und das Küsschen von Jana sollten mich nicht gleich in Verwirrung bringen. Was soll ich tun? Am besten, ich lasse die Dinge erst mal auf mich zukommen.*

»Ich habe gehört«, sagte Veronika zu Melissa, »dass Jana die ganze Fußballmannschaft zu ihrem Geburtstag eingeladen hat. Natürlich war der Alex auch dabei. Die lässt wirklich nichts anbrennen.«

Melissa zuckte zusammen. »Was du nicht sagst. Ich hatte schon immer das Gefühl, dass diese Schlange ihn umgarnt.« Melissa erinnerte sich an das Rendezvous mit Alex am Storchenturm.

*Soll ich um ihn kämpfen oder ihn einfach vergessen? Vielleicht hatte Jana ihn in eine Falle gelockt. Der traue ich alles zu. Ich werde mich noch mal mit ihm treffen. Die Geschichte von der Hochzeit im Pferdestall lässt mich nicht los. Es muss ja nicht gleich eine richtige Hochzeit werden. Er hatte mir versprochen, mit mir zu reiten.*

Am Mittwoch war wieder Fußballtraining. Alex war heute mit seinen Gedanken nicht ganz bei der Sache.

*Morgen werde ich Jana treffen. Vielleicht wird sie mich in Grund und Boden hauen,* grübelte er. Beim Aufwärmtraining knickte ihm plötzlich der Fuß weg. Unter Schmerzen humpelte er vom Platz.

Der Trainer riet ihm, erst einmal zum Arzt zu gehen. »Vielleicht hast du dir eine Zerrung am Knöchel zugezogen. In der nächsten Woche werden wir weitersehen. Erst mal gute Besserung.«

*Das Tischtennistraining kann ich fürs Erste vergessen. Eigentlich schade,* dachte sich Alex.

Melissa fragte Alex, ob er sie am Sonntagnachmittag im Reiterhof in Illertissen besuchen wollte.

»Ich weiß nicht«, entgegnete er: »Ich kann kaum laufen, ich habe mir den Fuß verknackst.«

»Ach was, bei mir musst du nicht laufen. Du solltest es mal mit Reiten probieren. Jolanda kennt dich schon, sie wird dich bestimmt nicht abwerfen.«

Alex fuhr am Sonntagnachmittag mit seinem Moped nach Illertissen. Melissa wartete schon auf ihn. Alex humpelte zum Stall.

»Das Pferd habe ich schon gesattelt«, rief sie ihm zu.

»Am besten, du steigst mit deinem gesunden Fuß in den Steigbügel. Heute habe ich mir das Pferd von Veronika ausgeliehen. Wir können zusammen ausreiten.»

»Wie weit reiten wir?«, fragte Alex.

»Ein Stündchen wirst du es schon aushalten. Du wirst sehen, die Zeit vergeht wie im Flug. Jolanda ist ein kluges Pferd, sie kennt den Weg. Du kannst die Zügel ganz locker halten. Ich reite voraus. Jolanda hat nur Angst vor Hunden. Wenn uns einer über den Weg laufen sollte, lass sie auf keinen Fall durchbrennen. Dann musst du die Zügel straff halten, die Stiefel an ihren Bauch pressen und beruhigend auf sie einreden.«

»Gibt es hier Hunde?«, fragte Alex.

»Ganz selten«, beschwichtigte ihn Melissa. »Aber am Sonntagnachmittag kann das schon mal vorkommen. Dummerweise führen die Hundebesitzer ihre Hunde nicht immer an der Leine. Manchmal bellen sie vor Angst.«

»Das kann ja heiter werden«, murmelte Alex. »Die Hunde haben Angst vor den Pferden und die Pferde Angst vor den Hunden.«

»Und los geht`s«, ermunterte sie ihn. »Alex, du hängst ja wie ein nasser Sack auf Jolanda. Halte deinen Rücken gerade und heb deinen Hintern gefälligst im Rhythmus der Schritte.« Alex saß immer noch etwas unbeholfen im Sattel. Melissa lachte. »Du siehst aus wie Don Quichotte. Gleich wirst du gegen die Windmühlen kämpfen. Hallo Ritter von der traurigen Gestalt, denk an deine Haltung. Wir sind auf einem Reitweg. Ich möchte mich nicht fremdschämen, wenn wir an den Spaziergängern vorbeireiten.«

»Das nächste Mal nehme ich dich mit auf den Fußball-platz, dann gebe ich dir Anweisungen. Hoffentlich stol-perst du nicht über den Fußball«, gab er zurück.

Melissa ließ ihr Pferd etwas zurückfallen und fragte Alex: »Wie war es denn auf der Geburtstagsfete bei Jana?«

»Ach, das Übliche. Janas Mutter hat sich viel Mühe ge-geben: Das Büfett war ausgezeichnet. Und jetzt ist Jana mächtig stolz, dass sie achtzehn Jahre alt ist. Du kennst sie doch, die möchte immer im Mittelpunkt stehen.«

»Beim Abitur wird sie bestimmt keine so gute Figur ab-geben. Ich schätze mal, dass sie mit ihren Abschlussno-ten nicht gerade glänzen wird. Willst du ihr nicht in den letzten Wochen vor dem Abi Nachhilfestunden geben?«, fragte Melissa ironisch. »Die hätte es doch wirklich nötig.«

»Melissa, bitte keinen Streit. Ich könnte dir auch ein paar komische Fragen stellen.«

»Schon gut«, gab Melissa zurück. »Wo kommen deine Eltern eigentlich her?«

»Aus Weißrussland«, antwortete Alex. »Sie sind in den Neunzigerjahren ausgewandert. Sind deine Eltern auch Russlanddeutsche?«

»Irgendwie schon, meine Großeltern sind mit meiner Mutter schon in den Fünfzigerjahren aus Kasachstan hier in die Gegend ausgewandert. Jedenfalls hat meine Mutter meinen Vater in Lahr kennengelernt und geheiratet. Mein Vater ist ein gebürtiger Badener, also kein Schwabe.«

»Komisch«, fragte Alex, »warum betonst du das?«

»Das muss man hervorheben. Die Schwaben sind Geiz-kragen, die Badener genießen das Leben.«

»Wie schön, Melissa, dann genießen wir das Leben bes-ser in Baden.«

Sie bogen auf eine Dorfstraße ein. Ein Hund lief ihnen bellend entgegen. Jolanda machte einen riesigen Satz und galoppierte auf und davon. Alex klammerte sich am Sattel fest. Die Zügel glitten ihm aus der Hand. Er konnte sich kaum auf dem Pferd halten. Melissa jagte Alex laut fluchend hinterher. Sie erreichte die nächste Abbiegung. Zwei Wege führten zu einem nahe gelegenen Waldstück. Melissa rief, so laut sie konnte. Nichts war zu hören. Sie ritt beide Wege ab. Alex war mitsamt seinem Pferd wie vom Erdboden verschluckt. Sie fragte dort Fußball spielende Jungs, ob sie einen Reiter mit einem galoppierenden Pferd gesehen hätten. Die Buben schüttelten den Kopf. Auch ihr kam ein bellender Hund in die Quere. Doch das Pferd ihrer Freundin Veronika ließ sich von dem Gekläff nicht beeindrucken. Schließlich rief sie im Reiterhof an. Veronika war nicht da.

*Das ist logisch, ich hatte sie ja gebeten, mich und Alex nicht zu stören. Ich wollte mit ihm alleine sein.*

Mit einem mulmigen Gefühl ritt Melissa zum Reiterhof zurück. Sie machte sich Vorwürfe.

*Vielleicht ist alles halb so schlimm,* tröstete sie sich. *Wahrscheinlich hat Jolanda den kürzesten Weg zum Reiterhof genommen – hoffentlich zusammen mit Alex.*

Alex saß aufgewühlt auf einem Balken vor dem Stall. Jolanda war angeleint und hatte sich wieder beruhigt. Wütend starrte Alex Melissa an.

»Ich konnte nicht wissen, dass dein Pferd so schreckhaft ist.«

»Tut mir leid, Alex, hast du dich verletzt?« Sie sprang vom Pferd und ging besorgt auf ihn zu. »Was war los? Plötzlich warst du wie vom Erdboden verschluckt.«

»Was war los?«, echote Alex. »Dein Pferd ist durchgedreht und zum Stall zurückgaloppiert. Ich habe mich am Sattel festgeklammert. Zum Glück hat mich deine geliebte Jolanda nicht abgeworfen.«

»Meine Güte, hoffentlich bist du nicht verletzt.«

»Geht schon«, knurrte Alex. »Ich bin einiges gewöhnt. Ich habe dir doch schon vor zwei Wochen gesagt, dass Reiten nicht mein Hobby ist.«

»Schon gut Alex, jetzt haben wir den Beweis. Kannst du mir helfen, die beiden Pferde trocken zu reiben?« Widerwillig folgte Alex ihrer Bitte. Er humpelte mit ihr in den Stall. Melissa legte zum Futter noch Karotten dazu. Beruhigend tätschelte sie ihrem Pferd das Hinterteil.

*Aus der Hochzeit im Pferdestall wird wohl heute nichts. Alex steht noch unter Schock.*

Sie setzte sich neben ihn auf einen Strohballen und legte tröstend ihre Hand auf seine Schulter.

»Wolltest du mich reinlegen?«, fragte er Melissa. »Mir eine Abreibung verpassen?«

»Nie und nimmer!«, gab sie zurück. »Ich hatte das Gegenteil beabsichtigt.«

»Was ist das Gegenteil von Reinlegen?«, fragte Alex.

»Dreimal darfst du raten«, gab sie lächelnd zurück. Alex entspannte sich allmählich. Er ergriff ihre Hand. Beide legten sich ins Stroh.

Alex erzählte seinem Freund Franz die ganze Geschichte.

»Tja«, sagte Franz, »dann sind die Würfel wohl gefallen, aleae iactae sunt, wie die alten Lateiner sagten.«

»Und was mache ich jetzt mit Jana?«, fragte er Franz. »Womöglich kratzt die mir die Augen aus.«

»Ach komm, die wird das schon verkraften. Wir stehen kurz vor dem Abitur. Jana hat bestimmt noch etwas Besseres zu tun, als mit dir herumzuflirten.«

»Ich weiß nicht«, grübelte Alex. »Auf ihrem Geburtstagsfest hat sie mich beeindruckt. Beinahe hätte sie mir den Kopf verdreht. Könntest du dich nicht ein bisschen um sie kümmern?«

»Ich?«, staunte Franz. »Das geht gar nicht. Ich weiß noch nicht einmal, ob mich Mädchen überhaupt interessieren.«

»Was?«, fragte Alex. »Bist du vielleicht schwul?«

»Ich weiß es nicht. Heute so und morgen so. Warten wir es ab. Ich finde, dass du mit Melissa einen guten Fang gemacht hast. Wenn wir in ein paar Wochen das Abi in der Tasche haben, wird Jana dich bald vergessen und zu neuen Ufern aufbrechen.«

»Da hast du auch wieder recht«, meinte Alex erleichtert.

Einige Wochen später: »Ich gratuliere Ihnen«, sagte Frau Heidenreich, »alle haben das Abitur bestanden. Ich wünsche Ihnen für Ihren weiteren Lebensweg alles Gute. Die Abiturfeier findet am nächsten Samstag in der großen Aula statt. Für den festlichen Rahmen hat Herr Dreifuß diesmal klassische Musik ausgesucht. Die Songs aus der Dreigroschenoper konnten wir leider nicht mit hineinnehmen. Die Lehrerkonferenz und der Direktor haben beschlossen, dass sich Brecht-Songs für eine Abiturfeier nicht eignen. Trotzdem hoffe ich, dass Ihnen die Dreigroschenoper in guter Erinnerung bleiben wird. Wir rechnen natürlich mit dem zahlreichen Erscheinen Ihrer Eltern, Geschwister, Verwandten und Freunde. Das Abitur macht man schließlich nur einmal im Leben. Haben Sie sich schon für einen Studiengang oder eine Berufsausbildung entschieden? Wenn wir uns in einem Jahr zum einjährigen Jubiläum treffen, bin ich gespannt, was aus Ihnen geworden ist.« Die Schüler klatschten Beifall. Die frischgebackenen Abiturienten strömten aus dem Klassenzimmer. Jana verschwand als Erste. Melissa und Alex verließen händchenhaltend die Schule. Franz folgte ihnen freudestrahlend, Veronika schloss sich ihnen an.

# 3. Getrennte Wege

Melissa umarmte Alex. »Jetzt haben wir das Abitur in der Tasche. Ich bin froh, dass ich bald aus diesem Nest wegkomme. Meine Eltern kann ich am Wochenende immer wieder mal besuchen. Meine Mutter muss das noch verkraften, aber meinem Vater ist es wahrscheinlich egal. Der ist mit sich selbst beschäftigt. Ich hoffe nur, dass mein Bruder nicht über die Stränge schlägt. Gerold hat immer nur Computerspiele im Kopf.«

Alex nickte. »Mein Trainer hat mir geraten, dass ich mich bei der U 19 vom FC Freiburg bewerben sollte. Er prophezeit mir eine gute Karriere. Ich solle meine Begabung als Fußballer nutzen.«

»Und ich versuche es an der Freiburger Schauspielschule!«, meinte Melissa. »Das Lied der Polly habe ich perfekt geübt. Außerdem werde ich noch ein Stück von Nikolaj Gogol vortragen.«

»Wie kommst du auf Gogol?«

»Gogol habe ich schon immer geliebt. Kannst du dich an die Novelle vom Newski Prospekt erinnern? Die Geschichte spielt in Sankt Petersburg: Der Maler Piskarjow verfolgt am Abend eine dunkelhaarige Schönheit auf dem Petersburger Boulevard. Zu spät merkte er, dass er einer Prostituierten gefolgt ist. Die Geschichte endet grausam. Man findet Piskarjow ein paar Tage später tot in seinem Atelier. In einem Anfall von Wahnsinn hatte er sich mit einem Rasiermesser das Leben genommen. Der andere in dieser Geschichte, Leutnant Pigorow, verfolgt zur gleichen Zeit eine blonde deutsche Frau. Sein Abenteuer endet mit einer Tracht Prügel. Immerhin, der Leutnant kommt mit einem blauen Auge davon.«

»Mit dieser Erzählung willst du dich an der Schauspielschule bewerben? Den Song der Polly lasse ich noch durchgehen. Du hast mir die Romantik im Pferdestall wirklich beigebracht. Aber mit der trübsinnigen Geschichte über einen verarmten Maler, der sich das Leben nimmt und einem verprügelten Leutnant kannst du keinen Blumentopf gewinnen.«

»Alex, du hast von guter Literatur keine Ahnung. Ich werde es damit versuchen.«

»Wenn du meinst. Dann viel Glück, Melissa.«

»Wir könnten in Freiburg gemeinsam eine Studentenbude beziehen«, schlug Melissa vor. »Du gehst zum Fußballtraining, und ich besuche die Schauspielschule.«

Melissa bewarb sich an der Freiburger Schauspielschule. Ihre Mutter tröstete sie: »Freiburg ist nur einen Katzensprung von Lahr entfernt. Ich werde euch jedes Wochenende besuchen. Mit dem Bus bin ich ruckzuck hier.«

Der Vater brummte: »Wir sind bodenständige Menschen. Ich schufte Tag für Tag im Schlachthof. Aber unsere Tochter ist wohl zu etwas Höherem geboren. Da frage ich mich, warum wir aus Kasachstan ausgewandert sind. Wir haben hier anständige Arbeit gefunden. Mit dem Lohn kann ich meine Familie ernähren. Aber unsere Tochter schwebt über den Wolken. Elena, bring mir bitte ein Bier aus dem Kühlschrank und Wodka dazu. Das deutsche Gymnasium hat unsere Tochter völlig verdorben. Sie liest Bücher von ehemaligen Kommunisten. Außerdem habe ich gehört, dass sie mit einem Burschen aus Kasachstan angebandelt hat. Ein Fußballer, wie heißt der doch gleich, Elena?«

»Alex«, antwortete die Mutter.

Melissa unterbrach ihren Vater: »Alex ist nicht aus Kasachstan. Er ist hier geboren. Sein Vater ist gebürtiger Badener. Der arbeitet bei den Stadtwerken in Lahr. Nur seine Mutter ist Russin.«

»Ein wunderbarer Start«, rief der Vater.

Elena stand ihrer Tochter bei: »Michail, lass es gut sein. Als wir jung waren, haben wir uns auch nichts vorschreiben lassen. Melissa wird bestimmt nicht im Schlachthof oder als Bedienung in einer Kneipe arbeiten.«

Michail nahm einen kräftigen Schluck aus der Wodkaflasche. Für ihn war das Gespräch für diesen Tag beendet.

Melissa fuhr mit Herzklopfen nach Freiburg. Mit Sorgfalt hatte sie ihr kleines schwarzes Kleid ausgesucht. Ein Haarreif schmückte ihr braun glänzendes Haar. Ihre Fingernägel hatte sie mit beigefarbigem Glitzerlack überzogen. Im Bewerbungsgremium saßen Dozenten, Schauspieler und ein Musical-Star. Melissa durfte 15 Minuten lang ausgewählte Szenen vortragen. Keiner der Anwesenden verzog bei ihrem Gesang und dem Vortrag eine Miene. Melissa verkrampfte sich. Beinahe blieb ihr die Stimme im Halse stecken.

*Ich singe ins Leere, die starren mich nur an.*

Nach der Beratung wurde Melissa hereingerufen. Der Intendant ergriff das Wort: »Liebe Melissa, Sie haben sich alle Mühe gegeben. Ihre Mimik und Gestik waren gut auf die Stücke abgestimmt. Auch der Vortrag war flüssig. Doch leider sind wir der Meinung, dass Ihre Stimme zu dünn ist. Der Gesang kam nicht vom Herzen, außerdem fehlte es stimmlich an Volumen. Wir empfehlen Ihnen vor einer erneuten Bewerbung Gesangsunterricht und ein logopädisches Training. Es tut uns leid. Vielen Dank für Ihre Darbietung.«

Das war's. Betrübt fuhr sie nach Lahr zurück. Sie berichtete Alex von ihrer Pleite.

»Das tut mir wirklich leid für dich«, meinte Alex. »Ich hatte bei den Junioren des 1. FC Freiburg mehr Glück. Schon in der nächsten Woche soll ich mit dem Training beginnen. Ich werde nach Freiburg ziehen. Aber ich bin nicht aus der Welt. Du kannst mich jederzeit besuchen.«

Melissa schöpfte neuen Mut: »Und ich nehme in Freiburg Gesangsunterricht. Übrigens habe ich noch ein zweites Ass im Ärmel: Ich soll mich an der Schauspielschule in Hannover vorstellen. Die haben mich überraschend eingeladen. Übermorgen muss ich dort antanzen. Die verlangen drei Darbietungen: modern, klassisch und komisch.«

»Was Komisches sollst du auch bringen?«

»Ja, und ich habe verdammt wenig Zeit, um den Don Quichotte einzuüben. Eine Vorlage habe ich ja. Erinnerst du dich an deinen ersten Reitversuch auf Jolanda? Ich werde sehen, ob ich diesmal mehr Glück habe.«

Melissa wurde nach ihren Darbietungen ins Gremium gerufen. »Melissa, wir sind von Ihrer künstlerischen Begabung überzeugt. An der Stimme hapert es noch ein wenig, aber vielleicht können Sie später auch im Jugendtheater spielen. Da sind helle Stimmen sehr gefragt. Zurzeit läuft dort »Peterchens Mondfahrt«. Sie können sich die Vorstellung gerne ansehen. Der Song von Polly hat uns sehr beeindruckt. Ebenso die Darstellung von Don Quichotte. Ein Kollege meinte scherzhaft, dass Sie das Reiten auf einem Esel geübt hätten. Mitunter wirken Sie etwas zu schrill. Aber das können Sie mit Gesangsunterricht und Sprachtraining sicherlich verbessern. Ihre Aufregung haben wir auch berücksichtigt.«

Melissa hatte es im zweiten Anlauf endlich geschafft. Das Ausbildungsprogramm war immens. Bei den Übungen zur Pantomime hatte sie am meisten Spaß. Tanz, Gesang, Gymnastik und Stimmbildung standen auf ihrem Stundenplan. Außerdem musste sie das Schauspielern vor laufender Kamera üben. Sie durfte auch schon kleine Rollen im Theater übernehmen. Schon bald war sie voll ausgelastet; zeitaufwendige Fahrten nach Lahr konnte sie sich nicht leisten. Umso häufiger telefonierte sie mit Alex und mit ihrer Mutter.

Auch Alex musste täglich trainieren. Soweit es seine Zeit zuließ, fuhr er am Wochenende nach Lahr. Dort traf er seinen Schulfreund Franz. Der hatte sich entschlossen, eine Schneiderlehre bei einem Herrenausstatter zu absolvieren. Danach wollte er die Fachschule für Modedesign in Freiburg besuchen.

»Hallo Alex«, begrüßte ihn sein alter Kumpel. »Wie geht es dir in Freiburg?«

»Stell dir vor, Franz, die haben mich nach der Probezeit tatsächlich in die U19 übernommen.«

»Wie hast du das geschafft?«, wollte Franz wissen. »Hattest du Beziehungen zum Club?«

»Überhaupt nicht, alter Skeptiker. Ich musste ein paar Leistungstests absolvieren. Die waren nicht ohne. Heutzutage geht alles wissenschaftlich zu. Meine Ausdauer,

Schnell- und Sprungkraft sowie die Beweglichkeit beim Hakenschlagen wurden sportmedizinisch ausgewertet. Außerdem musste ich einen Zwanzig-Meter-Sprint hinlegen, und zu allem Überfluss wurde noch ein Laktattest gemacht. Der Trainer hat mich anfangs ziemlich arrogant behandelt. Er traute mir, einem Provinzler, nichts zu. Mehrmals hat er mich gefragt, wo ich herkomme. Lahr war ihm völlig unbekannt. Ich musste es ihm buchstabieren. Der Trainer kennt seine Jungs von klein auf. Aus der Jugendmannschaft sucht er sich die Besten raus. Aber inzwischen komme ich mit ihm ganz gut zurecht.«

»Donnerwetter!«, rief Franz. »Ich gratuliere. Musst du täglich trainieren?«

»Klar doch«, antwortete Alex. »Und samstags haben wir in der U19 die Bundesligaspiele Süd/Südwest. Unsere Gegner wollen es auch wissen, die gehen richtig ran. Bisher hatte ich Glück und bin ohne Verletzung davongekommen. Jetzt habe ich sogar einen Zweijahresvertrag in der Tasche. Meine Eltern sind mächtig stolz auf mich. Wenn ich Zeit habe, fahre ich sonntags zu ihnen. Nur meine Schwester mault immer noch herum. Kein Wunder, als Rechtsanwaltsfachangestellte hat sie nicht viel zu lachen: jeden Tag Papiere wälzen, unzufriedene Mandanten mit Ausreden abwimmeln und dann auch noch die Launen des Chefs ertragen. Das würde ich nicht aushalten. Na ja, jeder ist seines Glückes Schmied. Wahrscheinlich ist sie nur neidisch auf mich. Das Training ist super, aber ich vermisse Melissa. Sie ist jetzt in Hannover gelandet. Wir telefonieren oft, aber ich habe keine Zeit, sie zu besuchen. Vielleicht sehe ich sie erst in den Weihnachtsferien wieder. Sie ist auch ziemlich eingespannt. Und wie schaut es bei dir aus, altes Haus?«

»Ich spiele hier weiter beim TSV Lahr«, entgegnete Franz.

»Hast du noch keine Freundin gefunden?«

Franz zuckte mit den Schultern. »Warum, wenn ich mir die Tragödie zwischen dir und Melissa anschaue, vergeht mir die Lust. Abgesehen davon interessieren mich die Mädels nicht. Mit meinem Chef komme ich übrigens gut zurecht. Bitte nicht weitersagen, er ist stockschwul.«

Alex lachte. »Das pfeifen schon die Spatzen von den Dächern. In Lahr bleibt nichts verborgen.«

Franz senkte vertraulich seine Stimme: »Mein Chef ist fünfundzwanzig Jahre älter als ich. Manchmal habe ich den Verdacht, dass er mich heimlich beobachtet. Wenn er mir an der Nähmaschine etwas zeigt, kommt er ziemlich nahe an mich ran.«

»Dem würde ich eine reinhauen«, meinte Alex.

»Was hast du gegen Nähe? Auf dem Fußballplatz rumpeln wir doch ständig zusammen.«

»Das ist etwas ganz anderes, Franz. Fußballer sind nicht schwul.«

»Das glaube ich nicht«, entgegnete Franz. »Ich bin doch auch Fußballer.«

»Bist du etwa ?« »Ich weiß es nicht«, entgegnete Franz. Er wechselte schnell das Thema. »Übrigens ist mir kürzlich Jana über den Weg gelaufen. Sie hat eine Ausbildung als Barkeeperin im Rizzo-Hotel angefangen.«

»Ist sie in Freiburg?«, fragte Alex.

»Ja, und sie hat nach dir gefragt. Ich soll dir liebe Grüße ausrichten. Du sollst sie mal in der Bar im Rizzo besuchen. Ich sage dir, die hat sich völlig verändert. Du wirst sie kaum wiedererkennen.«

»Wirklich?« Alex hob verwundert den Kopf. »Du machst mich neugierig. Ich werde sie besuchen.«

Schon am nächsten Abend machte Alex einen Abstecher ins Rizzo-Hotel.

Jana stand hinter der Bar und war gerade mit dem Mixen eines Cocktails beschäftigt. »Hi, Alex!«, begrüßte sie ihn. »Willst du einen Drink? Ich habe was Besonderes für dich, wie wäre es mit einem Dirty Martini?«

Alex konnte ihrem Angebot nicht widerstehen. »Jana, willst du dein Hobby zum Beruf machen?«

»Mir macht es Spaß«, antwortete sie, »meine Gäste möchten immer mit mir flirten. Noch geht es mir nicht auf die Nerven. Der Chef meinte, dass der Umsatz seit meiner Anstellung rapide nach oben gegangen wäre. Was will man mehr? Ich werde von Männern umschwärmt und bekomme dazu noch üppige Trinkgelder. Kürzlich habe ich Franz in Lahr getroffen. Er hat mir erzählt, dass du jetzt in der Jugendmannschaft beim FC Freiburg spielst.«

»Ja, die haben mich genommen. Ich spiele als Linksaußen im Sturm.«

»Nicht schlecht, Herr Specht. Da passt du gut hin. Ein stürmischer junger Mann im Sturm.«

»Jana, bitte, war das eine Anspielung?«

Sie lächelte. »Und wie geht es deiner Flamme Melissa?«

»Die ist jetzt in Hannover und besucht die Schauspielschule.«

»Pech gehabt«, erwiderte Jana. »Ich habe einen neuen Tischtennisclub hier in Freiburg gefunden. Morgen gehe ich wieder zum Training. Möchtest du nicht mal vorbeischauen?«

»Warum nicht?«, sagte Alex.

Am nächsten Abend ging er zum Tischtennisclub, aber Jana war nicht da.

*Merkwürdig,* grübelte er. *Steckt sie womöglich in der Bar?*

Gedankenverloren lief er zum Rizzo. Irgendwie plagte ihn ein schlechtes Gewissen gegenüber Melissa. Er erinnerte sich an seine früheren Zweifel.

*Damals war ich hin und her gerissen, und jetzt fängt das Spiel wieder von vorne an. Eigentlich habe ich mich für Melissa entschieden, und nun komme ich schon wieder in die Bredouille.*

Er erinnerte sich an den Geruch im Pferdestall. Jana hatte gestern Abend ein starkes Parfüm aufgelegt.

*Was rieche ich eigentlich lieber? Meine Kameraden und ich riechen nach Schweiß. Diese Glitzerwelt und das lässige Getue an der Hotelbar lassen mich völlig kalt.*

Entschlossen fuhr er mit dem Fahrstuhl zur Hotelbar hinauf. Jana war nicht hinter dem Tresen. Ein Barkeeper fragte ihn nach seinem Wunsch. Alex stammelte: »Entschuldigung, ich habe mich in der Etage geirrt.« Erleichtert stürmte er aus dem Hotel. *Vielleicht wollte sie sich nur an mir rächen. Sie lässt mich wie einen dummen Jungen nach ihr suchen. So ähnlich muss es ihr ergangen sein, als ich sie kaltgestellt habe. Eigentlich habe ich sie gar nicht kaltgestellt. Sie wollte mich heiß machen.*

Alex schaute auf sein Handy. Jana hatte ihm eine WhatsApp geschickt: »Tut mir leid, Alex. Heute klappt es nicht. Ich muss im Restaurant aushelfen.«

# 4. Ein Angebot

Überraschend erhielt Melissa ein Angebot vom Intendanten Lars Lehmann: »Eine Schauspielerin ist plötzlich an Grippe erkrankt. Sie kriegt kaum noch eine Silbe über die Lippen. Ich habe mit dem Regisseur und Luigi gerätselt, wer für sie einspringen könnte. Die nächste Vorstellung von »Was vom Tage übrig blieb« darf nicht ausfallen. Luigi, der die Rolle von Mister Stevens spielt, fragte, ob wir vielleicht eine geeignete Kollegin für die Rolle von Miss Kenton finden könnten. Wir sind zusammen die Liste der Schauspielerinnen durchgegangen. Dann tippte er plötzlich auf Ihren Namen. Er hatte Sie bei den Proben beobachtet und war von Ihrem Talent überzeugt. Sie sind zwar noch sehr jung, aber ich könnte mir vorstellen, dass Sie Miss Kenton spielen könnten. Melissa, möchten Sie einspringen?«

»Worum geht es denn in dem Stück?«, fragte sie.

»Wir haben das Werk von Kazuo Ishiguro für die Bühne umgearbeitet. Der penible, überaus perfekte Butler Stevens liebt seinen Beruf über alles. Er unterdrückt jegliches Gefühl, selbst wenn bei ihm manchmal Zweifel über die Gesinnung seines Dienstherrn aufkommen. Er ermahnt sich selbst und fühlt sich zur unentwegten Loyalität gegenüber dem Lord verpflichtet. Als Stevens zwei jüdische Dienstmädchen entlassen muss, zweifelt er nicht an der rechtmäßigen Einschätzung des Lords. Die Annäherungsversuche von Miss Kenton weist er als Störung seiner Verpflichtungen als Butler zurück. Miss Kenton gibt schließlich ihre Stelle als Dienstmädchen auf und heiratet einen Verehrer.

Aber sie ist in ihrer Ehe nicht glücklich. Zwanzig Jahre später schreibt sie Mr. Stevens einen Brief. Scheinbar liebt sie ihn noch immer. Mr. Stevens besucht seine frühere Mitarbeiterin. Miss Kenton erinnert Stevens an ihre damaligen vergeblichen Annäherungsversuche im Haus Darlington Hall. Doch sie biss auf Granit. Mr. Stevens erinnert sich. Ihm bricht das Herz nach dem Gespräch mit Miss Kenton. Er erkennt seine Lebenslüge.«

Der Intendant fragte Melissa: »Trauen Sie sich zu, die Rolle der Miss Kenton zu übernehmen? Sie versuchen, den dienstbeflissenen Butler in persönliche Gespräche zu verwickeln. Sie möchten auf Teufel komm raus mit ihm flirten. Sie möchten ihn mit allen möglichen Tricks aus der Reserve locken. Schließlich müssen Sie erkennen, dass Ihre Bemühungen vergeblich sind. Sie kündigen resigniert Ihre Stellung und heiraten einen anderen.«

»Die Rolle gefällt mir, und ich könnte sie ausfüllen. Wer ist mein Partner?«, fragte Melissa.«

»Luigi Barone, ein sehr talentierter Schauspieler. Er kommt aus Neapel, lebt aber schon seit vielen Jahren hier, ein echter Profi.«

»Hu«, rief Melissa, »und den soll ich verführen? Ich kriege ja jetzt schon weiche Knie, wenn ich den Namen höre.«

»Melissa, bitte, Sie sind Schauspielerin. Ich hoffe doch sehr, dass Sie zu Ihrem Beruf eine professionelle Einstellung haben.«

»Natürlich, Herr Lehmann, Entschuldigung.«

»Hier ist das Textbuch. Ihre Passagen müssen Sie auswendig lernen. Leider haben Sie nur wenig Zeit. Schaffen Sie es bis Freitag? Da haben wir Generalprobe.«

Melissa war geschockt: »In drei Tagen soll ich den ganzen Text auswendig lernen?«

»Melissa, ich biete Ihnen eine Chance. Ihr Lehrer hat Sie mir empfohlen. Nehmen Sie mein Angebot an?«

»Natürlich werde ich das schaffen. Ich werde sofort beginnen. Die Rolle gefällt mir. Die Passagen werde ich mir in den Kopf reinhämmern.«

»Im Notfall wird Ihnen unsere Souffleuse auf die Sprünge helfen«, versprach ihr Lehmann. »Luigi können Sie morgen treffen. Meistens kommt er gegen zwölf ins Backstage. Wir sehen uns.« Er klopfte Melissa freundschaftlich auf die Schulter.

Melissa klemmte sich das Textbuch unter den Arm und eilte den langen Gang im Theater hinunter. Fast wäre sie über ein ausgelegtes Kabel gestolpert. Ihre Wangen glühten. *Das ist die Chance meines Lebens,* ging es ihr durch den Kopf. *Miss Kenton möchte den halsstarrigen Butler verführen. Das kenne ich schon, allerdings ist es mir bei Alex leichter gelungen. Der Butler Stevens ist ein anderes Kaliber.* Aufgeregt lief sie zu ihrem kleinen Zimmer, das sie in der Nähe des Theaters gemietet hatte. *Ich muss mir in drei Tagen die Dialoge einbläuen. Hoffentlich schaffe ich das.*

In Gedanken versunken überquerte sie eine dicht befahrene Straße. Plötzlich hörte sie das laute Hupen und die quietschenden Bremsen eines schnell herankommenden Autos. Der Fahrer schrie ihr nach: »Das nächste Mal besser aufpassen, junge Frau!« Melissa beachtete ihn nicht. Kaum war sie in ihrem Zimmer, schob sie hastig die Bücher und Manuskripte auf ihrem Schreibtisch zur Seite. Neugierig schlug sie das Textbuch auf. Die Passagen von Miss Kenton waren rot markiert.

An einer Stelle verweilte sie. Miss Kenton sagte: »Ein Bekannter von mir hat mir einen Heiratsantrag gemacht. Ich glaube, dass Sie ein Recht haben, das zu erfahren. Wie gesagt, Mister Stevens, ich denke über die Sache noch nach.« Mister Stevens antwortete: »Ich bin Ihnen sehr dankbar, Miss Kenton. Ich hoffe sehr, Sie werden einen angenehmen Abend verbringen. Wenn Sie mich jetzt entschuldigen wollen.«

*Das tut weh,* dachte sich Melissa. *Sie erwartet von Stevens wenigstens Widerspruch. Doch Mister Stevens wünscht ihr nur einen angenehmen Abend. Miss Kenton hat diesen steifen Butler ständig umworben, ihm immer wieder frische Blumen ins Zimmer gestellt. Vergeblich. Der Butler ist in seinen Aufgaben gefangen. Die Gefühle der Dame würden ihn nur verwirren. Hoffentlich erlebe ich nicht das Gleiche mit Alex.*

Melissa lief auf und ab, während sie Miss Kenton rezitierte. *Halt, hier fehlt eine fragende Geste,* ermahnte sie sich. *Ich muss meine Mimik besser kontrollieren. Am besten wäre es, ich richte den Blick demütig nach unten. Miss Kenton ist sehr schüchtern, und sie verliert sich nur in Andeutungen.* Die Figur tat ihr leid. Was immer sie versuchte, Mr. Stevens ermahnte sie zur Ordnung und belehrte sie.

*Was für ein Holzkopf,* dachte sich Melissa. *Er ist mit Leib und Seele* ein *geborener Butler. Er trägt den Stock, mit dem er geschlagen wurde, wie ein Hund im eigenen Maul.*

Melissa musste lachen. Sie sah Alex vor sich, wie er nach dem missglückten Reitausflug zum Strohlager humpelte. *Ich durfte ihn dann trösten. Ich hatte ein leichteres Spiel als Miss Kenton. Aber wer weiß, was die Zukunft noch bringt.*

Am nächsten Tag war Melissa Punkt zwölf im Backstage-Bereich des Theaters. Sie begrüßte Luigi. Lächelnd reichte er ihr die Hand.

»Das war sicher nicht einfach für dich, in kurzer Zeit den Part von Miss Kenton zu übernehmen. Du hast in der Schauspielschule einen sehr guten Start hingelegt. Wie geht es dir mit der Rolle?«

»Ich kriege das schon hin«, antwortete Melissa. »Die unendliche Geduld von Miss Kenton bewundere ich. Sie hat sich an dem harten Brocken Stevens fast die Zähne ausgebissen. In letzter Minute konnte sie noch die Reißleine ziehen. Dass sie nach zwanzig Jahren immer noch an dem Butler hängt, verstehe ich beim besten Willen nicht. Irgendwann ist doch der Ofen aus.«

»Da hast du völlig recht, Melissa. Zum Glück wird das Theaterstück nicht in Italien aufgeführt. Die Zuschauer bei uns würden nur den Kopf schütteln.«

»Aber ihr habt doch unzählige Opernaufführungen: Romeo und Julia oder die dramatischen Opern von Verdi. Da geht es doch immer um Liebe, Sehnsucht und Verzweiflung.«

»Na ja«, meinte Luigi, »so ist es nun mal in Italien. Mal sind die Menschen himmelhochjauchzend, dann wieder zu Tode betrübt. Die tragische Liebe einer Miss Kenton würde wohl kaum jemand verstehen. Noch zwanzig Jahre später schreibt sie diesem verstockten Butler einen Brief.«

»Warum hast du die Rolle des Butlers übernommen?«

»Liebe Melissa, du kennst die Theaterwelt nicht. Diese Rolle habe ich mir nicht ausgesucht. Ich bin froh, wenn ich überhaupt eine bekomme, egal, ob sie mir gefällt oder nicht. Aber der Butler Stevens ist wirklich eine harte Nuss. Fast hätte ich den ganzen Kram hingeschmissen.«

Melissa: »Mal sehen, wie ich das ertrage, eine Absage nach der anderen wortlos einzustecken.«

Regisseur Fricke saß am Freitag in der zweiten Zuschauerreihe und starrte wie gebannt auf die Bühne. »Luigi und Melissa, bitte noch einmal den letzten Dialog. Achtet auf eure Körperhaltung. Miss Kenton hofft, dass Stevens ihr von der Heirat abrät. Der Butler spürt aber nichts davon. Bring das bitte rüber. Mit leeren Händen steht Miss Kenton da und starrt hilfesuchend auf den Butler. Bravo!«, rief der Regisseur, »morgen könnt ihr starten. Das Haus ist bis auf den letzten Platz ausverkauft.«

Am Samstagabend war es endlich so weit. Die Maskenbildnerin strich liebevoll über Melissas glatt gekämmtes brünettes Haar und schaute sie ermunternd an. Schnell wurden noch Melissas Wangen weiß gepudert. Melissa hatte Lampenfieber, als sie die Maske verließ. Vor dem Bühneneingang blinkte die rote Lampe. Ein laut schnarrender Ton gab ihr das Signal zum Auftritt. Melissa musste auf die Bühne.

Luigi gratulierte Melissa nach der Vorstellung. »Den Applaus hast du dir redlich verdient. An keiner Stelle bist du hängen geblieben. Respekt!«

»Danke, Luigi. Ich habe mein Bestes gegeben. Ich war furchtbar aufgeregt, aber das hat sich nach kurzer Zeit gelegt.«

»Melissa, du kennst doch bestimmt den Theatertreff neben dem Schauspielhaus. Dort könnten wir in Ruhe noch einmal die Aufführung durchgehen. Die anderen Kollegen sitzen auch meistens dort. Ein Absacker könnte uns nicht schaden.«

»Ja gerne, ich bin schon gespannt auf unsere nächste

Vorstellung. Es ist doch ein komisches Gefühl, wenn man, wie Miss Kenton, gegen einen Betonklotz rennt.«

»Ich hoffe, dass du nichts Falsches von mir denkst«, entgegnete Luigi.

»Dass ein Süditaliener kein geborener Butler ist, kann ich mir lebhaft vorstellen. Hast du die Schauspielschule hier in Hannover besucht?«

»Nein«, sagte Luigi. »Ich lebe in Saarbrücken. Dort habe ich die Ausbildung an der Musikakademie gemacht.«

Melissa fragte überrascht: »Dann kannst du sicherlich auch gut singen?

»Manchmal geht das Leben seltsame Wege. Geplant habe ich meine Karriere nicht. Auch meine Frau habe ich in Neapel zufällig kennengelernt. Sie war damals mit einer Reisegruppe unterwegs. Bald wurde sie schwanger. Der Not gehorchend bin ich dann nach Saarbrücken gezogen. In meiner Familie ist es nicht zum Besten bestellt. Gott sei Dank sind meine beiden Töchter jetzt aus dem Gröbsten raus. Meine Schwiegereltern gehen mir auf die Nerven. Sie mischen sich ständig in unsere Ehe ein. Mein Schwiegervater macht mir ständig Vorschläge, was ich besser machen sollte. Das Schlimme ist, dass meine Frau auf ihn hört. Ich bin immer der Böse. Seine Tochter hätte beizeiten auf ihn hören sollen. Er hatte ihr damals den Rat gegeben, sich auf keinen Fall mit einem dahergelaufenen Schauspieler einzulassen. Als sie schwanger wurde, hat er schließlich klein beigegeben. Jetzt fängt das ganze Schlamassel wieder von vorne an. Auch meine Schwiegermutter mischt sich ständig in die Erziehung unserer Töchter ein. Doch die lassen sich mit fünfzehn und sechzehn Jahren keine Vorschriften machen. Es gibt ständig Streit. Wenn ich auf Tournee gehe, hetzen sie meine Frau gegen mich auf. Was ich auch tue, es ist immer falsch. Ich habe jetzt endgültig die Nase voll, ich lasse mich scheiden.«

»Luigi, du schleppst einen verdammt schweren Rucksack mit dir herum, aber deine beiden Töchter brauchen dich noch.«

»Schön und gut, aber am liebsten möchte ich von Saarbrücken weg. Ein Glück, dass ich hier ein Angebot bekommen habe. An die Rolle des Butlers Stevens habe ich mich allmählich gewöhnt. Die Musikakademie in Saarbrücken bereitet gerade ein neues Musical vor. Sie haben mich schon angerufen. Michel Legrand hat die Musik komponiert. Ich soll den deutschen Offizier spielen. Er ist der Liebhaber der umjubelten Jazzsängerin Marguerite aus Paris. Deren Herz gehört jedoch einem mittellosen Pianisten. Sie ist hin und her gerissen. Das Ganze spielt sich im besetzten Frankreich der Vierzigerjahre ab. Es ist wie verhext: Immer wieder werden mir Rollen vorgeschlagen, die mir eigentlich gar nicht liegen. Ausgerechnet ich soll einen deutschen Offizier in Paris spielen! Außerdem fängt dann wieder die ewige Litanei mit meiner Familie an.«

»Ich habe dir noch gar nicht erzählt, dass ich auch schon einen Song aus der Dreigroschenoper von Brecht vorgetragen habe«, warf Melissa ein. »Ich habe das Lied der Polly gesungen. Musikalisch bin ich zwar nicht besonders begabt, aber mit der Unterstützung unseres Musiklehrers Herrn Dreifuß habe ich es dann doch noch ganz gut hingekriegt. Hier in Hannover besuche ich außerdem einen Kurs für Stimmbildung. Leider kommt der Gesang dabei etwas zu kurz.«

Luigi schaute sie nachdenklich an. »Möchtest du vielleicht bei mir Gesangsunterricht nehmen?«

»Gerne«, gab sie zurück. »Das Programm an der Schule ist zwar ziemlich dicht, aber wir könnten bestimmt Zeit zum Üben finden. Wo können wir ungestört üben?«, fragte sie Luigi.

»Das ist kein Problem: im Musikzimmer des Theaters. Da stört uns abends niemand. Den Schlüssel für das Musikzimmer hat mir der Intendant vorsorglich in die Hand gedrückt. Wahrscheinlich hatte er Angst, dass ich ohne Piano zum Butler Stevens degeneriere. Wie wäre es am Dienstag? Da haben wir keinen Auftritt.«

»Soll ich etwas aus der Dreigroschenoper vorbereiten?«, fragte Melissa.

»Lieber nicht, die Songs kennst du wahrscheinlich schon in- und auswendig. Mir fällt ein anderes Lied ein. Wie wäre es mit »Windmills of your mind« von Michel Legrand? Das Lied geht mir schon seit längerer Zeit durch den Kopf. Es ist wie ein Ohrwurm. Leider kommt es in dem Musical »Marguerite« nicht vor. Ich gebe dir den Text.« Luigi zog zwei Blätter aus seiner Jackentasche.

Melissa schaute ihn überrascht an. »Du trägst den Text bei dir?«

»Es ist eines meiner Lieblingsstücke: melancholisch, nachdenklich und ein wenig sentimental.«

»Ist das deine Art?«, fragte Melissa überrascht.«

»Alles dreht sich im Kreis«, meinte Luigi. »Immer wieder geht mir die Melodie durch den Kopf. Lies dir mal den Text durch. Ich werde dich auf dem Klavier begleiten.«

»Alles dreht sich im Kreis«, wie meinst du das, Luigi?« –

»Melissa, für dich ist alles neu, aber ich bin einige Jahre

älter als du. Viele Dinge wiederholen sich im Leben. Wie alt bist du eigentlich?«

»Ich bin gerade vierundzwanzig geworden«, log Melissa.

»Du wirst auch noch einiges kennenlernen. Früher oder später holt dich der Alltag ein. Du kannst ihm nicht entkommen. Mir graust es schon, wenn ich an Weihnachten in Saarbrücken denke.«

»Bist du melancholisch, Luigi? Kaum zu glauben: Ein Neapolitaner interessiert sich für »Windmills of your mind«?«

»Das sind Vorurteile«, entgegnete Luigi. »Kennst du vielleicht den Song von Paolo Conte, »Wonderful«? Paolo Conte ist auch Italiener.«

»Ja, habe ich schon mal gehört«, sagte Melissa.

# 5. Halloween

Jana rief Alex an. »Tut mir leid, Alex, ich musste in der Kellerbar aushelfen. Eine Kollegin ist plötzlich erkrankt. Ich hatte keine Zeit, dich vorher anzurufen. So ist das eben in der Gastronomie. Man weiß nie genau, was in der nächsten Stunde passiert. Hast du nicht Lust, am Samstag bei uns vorbeikommen? Wir feiern Halloween. Keine Angst, du musst dir keinen ausgehöhlten Kürbis aufsetzen. Jeder kann zu uns kommen, wie er möchte.«

»Keine schlechte Idee«, antwortete Alex. »Ich komme gerne vorbei.«

*Wann war ich das letzte Mal auf einer Halloween-Party? Wie schnell man die Sachen vergisst. Hm, ich war gerade mal zehn Jahre alt. Ich erinnere mich, als Magier hielt ich stolz einen Zauberstab in der Hand. Ich konnte jeden verzaubern oder meine Gegner in den Bann schlagen. Franz trug damals einen Skelett-Overall. Wir wollten die Mädchen erschrecken. Die Kinderträume sind verflogen. Halloween in der Bar des Hotel Rizzo, das ist mal was ganz Neues. Ein passendes Kostüm werde ich schon finden.*

Im Kostümverleih begutachtete Alex die verschiedenen Kreationen.

Ein Verkäufer heftete sich an seine Fersen: »Wir haben für jeden Geschmack etwas Passendes«, meinte er. »Bei Ihrer Figur empfehle ich einen Piraten aus der Wikingerzeit, mit Schwert und Rüstung. Aber lassen Sie sich Zeit, vielleicht möchten Sie etwas ganz anderes.«

*Soll ich als Dracula oder als Zirkusdirektor gehen? Das Bankräuberkostüm wirkt irgendwie lächerlich.*

Eine junge Frau hinter ihm lenkte den aufdringlichen Verkäufer ab. Schon beriet er sie: »Möchten Sie vielleicht als böses Rotkäppchen oder als verführerische Hexe imponieren? Sehr sexy wäre auch die Piratenbraut. Falls Sie Männer abschrecken wollen, haben wir ein Metzgerkostüm mit einem blutigen Beil im Angebot.«

Alex verlor sich in den endlosen Gängen des Kostümverleihs. Der Horror-Clown mit der roten Perücke würde Jana sicherlich abschrecken. Er entschied sich für ein Fledermauskostüm. Als Jäger der Nacht könnte er Jana vielleicht beeindrucken.

Mit bleichem Gesicht und einer schwarzen Kappe betrat er die Hotelbar. Die Fledermausflügel hingen schlaff an seinen Schultern. Jana war nicht wiederzuerkennen. Mit einem weiß glitzernden Kostüm hatte sie sich in eine Schneekönigin verwandelt. Die blonden Haare unterstrichen ihre unnahbar wirkende Erscheinung. Mit kaltem Blick musterte sie Alex. Der bestellte sich einen Dirty Martini.

»Hallo Alex, Jäger der Nacht, einen Dirty Martini gibt es heute nicht. Wie wäre es mit einem Martini on the Rocks?«

Alex ließ die Eiswürfel im Glas rhythmisch hin und her klimpern. »Jana, im Märchen von der Schneekönigin ist der Spiegel in tausend Stücke zerfallen. Hat ein Splitter dein Herz oder das Auge getroffen?«

»Beides«, antwortete sie.

»Huh, ich muss mich vor dir fürchten. Ich bin so hässlich, gleich wird mein Herz gefrieren.«

Sie lächelte Alex an: »Gib dir Mühe, vielleicht findest du meine Gnade.«

»Ich habe eine Frage an die Schneekönigin: Wann schmilzt der Winterpalast? Mir ist schon ganz kalt.«

»Du hast dich als Fledermaus in den hohen Norden verirrt. Eigentlich gehörst du nicht hierher.«

Alex schaute Jana flehend an: »Darf ich mit der gnädigen Erlaubnis der Schneekönigin Platz nehmen?«

Jana schenkte ihm ein mildes Lächeln: »Herzlich willkommen, Jäger der Nacht! Man sagt den Fledermäusen nach, dass sie gerne Blut saugen. Aber hier im eisigen Norden haben sie keine Chance. Im Eispalast betteln sie um Gnade. Möchtest du mein Blut schmecken? Vielleicht kostet es dich dein Leben, du kleiner Vampir.«

»Ihr ergebenster Diener küsst Ihnen die Füße, Fürstin der ewigen Finsternis.«

»Dazu hast du noch etwas Zeit. Schau dich erst mal um, damit du meinen Herrschaftsbereich besser kennenlernst.«

»Sehr wohl, Eure Hoheit.« Mit einer tiefen Verbeugung senkte Alex sein Haupt.

Schon eilte Jana zum nächsten Gast. Ein paar Meter weiter saß ein Mann in einem Star-Wars-Kostüm. Sie plauderte mit ihm.

*Mist,* fluchte Alex in Gedanken. *Ich habe das falsche Kostüm erwischt. Eine Fledermaus huscht durch die Nacht. Ihr Flügelschlag ist lautlos. Man sieht sie kaum, sie ist ein Insektenfresser. Am Tag hängt sie kopfüber reglos in ihrer Höhle. Einer Schneekönigin gegenüber bin ich nur ein unbedeutender Vogel der Nacht. Als Jedi-Ritter hätte ich wahrscheinlich bessere Chancen.* Alex tröstete sich: *Morgen ist Halloween vorbei. Hier in der Bar ist Jana die unumschränkte Herrscherin. Aber auf dem Fußballfeld darf sie mir zujubeln. Ich werde ihr eine Freikarte schenken.*

Alex blickte sich in der Hotelbar um. Neben ihm saß eine Horrorbraut. Ihre Augen waren rot unterlaufen. Tränen aus Blut hatten Spuren auf ihren Wangen hinterlassen. Ihre spitzen Fingernägel waren rot lackiert. Der Schleier hing wie eine verdreckte Gardine von ihrem Kopf herab. Ein silbernes Band umschlang ihre Stirn.

»Bist du frisch verheiratet oder gerade dem Henker entronnen?«, fragte er seine Nachbarin. »Ich sollte mich erst einmal vorstellen: Gestatten, mein Name ist Cheops.«

»Cheops, ein stolzer Name«, entgegnete die Horrorbraut. »Du darfst mich heute »Fortuna« nennen.«

»Welch ein Glück, dass ich ausgerechnet neben Fortuna sitzen darf«, erwiderte Alex. »Du siehst aber nicht gerade glücklich aus.«

»Der Schein trügt, Cheops. Auf der Fahrt zur Trauung wurde ich, zusammen mit meinem Bräutigam, in einen schrecklichen Verkehrsunfall verwickelt. Er war auf der Stelle tot. Ich kann es kaum fassen, mit etwas Glück und höherer Fügung bin ich in letzter Sekunde der Ehe entronnen.«

»Glückwunsch«, entgegnete Alex. »Das ist ja wie ein Sechser im Lotto. Das sollten wir feiern.« Lachend umfasste Alex ihre Hüfte. Doch Fortuna schob seine Hand zur Seite.

»Nicht so stürmisch, junger Mann. Ein bisschen Trauer solltest du mir gönnen. Hast du keinen Respekt vor trauernden Witwen?«

»Entschuldigung.« murmelte Alex. »Mein herzliches Beileid. Es muss schrecklich sein, innerhalb weniger Sekunden zur Witwe zu werden.«

Fortuna stieß mit Alex an. »Sag mal, Cheops, du siehst

aber nicht gerade wie ein Pharao aus. Hast du kein passendes Kostüm gefunden, oder wurdest du von deiner Mutter beraten?«

»Muss ich dir gleich alles verraten?«, entgegnete Alex. »Ich bin als Fledermaus reinkarniert und bewache in der Nacht die Cheopspyramide.«

Fortuna lüftete ihren Schleier: »Ich habe gehört, dass Fledermäuse in der Nacht ihre Opfer mit Ultraschall orten. Kannst du meine Lippen erspüren?«

Zögernd küsste Alex Fortuna. Zärtlich wischte sie ihm einen Blutfleck von der Wange.

Alex flüsterte: »Die Zeit ist außer Kraft gesetzt. Das Trauerjahr ist wie im Flug vergangen. Wir treffen uns gleich morgen am Fuß der Cheopspyramide.«

»Ja«, seufzte Fortuna, »wir fliegen dorthin. Mein Bräutigam hat das Zeitliche gesegnet. Ich hoffe nicht, dass er als Untoter hier in der Hotelbar auftaucht.«

Jana hatte die beiden Turteltäubchen aus dem Augenwinkel beobachtet. »Alex«, rief sie laut, »möchtest du noch einen Drink mit Eis? Sie strafte die Horrorbraut mit einem eiskalten Blick.

»Darf ich dir Fortuna vorstellen?«, fragte Alex. »Sie hat nach einem schrecklichen Unfall ihren Bräutigam verloren. Sie sucht Trost und Hilfe.« Mit gesenktem Blick nickte Fortuna.

Jana bemerkte spöttisch: »Ah, eine trauernde Witwe wirft sich einer verirrten Fledermaus an den Hals.« Sie knallte das Martiniglas auf den Tresen und mixte gleich darauf den nächsten Drink.

»Entschuldige bitte, Fortuna,« sagte Alex, »ich glaube, dass hier jemand eifersüchtig ist. Ich hätte niemals gedacht, dass eine Schneekönigin so in Wallung geraten kann.« Kaum hatte er die letzten Worte ausgesprochen, stürmte ein Zombie in die Bar. Seine Augen waren schwarz umrandet. An der zerschlissenen Kleidung klebte frische Erde. Sein Gesicht war blutverschmiert, eine klaffende Narbe verlief quer über seine Wange.

Fortuna rief glücklich: »Oh Schatz, du lebst! Gerade wollte ich dich auf dem Friedhof besuchen.« Voller Freude fiel sie ihm um den Hals. Der Untote rempelte Alex zur Seite und bestellte sich einen Halloween-Cocktail: »Mit grünem Sirup, Tomatensaft und einem kräftigen Schluck Gin!« Fortuna widmete sich ihrem verloren geglaubten Bräutigam. Sie tastete ihn sorgfältig ab. Anscheinend waren seine Knochen heil geblieben. Überglücklich drückte sie ihren Kopf an seine Schulter.

Jana grinste Alex vielsagend an. »Der Bräutigam hat seine Braut gefunden. Plötzlich ist er zum Leben erwacht. Ein Wunder ist geschehen. So ist das an Halloween! Bald ist die Nacht vorbei. Die Fledermäuse sollten schnellstens ihre Quartiere aufsuchen. Hoffentlich findest du deine Höhle. Am besten, du hängst dich kopfunter an einem Holzbalken auf.«

»Danke für deinen hilfreichen Tipp«, entgegnete Alex. »Schneekönigin, kann ich noch einen Martini bekommen? Ich lade dich gerne zu einem Drink ein. Aber nimm bitte einen eisgekühlten, sonst schmilzt du gleich wie Eis in der Sonne.«

Jana prostet Alex zu. »Ich habe vorhin behauptet, dass sich in meinen Winterpalast eine Fledermaus verirrt hat. Jetzt ist mir eine schöne Aufgabe für dich eingefallen: Du könntest mich in der Nacht bewachen.«

Alex nickte: »Dein Wunsch ist mein Befehl. Ich habe auch eine Bitte an dich: Könntest du mich beim Fußballspiel anfeuern und die Gegner mit Eiszapfen bewerfen?« Alex überreichte Jana eine Freikarte für das Fußballspiel. »Kommst du am nächsten Samstag zu unserem Freundschaftsspiel gegen Offenburg?«

»Ich glaube schon. Wenn nichts dazwischenkommt, bin ich am Samstag dabei.«

»Prima!«, erwiderte Alex. »Wir können uns nach dem Spiel im »Abseits« treffen. Das ist die Kneipe gleich neben dem Fußballstadion.«

Das »Abseits« war gerammelt voll. Die Fans des Offenbacher Fußballclubs waren bestens gelaunt. Ihr Verein hatte die Freiburger U 19 mit 3:2 geschlagen. Der Wirt hatte alle Hände voll zu tun und raunte seinem Kellner zu: »Halte bloß die Jungs auseinander. Die Offenburger sollen auf der linken Seite sitzen. Ich will keinen Ärger und dulde keine Schlägerei wie im letzten Jahr. Da hatten sie die Stühle und Tische zu Kleinholz zerlegt.«

»Das kriegen wir hin«, beruhigte ihn der Kellner. »Notfalls gehe ich dazwischen und werfe die Offenbacher hochkant raus.«

Jana hatte das Fußballspiel mit geringem Interesse verfolgt. Von Fußballregeln hatte sie ohnehin nicht den blassesten Schimmer. Nur, wenn Alex am Ball war, hatte sie mit den Fans im Chor gebrüllt. Nach dem Spiel wartete sie eine Zeit lang auf Alex. Kurze Zeit später schlenderte er zur Tür herein. »Hallo Alex, zu der verlorenen Partie kann ich dir leider keinen Glückwunsch aussprechen. Bist du deprimiert wegen der Niederlage?«

»Das Spiel ist nicht fair verlaufen«, antwortete er. Der

Schiri hatte uns einen gerechten Elfer verweigert. Ich weiß nicht, wo der seine Augen hatte. Es war ein klares Handspiel.«

»Also ich habe den Schiri bestimmt nicht abgelenkt. Schau mich an: Fast könnte ich heute als Junge durchgehen.« Dabei schüttelte sie ihr langes blondes Haar, schob die rote Kappe zurecht und rückte näher an Alex heran. »Alex, soll ich dich heute trösten? Auf der Halloween-Party bist du plötzlich unter die Räder gekommen, und heute haben euch die Offenbacher gezeigt, wo der Barthel den Most holt. Am letzten Samstag musstest du mutterseelenallein nach Hause ziehen, und heute leckt ihr eure Wunden. Ich zerfließe vor Mitleid.«

Alex blickte Jana missmutig an. »Wer den Schaden hat, braucht für den Spott nicht zu sorgen. Kennst du die Horrorbraut vom letzten Samstag? Die hat mich ganz schön reingelegt.«

»Kennen ist zu viel gesagt. Christina schwirrt immer wieder mal in die Bar herein. Hat sie dein Interesse geweckt? Du scheinst immer noch an sie zu denken.«

»Ach was.« Alex schüttelte den Kopf. »Ich werde morgen nach Lahr fahren. Besuchst du auch deine Eltern?«

Jana schüttelte den Kopf. »Bei meinen Eltern habe ich im Moment nichts zu suchen. Die sind mit sich selbst beschäftigt. Meine Mutter hat mich gestern angerufen. Sie will sich von meinem Vater trennen. »Was?, Warum?«, fragte Alex.

»Sie ist meinem Vater dahintergekommen, dass er seit Monaten ein doppeltes Spiel spielt. Er ist als Baumaschinenverkäufer häufig unterwegs. Früher hat er sie regelmäßig angerufen. Doch seit längerer Zeit wurden seine

Anrufe immer seltener. Vor zwei Wochen fuhr meine Mutter nach Stuttgart. Sie wollte dort in einem Antikladen ein paar Barockfiguren für unsere Terrasse bestellen. Auf dem Weg dorthin sah sie meinen Vater auf der Königsstraße. Händchenhaltend flanierte er mit einer zwanzig Jahre jüngeren Frau über den Boulevard. Meine Eltern sind seit fünfundzwanzig Jahren verheiratet! Plötzlich bricht bei ihm der zweite Frühling aus. Er hat sich eine hübsche Brasilianerin geangelt. Für meine Mutter ist die Welt zusammengebrochen. Von seiner angeblichen Geschäftsreise kam er am Montag fröhlich nach Lahr zurück. Sie hat ihn zur Rede gestellt. Er meinte nur: »Unsere Ehe ist doch schon seit Jahren im Eimer. Ich habe nur noch darauf gewartet, dass unsere Tochter auszieht.«

»Lässt sich das nicht reparieren?«, fragte Alex. »Ehekrisen gibt es doch immer und überall.«

»Das glaube ich nicht. Meine Mutter hat endgültig die Nase voll von ihm. Das Haus gehört zwar beiden, aber die finanziellen Fragen könnte man später regeln.«

»Wie geht es dir damit, Jana?« Sie wischte sich ein paar Tränen vom Gesicht. Alex gab ihr ein Taschentuch. »Zum Feiern ist uns heute nicht zumute. Soll ich dich nach Hause bringen?«

Jana nickte. Am nächsten Morgen klingelte der Wecker. Jana hatte ihren Arm um Alex geschlungen. »Verdammt!« Alex sprang aus dem Bett. »Beinahe hätte ich es verschlafen. Ich muss zu meinen Eltern nach Lahr. Sie erwarten mich zum Mittagessen. Ich habe ihnen versprochen, dass ich pünktlich komme. Jana, es tut mir wirklich leid, aber ich muss sofort los.« Eilig gab er ihr ein Küsschen und zog sich an. Jana lag im Bett und drehte sich zur Seite. Nach Lahr wollte sie heute auf keinen Fall fahren.

Alex war weg. Es war still. Mitunter drangen Stimmen gedämpft zu ihr ins Zimmer. Das leise Schaben der Rollkoffer auf dem Gang erinnerte sie daran, dass am Sonntagvormittag viele Gäste das Hotel verlassen. Plötzlich überfiel sie ein Gefühl von Einsamkeit. Sie versank in alte Erinnerungen.

*In meiner Kindheit lebte ich in einer heilen Welt. Meine Eltern waren immer für mich da. Schade, dass ich keine Geschwister habe. Alex schimpft zwar über seine Schwester, aber er kann sich wenigstens über sie ärgern. Wie alt war ich? Vielleicht fünf, als ich meine Eltern einmal im Gedränge aus den Augen verloren hatte. Hilflos lief ich durch die Bankreihen im Biergarten. Ich weinte. Eine Frau fragte mich, was los sei. Sie nahm mich auf den Arm und brachte mich zur Musikbühne. Ein Musiker sagte über das Mikrofon: »Die kleine Jana sucht verzweifelt ihre Eltern. Bitte kommen Sie zur Bühne. Jana wartet hier auf Sie.« Niemand holte mich ab. Ich saß da wie ein Häufchen Elend und wartete. Endlich kam mein Vater. Er lachte. Ich umklammerte seinen Hals. »Na so was«, sagte er zu mir. »Da bist du ja, kleine Ausreißerin. Wir dachten, du wärst nebenan auf dem Spielplatz.« Ich liebte meinen Vater. Am Abend habe ich immer sehnlich auf ihn gewartet. Er hat mir bei den Hausaufgaben geholfen und mich zum Tischtennisverein gebracht. Er war immer stolz auf mich, wenn ich ein Spiel gewann. Als mir eine Urkunde überreicht wurde, hat er mich in den Arm genommen und mir ein Küsschen gegeben. Meine Mutter hat mich immer nur ermahnt. Ich sollte zu den Nachbarn höflich sein und mich beim Spielen nicht schmutzig machen. »Wie siehst du denn wieder aus!«, hat sie oft gerufen. »Dein Kleid ist völlig verdreckt. Als Mädchen solltest du besser auf dich achten. Du treibst dich zu viel mit den Buben herum.« Als ich in die Pubertät kam, hat sie mir wortlos eine Binde in die Hand gedrückt. »Gib mir das schmutzige Höschen! Ich werde es gleich in die Wäsche werfen. Jetzt geht es bei dir auch schon los. Wenn du ein Junge wärst, hättest du nicht so viele Scherereien. Du weißt doch Bescheid, oder?«*

*»Jaaa , antwortete ich. Mit ihr konnte ich darüber nicht reden. Das wäre mir zu peinlich gewesen.*

*Jetzt wollen sich meine Eltern trennen. Ich weiß nicht, was in Papas Kopf vor sich geht. Wir haben ein Haus und eine schöne Terrasse. Dort habe ich im Sommer oft mit ihm Tischtennis gespielt. Meine Eltern wollten bald silberne Hochzeit feiern. Und jetzt verliebt sich mein Vater Hals über Kopf in eine junge Tussi aus Brasilien. Ich verstehe die Männer nicht. Zum Glück bin ich von zu Hause weg. Die Familientragödie muss ich mir nicht auch noch aufladen. Das müssen die beiden unter sich ausmachen. Dass man sich schnell verlieben kann, habe ich gerade selbst erlebt. Wie die Geschichte mit Alex weitergehen kann, das steht in den Sternen. Vielleicht schwirrt ihm noch Melissa im Kopf herum. Der weiß wahrscheinlich selbst nicht, was er will. Bei der Halloween-Party hatte ihn die Horrorbraut blitzschnell um den Finger gewickelt. Wenn man einem Hund ein Würstchen hinhält, kriegt er Appetit. Am besten bleibe ich heute hier im Hotel. Am Abend muss ich ohnehin in der Hotelbar arbeiten. Mal sehen, wann sich Alex bei mir meldet.*

In letzter Minute erreichte Alex den Bus nach Lahr. Wie gewohnt ging er die lange Allee zu seinem Elternhaus hinunter. Er kam an seiner Schule vorbei. Am Sonntag war sie wie ausgestorben. Nachdenklich betrachtete er die große Eingangstür.

*Wie viele Jahre bin ich durch diese Tür gegangen. Alles ist mir so vertraut und gleichzeitig unendlich weit weg. Ich gehöre nicht mehr hierher. Wie lange soll ich den Schlüssel zu meinem Elternhaus noch behalten? Eigentlich brauche ich ihn nicht mehr. Ich komme nur noch zu Besuch und könnte genauso gut an der Haustür klingeln.*

Seine Mutter erwartete ihren Sohn schon im Flur und begrüßte ihn herzlich. »Oh, ein großer Fußballstar hat sich nach Lahr verirrt! Das Essen ist schon fertig. Hoffentlich hast du Hunger mitgebracht.« Sie hakte sich fröhlich bei ihrem Sohn ein. »Wie geht es dir in Freiburg?«

»Das erzähle ich dir später«, erwiderte Alex. Seine Schwester Amelie beäugte ihn misstrauisch.

»Ah, der gnädige Herr kommt wohl gerade von einer Meisterschaftsfeier. Oder gab es gar nichts zu feiern? Ich habe gehört, dass ihr gestern von den Offenburger Jungs einen kräftigen Tritt in den Hintern bekommen habt. Ein gewisser Stürmer hat keinen einzigen Ball vor die Füße gekriegt. Ein Jammer! Wenn dich deine Mitspieler im Regen stehen lassen, dann solltest du mal ein Wörtchen mit dem Trainer reden. Habt ihr das Pleitespiel schon analysiert? Ich hoffe nur, dass es diesmal nicht am Stürmer lag.«

»Danke, vielen Dank, Amelie. Ich wusste nicht, dass du dich für Fußball interessierst. Du hast keinen blassen Schimmer und redest wie ein Schlaumeier daher«, entgegnete Alex genervt.

»Jetzt ist aber Schluss«, ermahnte sie der Vater, »Könnt ihr euch nicht einmal friedlich unterhalten?«

Die Mutter nickte Alex freundlich zu. »Wie geht es dir in Freiburg? Hast du ein gutes Quartier gefunden?«

»Passt«, entgegnete Alex. »Der Trainer ist super. Er hat uns am Samstag getröstet. Ein Ausrutscher gehöre nun mal zum Fußballspiel dazu. Gewinnen kann immer nur einer.«

»Und wenn das Spiel unentschieden ausgeht?«, höhnte Amelie.

Der Vater strafte sie mit einem energischen Blick. »Das reicht jetzt! Ihr seid wie Hund und Katze.«

»Alex,« erkundigte sich die Mutter, »bekommt ihr auch gutes Essen in Freiburg?«

Alex schmunzelte. »An deine Kochkünste kommen die Köche in Freiburg nie und nimmer heran. Manchmal muss ich hungrig aus der Kantine gehen. Die Köche und der Trainer reden immer nur über gesunde Ernährung. Als Leistungssportler muss ich einen strengen Diätplan einhalten. Ich habe mich einigermaßen daran gewöhnt. Wir haben auch schon eine Fangemeinde. Unsere Anhänger sind bei jedem Punktspiel dabei. Gegen die Lahrer Fußballmannschaft würde ich auch gerne mal antreten. Aber die Jungs hier sind eine Hobbymannschaft. Franz ist immer noch dabei. Er sagte mir kürzlich, dass ihm nur noch wenig Zeit für das Fußballtraining bleibt.«

»Ja«, sagte Alex' Mutter, »der macht doch eine Schneiderlehre beim Herrenschneider Ricardo. Er ist kürzlich von zu Hause ausgezogen. Ich weiß nicht, was ich davon halten soll«, seufzte sie.

Alex fuhr fort: »Nach dem Mittagessen werde ich Franz besuchen. Ich bin neugierig, wie es ihm bei Ricardo geht.«

»Ich auch!«, rief Amelie. »Soll ich mitkommen, Bruderherz?«

»Vielen Dank, Amelie, du bist doch gerade mit Stricken beschäftigt. Das Jäckchen für deine Lieblingspuppe wird bestimmt hübsch: zwei rechts, zwei links, eine Masche fallen lassen? Immer schön in Grün, Weiß und Rot. Falls du beim Stricken Probleme hast, kannst du gerne Franz anrufen. Der kennt sich damit bestens aus. Und wenn der Bolero fertig ist, gib mir bitte Bescheid. Und vergiss die Knöpfe nicht! Wir könnten dann der Puppe zu Ehren die mexikanische Nationalhymne singen.« Bevor Amelie ihrem Bruder eine bissige Bemerkung zurückpfeffern konnte, verschwand Alex so schnell, wie er gekommen war.

Franz wartete schon vor der Maßschneiderei auf ihn.

»Hallo Franz, du siehst ja völlig verändert aus. Warst du beim Friseur? Nein, ich sehe schon, du trägst elegante Schuhe und dazu noch eine Weste aus rotem Samt. Man könnte meinen, den Schneidermeister höchstpersönlich zu treffen. Spaß beiseite: Wie geht es dir, alter Bratapfel? Ich habe gehört, dass du bei Ricardo eingezogen bist.«

»Meine Mutter war sehr traurig darüber«, entgegnete Franz. »Eine Sache kann ich ihr nicht sagen, aber dir gegenüber mache ich kein Geheimnis daraus. Jetzt weiß ich es genau, an Mädchen habe ich kein Interesse. Außerdem liebe ich meinen Beruf. Ricardo ist stolz auf mich.«

Alex stutzte: »Du bist schwul? Meine Güte, Ricardo ist doch ein alter Knochen. Wie soll das gut gehen? Der Lehrling verliebt sich in seinen Meister!«

»Alex, Ich habe es mir nicht ausgesucht. Ich bin einfach beeindruckt von ihm. Ricardo ist kein einfacher Herrenschneider, er ist ein begnadeter Modedesigner. Sein Geschäft ist mit hochwertigen Jugendstilmöbeln eingerichtet. Wir verkaufen dort nichts von der Stange. Jeder Kunde wird bei uns ganz individuell behandelt. Ricardo ist ein Maßschneider, der weit über die Grenzen von Lahr hinaus bekannt ist. Außerdem kenne ich jetzt die ganze Szene. Aber das ist mein Berufsgeheimnis. Die Kunden fahren mit Mercedes oder teuren Schlitten vor. Du kannst dir gar nicht vorstellen, wer bei uns alles ein- und ausgeht. Ich darf bei unseren Kunden auch schon Maß nehmen. Ich lege das Maßband um ihre Schultern, Brust und Hüften, ich messe ihre Schrittlänge und die Länge ihrer Arme. Dabei komme ich ihnen sehr nahe. Mitunter spüre ich sogar ihren Atem. Der Meister hat mir eingebläut, dass ich mit den Herren äußerst höflich umgehen soll. Schließlich lassen sie eine Menge Geld bei uns liegen.«

»Ach«, antwortete Alex, »du kannst den Kunden beim Maßnehmen auf die Pelle rücken?«

»Alex, bitte, ich arbeite in einer Maßschneiderei. Das ist kein Gay-Salon. Wahrscheinlich hast du von Schwulen ein ziemlich triviales Bild. Vielleicht denkst du, dass die immer nur an das Eine denken. Das Gegenteil ist der Fall. Sie sind respektvoll und höflich.«

»Und jetzt bist du sogar bei Ricardo eingezogen?«, fragte Alex.

»Ja«, bestätigte Franz. »Ihm gehört ein großes Haus, und er hat mir ein schönes Zimmer angeboten. Vergoldete Wasserhähne habe ich bestimmt nicht in meinem Zimmer, aber es ist allemal besser als bei meinen Eltern. Ich bin froh, dass ich von zu Hause weg bin. Du kennst doch meinen Vater. Er konnte immer nur herummeckern. Meine Mutter tut mir leid. Sie muss den Sklaventreiber jetzt allein ertragen. Aber ich habe endlich meine Freiheit und Ruhe. Das Pflichtprogramm ist beendet, jetzt kommt die Kür.«

Alex blieb skeptisch: »Und was hat dein Vater dazu gesagt?«

»Das ist mir ziemlich egal«, winkte Franz ab. »Schon beim Frühstück hatte er immer etwas an mir auszusetzen. Wie ein Fürst hat er die Zeremonie am Wochenende eröffnet. Der Papa nahm immer zuerst eine Semmel aus dem Brotkorb. Der Kaffee wurde ihm von seiner unterwürfigen Dienerin eingeschenkt. Erst wenn er vergnüglich schmatzte, durfte ich mir ein Brötchen nehmen. So ging es den ganzen Tag. Ihm wurde immer der rote Teppich ausgerollt. Die Untergebenen mussten auf sein Wohlbefinden achten. Am liebsten hätte ich ihn auf den Mond geschossen. Wunderst du dich immer noch, dass ich jetzt bei Ricardo glücklich bin? Jetzt hat der Fürst nur noch eine Dienstmagd. Ich bin gespannt, wie lange meine Mutter das noch aushält.«

Alex blickte Franz spöttisch an: »Und nun hat der Sohn des Fürsten einen neuen König gefunden?«

»Lehrjahre sind keine Herrenjahre«, entgegnete Franz. »Ich bin froh, dass ich meinem Vater entronnen bin. Beim König gibt es natürlich auch strenge Regeln, aber er kümmert sich wenigstens um mich, bei ihm lerne ich etwas. Ich werde nicht mehr blöd angequatscht. Und wie geht es dir, Alex?«

Alex zuckte mit den Schultern. »Ich weiß nicht. Alles dreht sich im Kreis. Melissa ist in Hannover, und ich muss jeden Tag hart trainieren. Ich habe sie lange nicht mehr gesehen. Neuerdings ist Jana wieder aufgetaucht. Für wen soll ich mich entscheiden?«

Franz legte tröstend die Hand auf seine Schulter. »Na ja, zum Heiraten hast du noch genug Zeit. Oder hast du dich jetzt in Jana verliebt?«

»Nein«, murmelte Alex. »ich werde nicht schlau aus ihr, und Melissa ist weit weg. Ich werde Jana heute Abend in der Hotelbar besuchen. Es geht ihr nicht gut, ihre Eltern wollen sich scheiden lassen.«

»Ich habe davon gehört«, sagte Franz. »Kaum zu glauben, was in Lahr alles hinter verschlossenen Türen passiert.«

»Franz, ich staune! Du bist über alles bestens informiert.«

»Ich habe so meine Quellen«, schmunzelte Franz.

Am Abend besuchte Alex Jana im Hotel Rizzo. Er fuhr mit dem Fahrstuhl in den sechsten Stock. Auf dem Weg zur Hotelbar hatte er einen wunderbaren Blick über die Stadt. Er starrte auf das Lichtermeer unter ihm. Die Autos schlichen wie Ameisen die Straßen entlang, bevor sie wie auf Knopfdruck vor den roten Ampeln stehen blieben. Alex erinnerte sich an seine Modelleisenbahn.

*Von oben betrachtet sieht alles wie ein Spiel aus. Doch kaum ist man mitten im Getriebe, ist es mit dem Spiel vorbei. Ich sollte öfter mal mit dem Fahrstuhl in den sechsten Stock hinauffahren, um die Dinge von oben zu betrachten. Alles wird kleiner und übersichtlicher.* Ach was , murmelte Alex. *Hier oben wartet Jana auf mich.*

Entschlossen lief er zur Eingangstür.

Jana stand mutterseelenallein am Tresen. Nur wenige Gäste hatten sich am frühen Abend in die Hotelbar verirrt. »Hallo Jana, hattest du heute Morgen einen guten Start in den Sonntag?«

»Danke der Nachfrage«, gab sie schnippisch zurück.
»Was gibt es Neues aus Lahr? Ist deine Schwester Amelie immer noch so patzig?«

»Allerdings«, stöhnte Alex. »Übrigens hat mir Franz erzählt, dass er den Schneidermeister Ricardo verehrt. Er würde für ihn durchs Feuer gehen. Er vermisst mit seinem Maßband jetzt höchstpersönlich die High Society. Neuerdings schwärmt er von Luxuslimousinen.«

»Das wundert mich nicht«, sagte Jana. »Der hat doch schon euren Fußballtrainer angehimmelt. Franz war immer etwas etepetete.«

»Wann besuchst du deine Eltern in Lahr?«, fragte Alex.

»Ich werde erst mal nur meine Mutter treffen«, erwiderte Jana. »Sie ist völlig aufgelöst und hat mir unter Tränen ein Geheimnis gebeichtet. Ich sei ein Kuckuckskind. Aber ich soll dem Vater bloß nichts davon erzählen.«

Alex: »Jetzt bin ich platt. Wer ist denn dein wirklicher Vater?«

»Das hat sie mir nicht verraten.«

»Das hätte ich nie von deiner Mutter gedacht. Die sieht doch aus wie die Unschuld vom Lande. Bei deiner Geburtstagsfeier habe ich nett mit ihr geplaudert. Eine typische Mutter, so, wie sie im Buch steht: Sie bewacht ihre Kinder wie eine Löwin. Ausgerechnet deine Mutter hatte einen heimlichen Liebhaber?«

»Ich weiß es nicht«, antwortete Jana. »Ich werde sie in Lahr besuchen, dann wird sie mir vielleicht mehr erzählen.«

»Warum beichtet sie ihr streng gehütetes Geheimnis erst jetzt?«, fragte Alex verwundert.

Jana lächelte müde. »Dreimal darfst du raten. Sie

möchte mich auf ihre Seite ziehen. Sie weiß genau, dass ich meinen Papa liebe. Jetzt bringt sie einen anderen Vater ins Spiel. Soll ich das überhaupt glauben? Vielleicht hat sie alles nur erfunden, damit ich mich von meinem Papa distanziere. Ich weiß nicht, was ich von der Geschichte halten soll. Auch wenn ich einen anderen Erzeuger habe, bleibt mein Papa doch mein Papa. Ich kenne ihn, solange ich zurückdenken kann. Wenn sie mich angelogen hat, wird alles noch schlimmer. Möchtest du einen Drink, Alex?«

Alex schüttelte den Kopf: »Tut mir leid, Jana, ich muss morgen früh zum Training. Da muss ich fit sein. Am besten, wir treffen uns in den nächsten Tagen noch mal. Ich muss ins Vereinsheim zurück. Meine Kumpels warten auf mich. Tut mir leid, dass du jetzt so viel Ärger am Hals hast.«

Jana blickte trübsinnig hinter Alex her.

*Ich kann mich auf niemanden verlassen. Mit Alex kann ich keinen Blumentopf gewinnen.*

# 6. Escort-Service

»Sind Sie öfter hier?«, fragte ein Mann Jana an der Bar. Erst jetzt bemerkte Jana die unscheinbare Gestalt vor dem Tresen. Er mochte Mitte vierzig sein. Sein Scheitel war sorgfältig gekämmt. »Was haben Sie für Drinks im Angebot?«

»Alles«, erwiderte Jana knapp. »Können Sie mir einen empfehlen?«, fragte der Unbekannte. »Das hängt ganz von Ihren Vorlieben ab. Viele mögen einen Cocktail mit Gin oder Whisky. Aber Sie wissen schon, James Bond wollte immer einen Wodka-Martini, geschüttelt, aber nicht gerührt.« »Warum geschüttelt?«, fragte der Unbekannte. »Entschuldigung, ich habe ganz vergessen, mich vorzustellen. Mein Name ist Wladimir Korajew, ich wohne für ein paar Tage hier im Hotel.«

»Wladimir, ich weiß es auch nicht genau. James Bond wollte einfach Action, selbst beim Bestellen eines Drinks. Das sieht doch elegant aus, wenn das Getränk im Cocktailshaker von Hand geschüttelt wird.«

Wladimir nickte.

Jana lächelte ihn an: »Möchten Sie vielleicht einen Continental Sour probieren? Das ist ein Whiskey Sour mit Portwein. Aber der wird nicht geschüttelt, nur gerührt.«

»Ein Whiskey mit Portwein, das ist die richtige Mischung für mich. Er macht munter und beruhigt zugleich. Darf ich Sie auch zu einem Drink einladen?«

»Warum nicht? Einen Dirty Martini trinke ich am liebsten.« Nach dem Anstoßen fragte sie Wladimir: »Sind Sie geschäftlich in Freiburg?«

Er nickte: »Ja, natürlich, morgen startet die Messe »Gartenträume«.«

Jana war überrascht. »Gartenträume? Sie sehen nicht gerade wie ein Romantiker aus.«

Wladimir lachte: »Meine Firma verkauft alles, wovon der Gärtner träumt. Von der fertigen Gartenlaube bis zu Gartenzwergen oder verschiedensten Zierfiguren.«

»Wie hübsch«, meinte Jana. »Kürzlich hat meine Mutter zwei Barock-Engel für unseren Garten gekauft.« Gleich darauf biss sie sich auf die Lippen. Ausgerechnet diese unangenehme Erinnerung war ihr herausgerutscht.

»Das haben wir alles,« entgegnete Wladimir. »Wo wohnen Ihre Eltern?«

»Nicht weit von hier, in Lahr«, antwortete Jana.

»Lahr«, sinnierte Wladimir, »das kommt mir irgendwie bekannt vor. Richtig, ich glaube, es war vor achtzehn Jahren. In der Schrebergartenkolonie »Sonnenglück« war eine Gartenlaube abgebrannt. Der Auftrag für das neue Gartenhäuschen ging an meine Firma. Ich habe damals die Vermessungsarbeiten übernommen. Die Besitzer waren ziemliche Spießer, die haben um jeden Cent gefeilscht. Sind Sie auch ein Gartenfreund?«, fragte Wladimir.

»Eine komische Frage, ob ich ein Gartenfreund bin«, entgegnete Jana. »Ich spiele gerne Tischtennis auf der Terrasse in unserem Garten. Um das Rasenmähen und Bäume schneiden habe ich mich nie gekümmert.«

»Natürlich haben wir auch Tischtennisplatten, ergänzte Wladimir. Wir haben alles in unserem Sortiment.«

»Unglaublich«, staunte Jana. »Würdet ihr auch für

meine Großmutter einen Platz im Altersheim mit Gartenblick vermitteln?«

Wladimir lachte: »Wir verkaufen weder Rollstühle noch Altersheimplätze. Aber für neue Geschäftsideen sind wir immer offen.«

»Sind Sie der Inhaber der Firma?«

Wladimir nahm Haltung an: »Er steht persönlich vor Ihnen.«

»Wie heißt Ihre Firma?«, fragte Jana.

Wladimir lächelte: »Immergrün.«

»Immergrün?«, fragte Jana.

»Wir haben auch immergrüne Sträucher im Angebot«, erklärte Wladimir. »Sommers wie winters verkaufen wir grüne Zäune.«

»Bei so viel Grün wählen sie wahrscheinlich auch die Grünen?«, fragte Jana.

»Das versteht sich von selbst«, gab er zur Antwort. »Wir stehen ganz oben auf der Spenderliste.«

»Und warum spendet ihr?«

»Das gehört zu unserem Firmenimage. Verstehen Sie mich bitte nicht falsch, wir sind keine grünen Ideologen. Aber wir lieben die Natur, die Gärten und die frische Luft in den Schrebergartenkolonien.«

»Ein stolzer Name: Immergrün. Bietet ihr auch Dienstleitungen für Schrebergärtner an?«

»Gott bewahre, das ist Aufgabe des Gartenvereins. Wo kämen wir da hin, wenn wir die Bepflanzung oder vielleicht noch die Höhe der Gartenzäune überwachen müssten. Sie können uns gerne auf der Messe besuchen. Unser Stand hat von neun bis achtzehn Uhr geöffnet. Hier ist meine Visitenkarte.«

Jana zögerte. »Na ja, wenn ich Zeit habe, schaue ich mal bei Ihnen vorbei. Übrigens, tragen Sie immer eine grüne Krawatte?«

»Das ist mein Erkennungsmerkmal.« Wladimir rückte seine Krawatte zurecht. »Wenn Sie mich im Gedränge nicht finden sollten, dann halten Sie nach meiner grünen Krawatte Ausschau. Übrigens, darf ich Ihren Namen erfahren?«

»Jana«, antwortete sie lächelnd. »Ich wünsche Ihnen auf der Messe gute Geschäfte.« Sie prostete Wladimir zu.

Tags darauf besuchte Jana die Gartenmesse. Sie quetschte sich durch die Menschentrauben und das bunte Gewimmel aller möglichen Gartenaccessoires. Zwischen den Ständen boten Imbissbuden Kanapees, Wiener Würstchen und Crêpes mit Gurken- oder Tomatenscheibchen an. An einigen Messeständen wurden von freundlich lächelnden Damen Käsehäppchen mit Salzstangen verteilt. Gärtnergehilfen mit grünen Schürzen bahnten sich ihren Weg durch die Menschenmassen und zogen aufgestapelte Waren auf Transportwagen hinter sich her. Fast wäre ihr ein Gärtner, der einem Gartenzwerg zum Verwechseln ähnlich sah, mit einem Transportwagen über die Füße gefahren. Jana sprang geistesgegenwärtig zur Seite. Sie eilte an allen möglichen Holz- oder Gipsfiguren, barocken Engeln und bunten Windrädern vorbei. Immer wieder hielt sie nach dem Messestand der Firma Immergrün Ausschau. Im allgemeinen Gedränge stieß sie mit dem Kopf gegen eine Klangschale. Beinahe wäre sie auch noch über die sorgsam aufgestellten Gartenzwerge gestolpert. Überall lauerten kleine Fallen. In Trippelschritten wurde sie langsam nach vorne geschoben. Schon wollte sie dem Gedränge entfliehen, als ihr von Weitem ein Schild entgegen leuchtete: »Immergrün.« *Noch fünfzig Meter, das werde ich schaffen.*

Außer Atem blieb Jana vor dem Stand stehen. Vergeblich hielt sie nach einer grünen Krawatte Ausschau. Sie fragte einen Mitarbeiter: »Ist Herr Korajew da?«

»Wladimir«, rief er laut. »Eine junge Dame fragt nach dir.« Wladimir stürmte hinter einem japanischen Paravent hervor. Er wischte sich eilig ein paar Essensreste vom Mund und begrüßte Jana. Schnell zog er eine Rose aus einer Vase und überreichte sie Jana. »Sehen Sie, Jana, wir haben alles, was das Herz begehrt. Dort sind unsere günstigen Gartenzäune aus Plastik, hier haben wir einen schönen Schutzzaun aus Kiefernholz. Von der Hollywoodschaukel bis zu den farbigen Glaskugeln haben wir alles in unserem Sortiment.«

»Oh«, staunte Jana. »Ich bin entzückt. Meine Mutter würde in Tränen ausbrechen, wenn sie das überwältigende Angebot sehen würde. Laufen die Geschäfte gut?«

»Heute Abend treffe ich einen Großkunden zu einem Geschäftsessen. Ich habe ihn in das Restaurant des Rizzo-Hotels eingeladen. Ich würde mich freuen, wenn ich Sie nach dem Geschäftsessen in der Bar treffen könnte.«

Jana zögerte: »Bitte nicht in der Hotelbar des Rizzo, dort arbeitet heute Abend ein Kollege von mir. Wir könnten uns im Hotel Atlas treffen, das ist nur ein paar Straßen weiter.«

»Gerne«, antwortete Wladimir. »Soll ich zwei Plätze reservieren?«

»Abgemacht«, erwiderte Jana.

Zu Hause, während sie sich vor dem Spiegel schminkte, musste sie an die Worte ihrer Mutter denken.

*Bin ich wirklich ein Kuckuckskind? Warum hat sie mir das so lange verschwiegen? Na klar, es war ein Familiengeheimnis. Ausgerechnet jetzt hetzt sie mich gegen meinen Vater auf. Das ist doch eine Gemeinheit. Vielleicht hat sie alles nur frei erfunden. Wenn es aber wahr sein sollte, hat sie es mit der Treue nicht allzu ernst gemeint. Wer ist dann mein wirklicher Vater? Man kann sich auf nichts und niemanden verlassen. Zu allem Überfluss hat mein Vater neuerdings eine Geliebte. Bei ihm ist der zweite Frühling ausgebrochen. Und Alex, dieser Hallodri, macht, was er will. Wer weiß, ob er sich nicht heimlich mit Melissa trifft. Ich könnte mir mit Wladimir mein Taschengeld aufbessern. Der Gartenheini hat bestimmt etwas vor.*

Mit einem routinierten Griff schob sie ihren Busen nach oben und schnallte sich einen schwarzen Lackgürtel um ihre Taille. Mit ihren roten Pumps sah sie wirklich verführerisch aus.

Das Hotel Atlas kannte Jana nur flüchtig. Sie staunte nicht schlecht, als sie die weinrot beleuchtete Bar betrat. Die großen Regale hinter der Bar schimmerten in einem matten Silbergrau. Unzählige Flaschen und Gläser waren fein säuberlich nebeneinander aufgereiht. Der Barkeeper war gerade mit dem Mixen eines Cocktails beschäftigt. An den Wänden hingen überdimensionale abstrakte Gemälde in bunten Farben. Sie verliehen dem Raum ein gemütliches und modernes Ambiente. Mächtige, mit Stuck verzierte Säulen versperrten neugierigen Gästen den Blick auf die im Raum verstreuten Tische und Sessel.

Wladimir wartete schon auf Jana und küsste freudestrahlend ihre Hand. Er trug wie immer seine grüne Krawatte. In der Brusttasche steckte ein grünes Seidentüchlein. Das grau gestreifte Sakko hatte schon bessere Tage gesehen. Sein etwas schütteres Haar war sorgfältig quer über seinen Kopf gekämmt. Die angehende Glatze ließ sich mit dieser Methode gerade noch verbergen.

»Ich bin entzückt, dass wir uns privat treffen können«, begrüßte sie Wladimir. »Endlich kann ich mich nach einem arbeitsreichen Tag entspannen.«

Er rief den Kellner, der mit einer eleganten Verbeugung nach ihren Wünschen fragte.

»War das Geschäftsessen erfolgreich?«, wollte Jana wissen.

»Ja, wunderbar«, antwortete Wladimir begeistert. »Ich habe einen Großauftrag für 25 neue Gartenlauben bekommen. Den Vertrag habe ich schon in der Tasche. In der Nähe von Lahr wird eine neue Schrebergartenkolonie eröffnet. Ich habe dem Käufer verschiedene Laubenmodelle angeboten. Er wollte nichts von der Stange. Das ist kein Problem, sagte ich ihm. Wir achten stets auf die persönlichen Wünsche unserer Kunden.«

»Gratulation, Wladimir. Ich wusste bisher nicht, dass man mit Gartenlauben gutes Geld verdienen kann. Als Bardame bin ich auf Trinkgelder angewiesen. Und dann werde ich auch noch ständig angemacht. Die Männer möchten einen Flirt und womöglich noch andere Dienstleistungen am liebsten geschenkt bekommen.«

Wladimir legte seine Hand beschwichtigend auf ihren Arm. »Das kann ich mir gut vorstellen. Umsonst ist nur die Luft zum Atmen. Und selbst die wird langsam kostbar.«

Jana musterte ihn skeptisch: »Wladimir, seien Sie ehrlich. Tragen Sie den Trauring vielleicht auch mal im Portemonnaie? Ich sehe einen verdächtigen weißen Streifen an Ihrem Ringfinger.«

Wladimir hüstelte verlegen. »Das ist eine sehr vertrauliche Frage. Wir können doch »du« zueinander sagen, oder?«

Sie nickte. Wladimir rückte etwas näher an Jana heran. »Seit Jahren bin ich in meiner Ehe sehr unglücklich. Wir haben getrennte Schlafzimmer. Für eine endgültige Scheidung bringe ich aber nicht die Kraft auf. Das bringt so viele Schwierigkeiten mit sich. Wir haben ein gemeinsames Haus mitsamt einem großen Grundstück. Die Zugewinngemeinschaft wäre auch noch zu klären. Nur die Rechtsanwälte würden sich über die Scheidung freuen. Ich bin in einem goldenen Käfig gefangen.«

»Deiner Frau wird es wohl ähnlich gehen«, erwiderte Jana.

Wladimir nickte: »Ich kann nichts mehr rückgängig machen. Verstehe mich bitte nicht falsch. Ich habe kein Interesse an einem billigen Abenteuer. Aber du wärst meine Traumfrau.«

Jana fragte verdutzt: »Wladimir, so schnell verliebst du dich?«

»Das habe ich nicht gesagt«, antwortete er beschwichtigend. »Aber diese Chance möchte ich auf keinen Fall verpassen.«

»Wie hast du dir das vorgestellt? Ein biederer Ehemann möchte eine junge Frau erobern? Außerdem gibt es noch ein Problem: »Im Rizzo kannst du mich nicht in meinem Zimmer besuchen. Es ist bei uns strengstens verboten, mit den Hotelgästen anzubandeln. Hier im Hotel Atlas wäre das kein Problem. Im Übrigen hoffe ich, dass du dich mir gegenüber wie ein Kavalier verhältst. Wenn du willst, kannst du mich als Escort-Dame buchen.«

Wladimir griff zu seiner Brieftasche. Jana hob beschwichtigend die Hände. »Bitte nicht jetzt. Wir werden uns hoffentlich später einigen.« Ohne Umschweife kam sie auf das vorherige Thema zurück: »Du sagst, dass du die Ehe nur aus Vernunftgründen aufrechterhalten musst. Ist denn Gut und Geld so wichtig, wenn du in deinem Käfig unglücklich bist?«

»Das ist so eine Sache«, antwortete Wladimir. »Wer sagt mir denn, dass ich nach der Scheidung glücklicher bin? Die Geschiedenen halten nach der Trennung eifrig Ausschau nach dem nächsten Glück und stolpern in die nächste Katastrophe. Das Spiel könnte ewig so weitergehen. Dem täglichen Einerlei kann doch niemand entkommen. Jana, Hand aufs Herz, hast du schon eine glückliche Beziehung erlebt?«

Jana winkte lachend ab: »Aber dafür bin ich doch noch viel zu jung. Ich habe so gut wie keine Erfahrungen. Wie geht das, Glück in der Liebe? Wenn ich mir deine Geschichte anschaue, dann vergeht mir die Lust auf Eheglück. Vielleicht sollte ich lieber ins Kloster gehen, dann hätte ich meine Ruhe von den Männern.«

»Jeder hat sein Schicksal«, sinnierte Wladimir. »Ich verzichte auf das Glück in der Liebe.«

»Und was bleibt dann noch übrig?«, fragte Jana.

Wladimir legte den Zeigefinger auf seine Lippen: »Das ist nicht leicht zu beantworten. Unter einem guten Leben verstehe ich Zufriedenheit im Beruf, liebe Freunde, ein paar Hobbys, glückliche Kinder und natürlich auskömmliche Einkünfte. Ach, Gesundheit hätte ich fast vergessen.«

»Das ist eine ganze Menge«, staunte Jana. »Die glücklichen Kinder fallen doch nicht vom Himmel. Dazu brauchst du doch erst mal eine Frau, die dich liebt.«

»Alles der Reihe nach«, unterbrach sie Wladimir. »Wir verlieben uns, und wir bekommen Kinder. Die Liebe der Eltern geht allmählich den Bach hinunter, und die Kinder halten später wieder nach der großen Liebe Ausschau. Alles dreht sich im Kreis.«

»Du bist ein Pessimist, Wladimir, du hast dir ein einfaches Weltbild zusammengezimmert. Wir sind doch keine Marionetten. Wir können uns entscheiden und uns notfalls von einem Partner wieder trennen. Oder sehe ich das falsch?«

»Ich habe jedenfalls mit drei Kindern mein Soll erfüllt«, seufzte Wladimir. Wer Kinder hat, hat Sorgen. Mein jüngster Sohn ist gerade mal dreiundzwanzig. Er ist drogenabhängig und hat immer behauptet, dass er fleißig studieren würde. Jetzt hat sich seine Freundin von ihm getrennt. Kein Wunder, sie hatte die Nase voll von ihm. Nach der Pleite mit ihr ist er wieder bei uns gelandet. Ums Lügen war er nie verlegen. Jetzt haben wir ihm einen Urlaub in Kambodscha spendiert. Dort steht auf Drogenkonsum die Todesstrafe. Ich hoffe, dass er zur Vernunft kommt. Komisch, worüber reden wir überhaupt? Ich wollte mit dir nur ein bisschen plaudern, und jetzt sind wir bei Adam und Eva gelandet.«

»Entschuldige, Wladimir, ich wollte mich nicht in deine Ehe einmischen. Eine Frage habe ich noch: Du hast gestern erwähnt, dass du vor vielen Jahren schon mal in

Lahr gewesen bist. In der Schrebergartenkolonie »Sonnenglück« hast du eine Gartenlaube verkauft. Die Käufer seien ziemliche Spießer gewesen. Kannst du dich noch an die Leute erinnern?«

Wladimir überlegte: »Nein, das ist schon zu lange her. Ich habe ständig irgendwelche Anfragen und Aufträge. An jeden einzelnen Kunden kann ich mich nicht mehr erinnern. Warum interessiert dich das?«

»Nur so«, erwiderte Jana. »Ich kenne viele Leute in Lahr. Den Gartenverein »Sonnenglück« gibt es immer noch.«

Der Ober näherte sich: »Entschuldigung, meine Herrschaften, haben Sie vielleicht noch einen Wunsch? Sie sehen, das Foyer ist leer. Wir möchten bald schließen.« Erstaunt blickte Wladimir auf seine Uhr: »Oh ja, die Zeit vergeht wie im Flug. Ich möchte zahlen, bitte. Hat die Rezeption noch geöffnet? Wir möchten heute im Hotel übernachten.« Jana nickte.

»Das ist kein Problem«, antwortete der Kellner. »Heute sind bereits viele Messebesucher abgereist, wir haben noch freie Zimmer.«

Wladimir hatte eine Flasche Champagner aufs Zimmer bestellt. Eine Chippendale-Stehlampe tauchte das Zimmer in ein gemütliches gelbes Licht. Entspannt lehnte er sich in seinem Ledersessel zurück.

»Wladimir, woher kommst du eigentlich?«, fragte Jana. »Dein Name klingt irgendwie russisch.«

»Das ist eine lange Geschichte«, antwortete er. »Meine Eltern sind nach dem Krieg aus dem Sudetenland geflohen. Es ist eine Ironie des Schicksals: Mein Großvater musste als Russe vor den Russen fliehen.«

»Das ist interessant«, meinte Jana. »Auch meine Großeltern sind aus dem Sudetenland geflohen. Wir sollten mal Ahnenforschung betreiben. Vielleicht sind wir beide miteinander verwandt. Allerdings ist mir ein Korajew bis jetzt noch nicht untergekommen. Wie bist du an die Gartenfirma gekommen?«

Wladimir lachte: »Mit einer Annonce im Saarbrücker Tagesanzeiger hat alles begonnen. Ich habe Rasen gemäht, Sträucher und Bäume beschnitten. Ich war billig, fleißig und zuverlässig. Doch mit der Zeit, so peu à peu, wurde ich bekannt. Dann habe ich mir einen zweiten Mann gesucht. So wurde aus einer kleinen Klitsche eine richtige Firma.«

»Das klingt ja wie ein Traum «, staunte Jana. »Ein Gärtner wuselt sich nach oben. Er baut mit Geduld und Spucke ein renommiertes Unternehmen auf.«

»So einfach ist das nicht, Jana. Meine Frau übernahm die Buchführung, und einmal wäre ich beinahe pleitegegangen.«

»Hoffentlich nicht durch die knausrigen Schrebergärtner im Gartenverein Sonnenglück?«

Wladimir schüttelte den Kopf: »Nein, ich wurde reingelegt. Ein Lieferant ging pleite. Nur durch einen Offenbarungseid konnte ich mich vor dem Ruin retten.«

Jana: »Da hast du aber Glück gehabt. Der Baulöwe Jürgen Schneider, der damals im Osten die Häuser sanierte, musste wirklich hinter Gitter.«

»Jana, bitte, verglichen mit Jürgen Schneider bin ich wirklich ein kleines Licht. Du kannst doch nicht Gartenhäuschen mit Wohn-Palästen vergleichen.«

»Nach der Beinahe-Pleite hast du noch mal von vorne angefangen?«, fragte Jana.

»Ich hatte so meine Beziehungen, aus Schaden wird man klug. Jetzt läuft es wieder bestens. Ich kann davon ein Liedchen singen: Jetzt wird wieder in die Hände gespuckt, wir steigern das Bruttosozialprodukt.«

Jana lachte: »Den Song habe ich schon mal gehört, das war aber vor meiner Zeit. Wie hieß die Gruppe noch mal?«

»Geier Sturzflug.«

»Ach ja«, erwiderte Jana. »Seid ihr auch so ein Unternehmen? Die Geier stürzen sich auf das nächste Opfer?«

Wladimir schüttelte den Kopf: »Jana, bitte, ich habe ein seriöses Unternehmen aufgebaut. Wir legen niemanden rein. Erst kürzlich habe ich einen Schrebergärtner gewarnt. Er hatte sich mit der Finanzierung seiner Gartenlaube übernommen. Gegen meinen Rat hat er das Häuschen doch gebaut. Für den Größenwahn meiner Kunden bin ich nicht verantwortlich.«

Jana nippte an ihrem Glas: »Hast du in Saarbrücken deine Frau kennengelernt?«

»Jetzt fängst du wieder mit meiner Familiengeschichte an«, seufzte Wladimir. »Wie wäre es mit einem anderen Thema? Ich wünsche mir einen entspannten Abend. Warum sollte ich mit dir über meine verfahrene Ehe reden?«

»Entschuldige, Wladimir, ich bin neugierig. Aber meine Eltern stecken auch gerade in einer Krise.«

»Ah, in einer Krise « Wladimir kämpfte mit Müdigkeit. Sein Kopf kippte plötzlich nach vorne. Er hatte wohl zu viel Alkohol erwischt. Vielleicht war ihm auch der Tag zu anstrengend gewesen.

*Bin ich so langweilig?* fragte sich Jana. *Das ist ein schöner Kavalier. Schade um den Champagner. Na gut, ich trinke den Rest trotzdem aus. Was für ein grandioser Abgang! Ich quat-*

sche den ganzen Abend mit dem Gartenheini, und der schläft einfach im Sessel ein. Außer Spesen nichts gewesen.

# 7. Wiederkehr

Als sie das Atlas-Hotel verließ, pfiff Jana ein eisiger Wind ins Gesicht. Schnell zog sie sich ihre pelzgefütterte Kapuze über den Kopf.

*Eine schöne Pleite*, seufzte sie. *Escort-Service, dass ich nicht lache. Das nächste Mal bin ich klüger. Er hatte ja schon seine Brieftasche gezückt. Was soll's, morgen muss ich meine Mutter treffen. Ich weiß immer noch nicht, ob sie mich belogen hat.*

Am nächsten Tag verabredete sich Jana mit ihrer Mutter im Stadtpark von Lahr. Ihre Mutter wirkte ziemlich deprimiert. »Schön, dass ich dich sehe, Jana. Du weißt gar nicht, wie sehr du mir gefehlt hast. Meine Ehe ist im Eimer. Dein Vater hat eine Geliebte. Ich weiß nicht, was plötzlich in diesen alten Trottel gefahren ist. Er meint, dass unsere Ehe schon seit Jahren kaputt ist. Das habe ich nun davon, ich habe immer nur funktioniert. Nur aus Rücksicht auf dich habe er es so lange mit mir ausgehalten, behauptete er.«

»Ah, ich bekomme gleich Schuldgefühle«, spottete Jana. »Soll ich jetzt etwa den Vermittler spielen?«

»Ach was«, seufzte die Mutter. »Da gibt es nichts mehr zu retten. Dein Vater ist wild entschlossen. Er möchte ein neues Kapitel aufschlagen. Der zweite Frühling ist bei ihm ausgebrochen.«

»Ich habe immer geglaubt, dass wir eine harmonische Familie sind«, sagte Jana.

»Ja«, meinte die Mutter, »das dachte ich auch.«

»Mama, stimmt es, dass ich einen anderen Erzeuger habe? Hast du mich jahrelang belogen? Hattest du in der Schrebergartenkolonie Sonnenglück eine Affäre mit einem gewissen Wladimir Korajew?«

»Kind, was redest du da? Ich höre diesen Namen zum ersten Mal.«

»Und wer war der Glückliche, der mich in die Welt gesetzt hat?«, fragte Jana.

Ihre Mutter zuckte mit den Schultern: »Ich weiß es selbst nicht genau, damals ging ziemlich viel durcheinander.«

»Du hattest also einen Geliebten, vielleicht sogar mehrere? Und du weißt nicht, wer mein wirklicher Vater ist?«

»Hätte ich damals etwa einen Gentest machen sollen? Das hätte doch viel zu viel Staub aufgewirbelt!«

»Kannst du mir wenigstens die Namen von deinen damaligen Geliebten verraten?«, fragte Jana.

»Nein, das kann ich nicht«, seufzte die Mutter. »Das gehört der Vergangenheit an. Ich bin von meinen Eltern mit deinem Vater verkuppelt worden. Das habe ich dir ja schon erzählt. Im Grunde genommen war es gar nicht meine Entscheidung, dass ich deinen Vater geheiratet habe. Es sollte so sein: Meine Eltern wollten unbedingt, dass ich einen Deutschen heirate. Außerdem sollte er einen »anständigen Beruf« haben. Eheglück oder Liebe standen damals nicht im Programm. Es ist doch alles in Ordnung: Du hast einen Vater, und ich muss nicht mehr über meine Vergangenheit nachgrübeln. Können wir es dabei belassen?«

»Du hast also meinen Vater gar nicht geliebt und ihn dir auch nicht ausgesucht!«, empörte sich Jana. »Und wen hättest du am liebsten geheiratet?«

»Jetzt hör endlich auf damit!«, polterte die Mutter.

»Ich hätte trotzdem gerne gewusst, wer mein wirklicher Vater ist.«

Die Mutter schüttelte matt den Kopf: »Ich kann dir da nicht weiterhelfen, Jana. Wir sollten uns lieber mit dem auseinandersetzen, was hier und heute passiert. Ich bin völlig verzweifelt.«

»Du bist verzweifelt, obwohl du Papa eigentlich nie geliebt hast? Du hast ihn nur geheiratet, weil es deine Eltern so wollten? Habe ich vielleicht noch Stiefgeschwister?«, wollte Jana wissen. »Man weiß ja nie, was in diesem Drecksnest noch alles passiert ist. Vielleicht sind wir alle miteinander verwandt. Wenn ich über die Straße gehe und Herrn Müller oder Meier begrüße, weiß ich nicht einmal, ob er mein Vater sein könnte.«

»Jana, du übertreibst, dein Vater und ich haben trotz allem 20 Jahre lang eine glückliche Ehe geführt. «

»Dass ich nicht lache, eine zwanzigjährige glückliche Ehe! Und plötzlich ist das Unglück über dich hereingebrochen. Ich glaube dir kein Wort!«

Jana war immer noch wütend, als sie nach Freiburg zurückfuhr.

*Wie viele Lügen und Halbwahrheiten muss ich mir noch bieten lassen?, fragte sie sich. Mein Vater hat ein Doppelleben geführt und meine Mutter auch. Und jetzt bin ich selbst auf dem besten Weg, ein Doppelleben zu führen. Wer weiß, wie das alles enden wird. Mit Wladimir habe ich schon meine erste Pleite erlebt. Aber so was wird mir nicht noch mal passieren.*

Punkt achtzehn Uhr stand Jana hinter der Bar. Es dauerte nicht allzu lange, da tauchte Wladimir auf. Jana begrüßte ihn spöttisch: »Na, ausgeschlafen?«

»Es tut mir leid, Jana. Das Gespräch gestern Nacht war mir einfach zu viel. Außerdem bin ich nicht mehr der Jüngste, der sich die Nächte um die Ohren schlagen kann.

Ich habe zwar wie du auch einen Hang zum Nachhaken, aber gestern wollte ich einfach nur einen entspannten Abend verbringen. Meine Familiengeschichte habe ich schon längst ad acta gelegt. Was bringt es, wenn man immer tiefer schürft und dabei auf immer neue Abgründe stößt? Vielleicht musst du noch ein bisschen üben und deine Gesprächspartner nicht mit zu vielen Fragen traktieren.«

»Mir ist seit ein paar Tagen nicht gerade zum Lachen zumute«, murmelte Jana. »Ich kann die Trennung meiner Eltern nicht einfach wegstecken. Wladimir, möchtest du einen Drink? Vielleicht wieder einen Continental Sour?«

Wladimir setzte sich an den Tresen: »Ja, gerne. Ich habe heute übrigens mit meiner Frau telefoniert. Die Gartenmesse geht bald zu Ende. Sie möchte mich heute in Freiburg abholen. Übrigens habe ich gute Geschäfte gemacht. Morgen geht es wieder zurück nach Saarbrücken. Ich hoffe, dass wir uns im nächsten Jahr wieder treffen. Das nächste Mal werde ich auch bestimmt nicht wieder einschlafen, versprochen.« Wladimir legte ein paar Geldscheine auf den Tresen.

Jana nickte und steckte das Geld wortlos ein. »Ich werde dir dann die gleiche Frage noch einmal stellen. Ich hätte gerne gewusst, was du unter Liebe verstehst. Vielleicht habe ich in einem Jahr noch etwas dazugelernt. Seit ein paar Tagen zweifle ich selber, ob man sich auf die Liebe verlassen kann.«

»Darauf können wir anstoßen«, sagte Wladimir. »Ich lade dich zu einem Dirty Martini ein.«

# 8.  In der Bongo-Bar

Seit drei Tagen hatte Melissa Alex nicht mehr erreicht.

*Hat er sein Handy verloren oder es einfach nur ausgeschaltet? Warum ruft er mich nicht an oder gibt sonst ein Lebenszeichen von sich? Veronika hat mir erzählt, dass sie Alex am Sonntag in Lahr zufällig über den Weg gelaufen ist. Er hätte sie nur flüchtig begrüßt, ohne ein Wort mit ihr zu wechseln. Auf ihn ist kein Verlass. Vielleicht ist er nur noch mit Fußball beschäftigt. Jana würde jetzt im Hotel Rizzo als Barkeeperin arbeiten. Vielleicht bewundert sie ihn im Fußballstadion. Jetzt kommt er groß raus. In der U19 ist er zum Stürmer aufgestiegen. Veronika hat mir auch erzählt, dass es meinem Pferd Jolanda ganz gut gehen würde. Sie hat aber noch keinen neuen Besitzer für Jolanda gefunden. Veronika glaubt, dass Jolanda bestimmt Sehnsucht nach mir hat. Schade, dass ich sie erst Weihnachten besuchen kann. Heute werde ich mit Luigi im Musikzimmer üben. Ich freue mich darauf. Er ist mit dem Musical groß geworden, und ausgerechnet er muss jetzt den Butler spielen. Ich frage mich wirklich, ob ein Schauspieler alles können muss. Meine Rolle ist auch nicht von schlechten Eltern. Ich muss den Butler ständig umwerben und stoße auf Ablehnung. Er merkt es nicht einmal, dass ich mich für ihn interessiere. Ich habe meine Zuneigung und Liebe auf einem silbernen Tablett vor mir hergetragen. Aber meine Gefühle laufen ins Leere. Muss man immer um Liebe kämpfen? Könnte sie einem nicht einfach mal in den Schoß fallen? Wer weiß, die Liebe ist ein Geschenk, und dazu gehören zwei. Es ist Zeit.*

Sie machte sich auf den Weg zum Theater. Draußen war es stockfinster. Die Straßenlaternen beleuchteten nur schwach ihren Weg. In warme Kleidung eingemummelt liefen die Passanten an ihr vorbei. Melissa musste an ihre Freunde in Lahr denken.

*Bei wem kann ich mich ausweinen, wenn es mal nicht so gut läuft?*

Ein Gefühl von Heimweh erfasste sie plötzlich.

*Soll ich den Fahrstuhl nehmen? Nein, ich laufe die Treppen zum Musikzimmer hinauf. Ich fühle mich ohnehin wie gelähmt, ein bisschen Bewegung wird mir guttun.* Luigi wartete schon auf sie. Er saß am Klavier und spielte ein Stück aus My Fair Lady: »Es grünt so grün, wenn Spaniens Blüten blühen.« Schon wollte Melissa mitsingen: *Ich glaub, jetzt hat sie's.* Doch sie biss sich noch rechtzeitig auf die Lippen. Luigi begrüßte sie freundlich, und Melissas Laune verbesserte sich schlagartig.

»Hast du dich schon ein bisschen eingesungen?«, fragte er.

Melissa schüttelte den Kopf: »Das können wir jetzt machen. Hier ist der Text: »Windmills of your mind.« Es ist ein sehr melancholischer Text. Bitte nicht leiern.« Luigi las ein paar Zeilen vor: »Wie der Kreis in einer Spirale, wie ein Rad in einem Rad, nie beginnend oder endend, auf einer Spule, die sich immer dreht «

»Meine Güte, was für ein Text!«, sagte Melissa und begann zu singen.

»Sing bitte den Refrain noch mal«, bat sie Luigi.

Kaum hatte sie die letzte Silbe über die Lippen gebracht, seufzte Melissa: »Gleich versinke ich im Weltschmerz. Der Song aus My Fair Lady hat mir besser gefallen.«

»Alles zu seiner Zeit. Warum gefällt dir der Song nicht?«

»Wenn ich so was singe, werde ich ganz melancholisch.«

»So ist es nun mal«, sagte Luigi. »Manche stehen im Frühling, die anderen sind schon im Herbst angekommen. Alles dreht sich im Kreis: Die Erde dreht sich um die eigene Achse. Sie umkreist die Sonne seit ewigen Zeiten.«

»Von Astronomie verstehe ich nichts«, erwiderte Melissa. »Eher schon was von Astrologie. Was bist du für ein Sternzeichen?«

»Ich bin Ende Januar geboren, also Wassermann. Und du?«

»Ich bin Schütze.«

»Und was sagt die Astrologie zu diesen beiden Sternzeichen? Passen wir zusammen?«

Melissa überlegte: »Der Wassermann ist kreativ, visionär und kontaktfreudig. Der Schütze ist begeisterungsfähig, positiv gestimmt und clever. Wenn die beiden zusammentreffen, dann sprühen die Funken. Schade, dass du verheiratet bist, von deinem Alter ganz zu schweigen.

»Luigi lachte: »Die Horoskope sagen, dass wir ein ideales Paar abgeben würden. Melissa, hör mal, hier ist der Text aus My Fair Lady. Versuch mal, ihn zu singen. Die Sterne würden vor lauter Freude mittanzen.«

Melissa zögerte kurz und legte dann los. »Es grünt so grün, wenn Spaniens Blüten blühen «

»Sehr gut!« rief Luigi. »Ich glaub, jetzt hast du's. Aus dir wird noch mal eine begabte Sängerin!«

»Du hast mich ganz schön in Fahrt gebracht«, bemerkte Melissa. »Hast du noch so was Schönes in deinem Repertoire?«

»Wie wäre es mit dem Song von den Comedian Harmonists: »In der Bar zum Krokodil?«»

Melissa studierte den Text. »Oh, da geht es ja richtig ab.

Frau Potifa möchte in Theben was erleben, aber ihr Gatte Ramses kommt dahinter und möchte sich auch nicht lumpen lassen. Er möchte ein Abenteuer erleben. Er küsst die vermeintlich neue Flamme und merkt mit Entsetzen, dass es seine alte ist. Na gut, ich probiere es mal.« Melissa verhaspelte sich an einigen Stellen.

»Melissa, noch mal, bitte. »Im Text heißt es: »Dort tanzt man nur dreiviertelnackt im Rumba und Dreivierteltakt ...««

»Richtig«, ergänzte Melissa: »dreiviertelnackt im Dreivierteltakt.«

Wenig später lobte Luigi sie: »Na also, jetzt hast du es gut hingekriegt, prima!«

Melissa lachte: »Also, Mister Stevens, ich wusste gar nicht, dass Sie in Wallung geraten können. Sie sind ja ein wahrer Verwandlungskünstler.« Überschwänglich küsste sie ihn.

Luigi wehrte ab: »Melissa, bitte nicht hier, manchmal kommt der Intendant unangemeldet vorbei, besonders, wenn ich am Klavier spiele. Ich kenne in der Nähe eine Bar, da können wir uns in Ruhe unterhalten und den Abend ausklingen lassen. In der Bongo-Bar können wir tanzen, nicht dreiviertelnackt, aber im Dreivierteltakt.«

Melissa stimmte begeistert zu.

»Am besten, wir fahren mit dem Taxi rüber«, sagte Luigi. »Die Bongo-Bar ist direkt am Steintor. Dort treibt sich ein buntes Völkchen herum. Ich kenne den Wirt.«

Kaum waren sie am Steintor abgebogen, blinkte ihnen schon von Weitem eine rote Neonbeleuchtung entgegen: »Sexy Girls verwöhnen Sie auf fünf Etagen.«

Sie war verdutzt. »Fahren wir zu einem Bordell?«, fragte Melissa.

Luigi lachte nur: »Nein, das wäre wohl ein Witz. Aber wir können hier aussteigen. Die Bongo-Bar ist gleich ein paar Meter weiter.«

Straßenmädchen in Hotpants warteten vor den Hauseingängen auf ihre Kavaliere. Männer aller Altersgruppen schlenderten durch die Straße und begutachteten die Mädchen. Die Mädchen lockten mit lauten Rufen die neugierigen Männer an. Verführerische Parfümdüfte stiegen Melissa in die Nase.

»Sind wir hier im Rotlichtviertel gelandet?«, fragte sie.

»Ja, wir sind mitten im Vergnügungsviertel von Hannover. Du brauchst keine Angst zu haben, wir sind gleich da.« Melissa hakte sich bei Luigi ein. »Die Bongo-Bar hat mit dem Straßenstrich überhaupt nichts zu tun«, beruhigte sie Luigi. Laute Musik dröhnte ihnen schon vor der Tür entgegen: »These boots are made for walking" von Nancy Sinatra. Rotes Schummerlicht hüllte sie beim Betreten des Lokals ein.

Melissa rief entsetzt: »Du hast mich in eine Kaschemme abgeschleppt!«

Luigi versuchte zu sie beschwichtigen: »Na ja, das hier ist wohl etwas gewöhnungsbedürftig. Im ersten Moment ist es vielleicht ein Schock, aber es wird dir bestimmt gefallen. Die Leute hier sind wirklich nett. Ich kenne sie schon seit Jahren. Natürlich sind hier keine Opernbesucher.«

Eine Bedienung in schwarzer Lederkleidung und einer schwarzen Kappe begrüßte Luigi herzlich: »Ah, Luigi, du hast heute eine nette Begleitung mitgebracht. Möchtest du wie üblich einen Whisky? Und was darf es für die gnädige Frau sein?« Luigi nickte und blickte Melissa fragend an: »Was möchtest du gerne trinken?«

Melissa bestellte sich einen Gin Tonic. Flüsternd fragte sie Luigi: »Ist das hier etwa ein Sado-Maso-Schuppen? Der Typ trägt schwarze Lederklamotten.«

Luigi winkte ab: »Ach was, denk dir nichts dabei, hier ist alles einfach ein bisschen anders.«

Ein junger Bursche in einer schwarzen Motorradlederjacke begrüßte ihn: »Hi, Luigi, du hast ja heute eine schöne Braut mitgebracht! Bist du jetzt wieder am anderen Ufer gelandet?« Luigi verdrehte die Augen: »Silvio, erspar mir deinen blöden Kommentar. Melissa ist keine Braut, sie ist meine Schülerin.«

Silvio lachte: »Dann bist du ihr Lehrer, oder?«

Ohne zu antworten, wandte sich Luigi an Melissa: »Komm, lass uns tanzen.«

Aus den Boxen dröhnte gerade der Schlager: »I sing a Liad für di.«

Melissa zögerte. »Ich glaube, ich brauche erst mal einen kräftigen Schluck Gin Tonic. Ich komme aus der Provinz, so etwas wie hier habe ich noch nicht erlebt. Zum Glück hat meine Mutter keine Ahnung, wo ich hier gelandet bin. Sie würde die Hände über dem Kopf zusammenschlagen, und mein Vater würde mich sofort aus diesem Schuppen herauszerren und mir auf der Straße ein paar Ohrfeigen verpassen.

»Melissa, vergiss deine Eltern! Eine Großstadt tickt anders.«

»Ich nehme an, du bist hier Stammgast«, sagte Melissa.

»Na ja, Stammgast ist übertrieben. Aber wenn ich mich

entspannen möchte, komme ich ab und zu gerne hierher. Das ist keine Schwulenkneipe. Hier treiben sich alle möglichen Leute herum: Lesben, Bisexuelle, Schwule und natürlich auch Heteros. Alle, die Spaß haben und den Alltagsstress hinter sich lassen möchten, treffen sich hier in der Bongo-Bar.«

»Dieser Silvio, was hat der denn mit dem »anderen Ufer« gemeint?«

»Du bist aber neugierig, Melissa. Dreimal darfst du raten.«

»Soll ich? Du glaubst wahrscheinlich, dass ich aus dem Tal der Ahnungslosen komme. Bist du schwul?«

Luigi fasste sich ans Kinn. »Melissa, ich habe dir doch erzählt, dass ich schon seit vielen Jahren verheiratet bin. Ich habe Kinder.«

» und dass du mit deiner Ehe sehr unzufrieden bist. Vielleicht nimmst du ja alles mit, was dir gerade über den Weg läuft.«

»Melissa, bitte, wenn ich zu alt für dich bin, dann sag es mir offen ins Gesicht. Ich wollte mit dir nach der Gesangsstunde nur ein bisschen abfeiern. Ich wusste nicht, dass du das schräge Milieu nicht magst.«

Melissa nahm einen kräftigen Schluck aus ihrem Glas. »Entschuldige, Luigi, ich muss mich wohl erst daran gewöhnen. Du hast recht, eigentlich sehen die Leute hier ganz entspannt aus.«

In diesem Moment fiel ihr Alex ein: *Ich wollte ihn wie Polly am liebsten im Pferdestall heiraten. Dann habe ich Alex verführt. Das hier ist bestimmt kein Schweinestall. Vielleicht habe ich nur zu wenig Fantasie.*

Entschlossen wandte sie sich an Luigi: »Lass uns tanzen.

Denk nicht länger an deine Frau. Die Potifa soll sich in Theben einen anderen suchen.« Sie gab ihm einen Kuss. Eng umschlungen tanzten sie auf der winzigen Tanzfläche. Melissa bestellte sich noch einen zweiten Gin-Tonic. *Manchmal muss man sich die Männer schöntrinken,* schoss es ihr durch den Kopf. Doch kurz darauf wies sie sich in Gedanken selbst zurecht: *Quatsch, Luigi ist ein begabter Schauspieler und dazu noch ein hervorragender Pianist. Eigentlich ist er zu alt für mich. Aber er hat das gewisse Etwas. Sein eindringlicher Blick hat mich von Anfang an fasziniert. Manchmal habe ich das Gefühl, dass er mich mit seinen Augen durchbohrt. Ich wundere mich immer wieder, wie perfekt er in die Rolle des Butlers schlüpfen kann. Auf der Bühne ist er wie verwandelt. In seiner Brust schlummern mindestens zwei Seelen.*

»Luigi, eins wollte ich dich noch fragen: Wie geht es dir, wenn du in die Rolle des Butlers Stevens schlüpfst?«

»Anfangs ist es mir schwergefallen«, antwortete er, »Später fiel mir meine Kindheit ein. Ich war der Jüngste in meiner Familie. Meine Mutter und meine drei älteren Schwestern waren immer stolz auf mich. Sie haben mich wie eine Art Schoßhündchen behandelt: »Schaut euch mal den Luigi an, so ein hübsches Kind! Luigi, kannst du der Tante Amalia etwas Schönes auf dem Klavier vorspielen?« Irgendwann habe ich gemerkt, dass ich nur nach ihrer Pfeife tanze, wie ein dressierter Affe. Erst als ich vierzehn Jahre alt war, konnte ich sie abschütteln. Von da an gab es nur noch Ärger, Stress und Streit. Meine Freiheit hat aber nicht lange gedauert. Als ich meine Eltern endlich los war, habe ich meine Frau kennengelernt. Sie hat mich zum zweiten Mal domestiziert. Die Schwiegereltern haben auch noch ihren Senf dazugegeben. Jetzt muss ich nach ihrer Pfeife tanzen. Die Rolle als sturer Butler hat mich irgendwie von alldem befreit.«

Erstaunt fragt Melissa: »Deine Freiheit hast du dir mühsam erkämpft und dann gleich wieder verloren? Ein Butler ist doch nicht frei. Er dient seinem Herrn.«

Luigi: »Ich bin dabei, meine Altlasten abzuschütteln. Hier bin ich frei, aber in Saarbrücken warten meine Frau und die Schwiegereltern mit dem Nudelholz auf mich.«

Melissa legte tröstend ihre Hand auf seinen Arm. »Du liebst die Freiheit, Luigi. Fragst du dich nicht manchmal, wofür du überhaupt frei sein möchtest? Fühlt es sich nicht merkwürdig an, wenn man nicht weiß, wohin die Reise geht? Du bist jetzt frei, aber wofür?«

»Entschuldige, Melissa, darf ich nicht wenigstens einen Augenblick lang meine Freiheit genießen, bevor ich mich wieder vor den nächsten Karren spannen lasse? Ich möchte erst mal durchatmen.«

Melissa bestellte sich noch einen Gin Tonic. »Meine Güte, wir sind in einer Bar und philosophieren über Gott und die Welt. Ich wollte dich nicht in die Enge treiben, Luigi. Lass uns lieber tanzen.« Sie legte ihre Arme um Luigi und schmiegte sich eng an ihn. Als der Song »Nothing Compares« von Sinéad O'Connor ertönte, rannen ihr die Tränen über die Wangen. Sie war verwirrt und fragte sich: *Wer trennt sich von wem? Luigi von seiner Frau oder ich von Alex? Wohin geht die Reise?*

Am nächsten Morgen erwachte Melissa mit einem schweren Kopf. Luigi schlief noch. *Meine Güte, gestern habe ich die Übersicht verloren. Der Ausflug in die Kaschemme ist mir nicht gut bekommen. Wie konnte das nur passieren? Der Intendant hatte mich gewarnt. Ich sollte Luigi gegenüber eine professionelle Haltung einnehmen. Heute muss ich mit ihm wieder auf die Bühne. Ich soll Miss Kenton spielen und ihm schmachtende Angebote machen. Wie soll das gehen, nach allem, was passiert ist? Er ist verheiratet und hat dazu noch einen schwulen Freund. Ich muss hier schnellstens raus.*

Sie kroch aus dem Bett und zog sich eilig an. Mit den Schuhen in der Hand schlich sie sich aus dem Zimmer.

Vor der Vorstellung am Abend traf sie Luigi in der Maske. »Luigi, bitte, wir sollten den gestrigen Abend schnellstens vergessen. Meine Gefühle sind mit mir durchgegangen. Wir machen einfach weiter, als wäre nichts geschehen. O.K.?«

Luigi nickte: »Ich muss erst mal mit mir selbst ins Reine kommen. Ich glaube auch, dass es besser ist, wenn wir die Sache auf sich beruhen lassen. Bald kommt die Winterpause, dann muss ich nach Saarbrücken zurück. Außerdem habe ich gehört, dass Claudia wieder auf den Beinen ist. Nach den Ferien wird sie wieder Miss Kenton spielen und dich ablösen.«

»Schade,«, sagte Melissa. »Mir hat die Rolle ganz gut gefallen. Aber ich bin immer noch Schauspielschülerin. Ich werde mich beim Intendanten für die Chance, die er mir gegeben hat, bedanken.«

Nach der Vorstellung fuhr Luigi in die Bongo-Bar. Silvio erwartete ihn schon.

Kurz vor ihrer Abreise hatte Melissa ein Gespräch mit dem Intendanten.

»Melissa, ich gratuliere Ihnen. Sie haben die erkrankte Kollegin ausgezeichnet vertreten. Mit diesem Erfolg im Rücken wird Ihnen die Ausbildung sicherlich leichtfallen. Übrigens sind wir gerade dabei, den Spielplan für die nächste Saison zu planen. Ich werde mit Herrn Fricke besprechen, ob wir für Sie eine passende Rolle finden könnten. Wir sehen uns dann nach den Weihnachtsferien wieder.« Mit einem herzlichen Händedruck verabschiedete er sich von Melissa: »Ich wünsche Ihnen erst mal eine frohe Weihnachtszeit und erholsame Tage in Lahr.«

# 9. Begegnungen

Am vierundzwanzigsten Dezember fuhr Melissa zu ihren Eltern. Im Bahnhof warteten die Reisenden ungeduldig auf ihre Anschlusszüge. Melissa quetschte sich mit ihrem Handgepäck in das Zugabteil. Glücklicherweise hatte sie einen Sitzplatz reserviert. Der Zug fuhr pünktlich ab. Ein gegenübersitzender Herr blätterte nervös in einer Zeitschrift. Sein Blick blieb an Melissa haften. »Fahren Sie auch regelmäßig die Strecke nach Stuttgart?«, fragte er. Gleich darauf ergänzte er: »Wir können von Glück reden, dass der Zug heute pünktlich abfährt. Wahrscheinlich will auch der Zugführer an Heiligabend rechtzeitig nach Hause kommen.«

»Ich nehme den Zug selten«, entgegnete Melissa.« In Stuttgart muss ich noch einmal umsteigen.«

»Wohin geht die Reise, wenn ich fragen darf?«

»Nach Lahr, das ist der Zug in Richtung Freiburg.«

»Ich muss auch in Stuttgart umsteigen«, entgegnete der Mann. »Es wird höchste Zeit, dass ich meine Frau und die Kinder wiedersehe. Mein Beruf frisst mich langsam auf. Ich bin Regisseur der TV-Serie »Roter Mohn«, im Nachmittagsprogramm, kennen Sie die? Der Stoff dafür geht uns nie aus. In der Serie geht es um ewige Missverständnisse, Enttäuschungen und Sehnsüchte. Mit anderen Worten: Es dreht sich alles um das Liebeskarussell.«

»Die Serie kenne ich nicht. Macht Ihnen diese Arbeit Spaß?«, fragte Melissa.

»Ja, es ist immer spannend«, lachte ihr Gegenüber. »Solange man nicht selbst betroffen ist.«

Melissa war interessiert. »Übrigens sind wir beinahe Kollegen. Ich mache gerade eine Ausbildung als Schauspielerin. Sie können mich ruhig »Melissa« nennen.«

»Entschuldigung, ich habe mich auch noch nicht vorgestellt: Paul Hase. Meine Kollegen nennen mich »Hase«.«

»Originell«, antwortete Melissa.

Er nickte: »Ja, der Name passt ganz gut zu meinem Job. Bei uns geht es oft so zu wie beim Wettrennen zwischen Hase und Igel: Der Hase hetzt von einer Seite zur anderen, doch der Igel ruft gelassen: »Ich bin schon da.« So geht es mir auch. Ich jage von einem Termin zum anderen, und meine Kollegen warten auf mich.«

»Ach so, deswegen »Hase«. Ich dachte, dass man mit Hasen spielen kann.« Melissa lächelte: »Er hat ein weiches Fell, vielleicht kann man ihn sogar knuddeln.«

Hase lachte: »Es wird höchste Zeit, dass ich nach Hause komme. Alle warten auf mich. Meine Kinder werde ich bestimmt knuddeln.«

»Und was macht der Weihnachtsstress, Geschenke und so weiter?«, fragte Melissa.

»Meine Frau hat alles im Griff. Und die Geschenke für die Familie liegen schön verpackt in meinem Koffer. Ich muss nur noch den Christbaum aufstellen. Aber das ist reine Routine. Ich bin der geborene Weihnachtsmann. Und, wie ergeht es Ihnen in der Schauspielschule? Sie scheinen mir Talent zu haben.«

»Wie kommen Sie darauf, Herr Hase?«

»Ich möchte nicht aufdringlich sein, aber mir ist aufgefallen, Sie bewegen sich elegant und haben auch eine lebhafte Mimik.«

»Danke, Herr Hase.«

»Melissa, wir sind Kollegen, wir können uns duzen.«

»Gerne, Paul.«

»Du kannst mich ruhig »Hase« nennen, ich habe mich an den Namen schon längst gewöhnt. Aber bitte hetz mich nicht«, witzelte er.

»Niemals, Gott bewahre. Sag mal, Hase, worum geht es denn in der Fernsehserie »Roter Mohn«?«

»Es dreht sich immer um Beziehungskisten, die jeder schon mal erlebt hat. Man heiratet, der Himmel hängt voller Geigen. Irgendwann gibt es Streit. Das Geld ist knapp, die Kinder quengeln und stören den Papa. Die Schwiegermutter hatte ihrer Schwiegertochter schon am Hochzeitstag reinen Wein eingeschenkt: Ihr Sohn würde es mit Sauberkeit und Ordnung nicht so genau nehmen. Sie sei froh, dass ihr Sohn endlich unter die Haube gekommen ist. Zunächst unterwirft er sich den Befehlen seiner Frau. Aber im Laufe der Zeit läuft das Fass über. Schließlich schimpft sie wie ein Rohrspatz, wenn er das Bad verdreckt hinterlässt. Dann wirft sie ihm vor, dass er seine Wäsche irgendwo hinschmeißt. Empört sagt sie zu ihm: »Ich bin nicht deine Hausmagd. Die Drecksarbeit landet immer bei mir. Der gnädige Herr möchte am Abend am liebsten seine Ruhe haben. Das geht mir langsam auf den Geist.« Und dann soll sie auch noch seine Wünsche im Bett erfüllen. Die Geschichte geht natürlich weiter: Im Büro gibt es eine hübsche Sekretärin. Die verdreht ihm den Kopf. Immer häufiger kommt er abends spät nach Hause. Seine Frau wittert die Gefahr. Sie hetzt ihm einen Privatdetektiv auf den Hals. Der Doppelgänger wird entlarvt. Dann fängt der Rosenkrieg an. Wir haben das ganze Eheprogramm im Visier.«

»Geht es in der Serie nur um betrogene Ehefrauen?«, wollte Melissa wissen.

»Nein, es dreht sich auch um die Liebe mit ihren endlosen Verwicklungen. Mann und Frau sind einfach nicht füreinander geschaffen. Zu Recht hat Gott sie aus dem Paradies vertrieben.«

»Aber es gibt doch auch gut funktionierende Beziehungen«, behauptet Melissa.

»Das kann schon sein, aber das kommt nicht allzu oft vor. Außerdem sind solche Geschichten nicht für unsere Serie geeignet. Wir brauchen Zoff, der Zuschauer will es so.«

»Ihr habt also nur Streit und die negativen Sachen im Programm. Gute Beziehungen fallen unter den Tisch?«

»Na ja,« meint Hase, »ganz so ist es nun auch wieder nicht. Der Zuschauer braucht schließlich auch ein Happy End. Das Gute siegt, die Bösen werden bestraft. Zum Schluss gibt es vielleicht eine Liebeshochzeit.«

»Ein Happy End wünsche ich mir auch«, murmelt Melissa. »Es ist so schwierig, den Richtigen zu finden.«

»Genau«, erwidert Hase. »Wer weiß denn schon, was Liebe ist? Oft sind wir falsch gewickelt. Der Herr da oben« – Hase deutet mit seinem Zeigefinger gen Himmel – »hat uns Hormone geschenkt. Die Erfolgsorgane werden ständig damit bombardiert. Zwanzig Minuten Spaß, zwanzig Jahre lang die Suppe auslöffeln.«

Melissa staunte: »Also bitte, Hase, so einfach funktioniert die Welt doch nicht. Ohne Kinder gibt es keine Zukunft.«

»Ja,« sagte Hase, »die Eltern schenken ihren Kindern Liebe. Später ist es völlig wurscht, ob sich die Eltern immer noch vertragen. Der Mohr hat seine Schuldigkeit getan.«

Melissa schüttelte den Kopf: »Ich glaube, dass dich die Serie völlig verdorben hat.«

»Melissa, wir haben sehr hohe Einschaltquoten. Warum wohl? Die Zuschauer möchten wenigstens vor der Glotze ihre Fantasien ausleben.«

»Wie viele Leute schauen sich eure Serie an? Wer hat schon am Nachmittag Zeit?« fragte Melissa.

Hase zuckte mit den Schultern: »Es gibt genug Hausfrauen, Rentner oder Arbeitslose. Wir treffen den Nerv. Unsere Zuschauer sind uns seit Jahren treu.«

»Wenn ich es recht bedenke,« meinte Melissa, »habe ich auch nicht immer die besten Erfahrungen mit Männern gemacht. Ohne Liebe geht es mir nicht gut, mit Liebe aber auch nicht. Manchmal frage ich mich, wie viele Chancen mir das Leben noch bieten wird.«

»Melissa, du hast genügend Zeit. Tausend Chancen warten auf dich. Oh, was sehe ich da, der Stuttgarter Fernsehturm winkt uns schon entgegen. Melissa, ich würde dich gerne wieder treffen. Vielleicht hast du dann einen Sechser im Lotto gezogen.«

»Hase, du übertreibst. Wir könnten in Kontakt bleiben und die Telefonnummern austauschen. Nicht alle Tage trifft man einen Filmregisseur, der rein zufällig im gleichen Zugabteil sitzt und dann auch noch ein Skeptiker der Liebe ist.«

»Melissa, du kannst mich gerne anrufen. Im neuen Jahr bin ich wieder in Lüneburg. Der »Rote Mohn« läuft noch ewig und drei Tage. Ich freue mich, dass wir uns kennengelernt haben.« Schon stürmte Hase davon, er wollte auf keinen Fall seinen Anschlusszug verpassen. Melissa hatte ganz vergessen zu fragen, wo er eigentlich wohnt. Sie winkte Hase nach. Auf ihren Anschlusszug musste sie noch ein Weilchen warten.

*Mal sehen, was mich in Lahr erwartet. Soll ich vom Bahnhof den Bus nach Hause nehmen? Ach, ich gehe heute lieber zu Fuß. Ein Spaziergang wird mir guttun. In letzter Zeit ist so viel passiert.* Das Gespräch mit Paul Hase schwirrte ihr noch im Kopf herum.

*Hat Hase recht? Werden wir von Hormonen gesteuert? Ohne Hormone wäre es bestimmt langweilig im Leben. Warum hat der liebe Gott zwei Geschlechter erfunden? Unser Biologielehrer wüsste wahrscheinlich eine Antwort. Die Natur hält es schon seit Millionen von Jahren so. Die Tiere balzen, Männer und Frauen flirten. Oft kommt es gar nicht zum Flirt. Der Familienclan bestimmt die Partnerwahl. Aber bei uns paaren sich doch auch nicht Hinz und Kunz. Eine Ärztin heiratet keinen Pizzabäcker. Hase liegt also falsch. Wir bestimmen die Partnerwahl, nicht die Hormone. Alles ist möglich, vielleicht trifft man die falsche Entscheidung. Es ist mir ein Rätsel, warum es bei manchen klappt und bei anderen nicht. Ist es Zufall oder Glück? Wäre es nicht spannender, einen Lebensabschnittsgefährten zu wählen? Paul Hase hat es ganz gut getroffen. Er ist mit seinem Beruf verheiratet. Aber Luigi weiß nicht, wo er hingehört. Und wie geht es mit Alex weiter?*

Musikfetzen wehten vom Weihnachtsmarkt herüber. Der Song kam Melissa bekannt vor: »Wonderful Dream«. Sie sang gleich mit:

*Die Feiertage kommen wir feiern das Leben, die Träume werden wahr Halte Ausschau, sieh dich um Fühl die Liebe, sie ist ein wunderschöner Traum. Hm, fühl die Liebe, sie ist ein wunderschöner Traum.*

Melissa grübelte weiter:

*Warum erinnert man sich immer zu Weihnachten an die Liebe? Natürlich, das Christkind wurde geboren. Caspar, Melchior und Balthasar haben es in Bethlehem besucht. Sie brachten ihm kostbare Geschenke mit: Gold, Myrrhe und Weihrauch. Ich werde morgen mit meinen Eltern und Gerold in die Kirche gehen. Die Heiligen Drei Könige werde ich beim Krippenspiel wiedersehen. Ich kann mich noch gut an den Weihnachtsfeiertag vor zehn Jahren erinnern. Am Heiligen Abend war die Kirche rappelvoll. Ich wartete mit meinen Eltern eine Weile vor der Tür. Schließlich sagte uns der Mesner, dass die Kirche überfüllt ist. Der Pfarrer würde das Krippenspiel am ersten Weihnachtsfeiertag wiederholen. Am sechsten Januar haben wir das Spektakel noch einmal erlebt. Die Weihnachtslieder haben mich immer glücklich gemacht. »Es ist ein Ros' entsprungen«, »O du Fröhliche« oder »Stille Nacht, heilige Nacht« bleiben mir ewig in Erinnerung. Und jedes Jahr werden »C + M + B« vom Pfarrer gesegnet. Wenn die drei Buchstaben kaum noch lesbar waren, hat sie Papa mit einem Stückchen Kreide nachgezogen. Ist das alles Aberglaube? Ich weiß es nicht. Wenn es am Heiligen Abend nicht drei Könige waren, die das Christkind besuchten, dann waren es jedenfalls große Magier. Die Initialen bieten Schutz und schenken den Menschen Hoffnung und Liebe. Wenn der Haussegen schief hängt, liegt es bestimmt nicht an den Heiligen Drei Königen. Gott und Jesus sind immer und überall für uns da. Vielleicht müsste ich inbrünstiger beten. Ich sollte es morgen beim Gottesdienst wieder probieren. Vielleicht erhört Gott meine Gebete. Wenn nicht, dann, weil er etwas Anderes mit mir vorhat? Ich weiß nicht, wohin die Reise gehen wird.*

*Ausgerechnet jetzt schüttet es wie aus Kübeln. Zum Glück*

*habe ich meinen Regenschirm dabei. Weiße Weihnachten, das wäre ein Traum. Leider kommt es nur selten vor. Hier im Rheintal bleibt der Schnee nie lange liegen.*

Gegen Regen und Wind ankämpfend zog Melissa ihren Rollkoffer hinter sich her. Sie bog in die Eisenbahnstraße ein. *Gleich bin ich da.* Bald begrüßte sie der vertraute Bach Schutter. *Der fließt seit Urzeiten gemächlich zum Rhein hinunter. So ein Bach hat es gut. Der folgt seinem Schicksal. Ah, da ist ja schon das Junge Theater Baal. Schade, dass mich meine Eltern dort nicht angemeldet haben. Aber niemand hatte einen blassen Schimmer, dass ich Jahre später Schauspielerin werden will. Ich wusste es bis zu meinem letzten Auftritt in der Dreigroschenoper selbst nicht. Meinem Vater wäre es wahrscheinlich am liebsten gewesen, wenn ich etwas Praktisches gelernt hätte. Mir klingen noch seine Worte in den Ohren: »Schauspielerei, das ist brotlose Kunst.« Das Malochen liegt ihm im Blut. Der hat in seinem Leben nie etwas anderes kennengelernt. Ich bin gespannt, wie es Gerold geht. Vielleicht lernt er mal etwas Praktisches. Bisher hatte er nur Computerspiele im Kopf. Gleich dahinten, am Kanalweg, liegt mein Elternhaus.*

Melissa klingelte. Hinter der Tür hörte sie Gerold rufen: »Melissa ist da!« Kurz darauf riss er die Tür auf. Gleich hinter ihm stand die Mutter. Sie umarmten sich. Gerold fragte ungeduldig: »Stimmt es wirklich, dass du schon auf der Bühne warst? Mutter hat gemeint, dass du bald im Fernsehen auftreten wirst.«

»Na ja«, du übertreibst: »Ich durfte wegen der Erkrankung einer Kollegin einspringen. Oh, Mama, du hast alles weihnachtlich geschmückt. Sogar die Teller stehen schon auf dem Tisch. Gibt es wieder Rouladen?«

»Natürlich, wie jedes Jahr«, sagte ihre Mutter.

»Warum hast du fünf Teller aufgelegt? Kommt noch jemand zu Besuch?«

»Eine Überraschung,« meinte die Mutter, »kürzlich habe ich deine Deutschlehrerin, Hannah Heidenreich, auf dem Friedhof getroffen. Es ist eine tragische Geschichte. Ihr Mann ist vor zwei Monaten an einem Herzinfarkt gestorben. Er war erst zweiundvierzig Jahre alt. Jetzt ist sie eine trauernde Witwe und hat keine Verwandtschaft in Lahr. Da habe ich sie kurzerhand zu uns eingeladen. Ich war bei der Beerdigung ihres Mannes dabei. Es gab einen Riesenauflauf. Das gesamte Kollegium und Hunderte Menschen haben ihr kondoliert, und der Schulrektor hat eine ergreifende Rede gehalten.«

»Ach du meine Güte«, rief Melissa, »ich kannte Herrn Heidenreich, das war mein Lehrer in Heimat- und Sachkunde. Ich freue mich, dass du Frau Heidenreich eingeladen hast. Sie hat mich auf den richtigen Weg gebracht. Ohne sie und unseren Musiklehrer wäre ich nie und nimmer Schauspielerin geworden. Hoffentlich versinken wir am Heiligen Abend nicht in Trauer um ihren verstorbenen Mann. Jesus erblickte am vierundzwanzigsten Dezember das Licht der Welt. Vielleicht ist das ein Trost für die Witwe.«

»Melissa, erzähl mal – das ging hier wie ein Lauffeuer herum –, du hast in Hannover in einem Theaterstück mitgespielt? Du hattest die Rolle der Miss Kempten?«

»Nein, der Miss Kenton.«

»Oder so, von Theater verstehe ich nicht viel. Ich war mit Papa noch nie im Theater.«

»Und wo ist Papa?«, fragte Melissa.

»Tja«, sagte Melissas Mutter, »der liegt im Bett. Mal sehen, ob ich ihn aufwecken kann. Der hat schon heute Mittag Wodka getrunken. Aber er hat nach dir gefragt, wann du kommst und so. Ich schaue gleich mal nach ihm.« Einige unverständliche Laute drangen aus dem Schlafzimmer. Melissas Mutter kam die Treppe herunter. »Ich glaube, dass er zum Essen runterkommt. Gerold hat mir übrigens versprochen, dass er heute nicht am Computer spielt. Bisher hat er sich daran gehalten.« Sie flüsterte Melissa zu: »Er bekommt heute eine neue Playstation geschenkt. Wenn er die am Abend in die Finger kriegt, kann ich für nichts mehr garantieren. Die Geschenke liegen schon unterm Weihnachtsbaum.«

Melissa legte ihre Weihnachtsgeschenke auch unter den Weihnachtsbaum. »Gerold, eins darf ich dir schon verraten: Das Christkind hat entschieden, dass du heute etwas zum Lesen bekommst. Nicht Karl May, Game of Thrones oder Harry Potter, sondern etwas für deine Bildung.«

»Was denn?«, fragte Gerold. Melissa lächelte: »Das verrate ich dir noch nicht. Ein Weilchen wirst du es wohl noch aushalten können. Wie geht es dir in der zwölften Klasse, du machst doch bald Abitur?«

Stolz erzählte Melissas Mutter: »Gerold hat Informatik als Wahlfach genommen. Seither macht ihm die Schule wieder Spaß. Vielleicht ist bei ihm der Knoten geplatzt. In seinem Wahlfach hatte er bisher nur Einser. Jetzt will er Informatik studieren.«

Melissa legte ihre Hand auf die Schulter ihres Bruders. »Ich bin von den Socken, Bruderherz.«

Gerold wischte ihre Hand weg. »Jeder macht sein Ding. Ich hoffe, dass du in Hannover nicht unter die Räder kommst.«

Melissa fragte besorgt: »Hoffentlich hält sich Papa am Weihnachtsabend gut über Wasser. Ich möchte mich nicht vor Frau Heidenreich blamieren.«

Melissas Mutter lief noch einmal hinauf ins Schlafzimmer. Sie bläute ihrem Mann ein, dass er sich gefälligst zusammenreißen solle: »Wir möchten uns nicht für deinen Auftritt vor Frau Heidenreich schämen müssen.« Michail richtete sich mühsam im Bett auf. »Heidenreich«, stammelte er. Gleich darauf fiel er wieder in sein Kissen zurück. »Es hat keinen Zweck, Michail. Bleib, wo du bist. Am besten, du schläfst erst mal deinen Rausch aus. Wir kommen fürs Erste auch ohne dich zurecht.«

Es klingelte. Hannah Heidenreich stand vor der Tür. Melissa umarmte ihre Deutschlehrerin und drückte ihr Mitgefühl und Beileid aus. Frau Heidenreich trug ein schwarzes Kostüm. Eine Swarovski-Kette schmückte ihren Hals. Ihre blonden Haare waren streng nach hinten gekämmt. Melissa bewunderte ihre Lehrerin, die wie immer blendend aussah. Allerdings war sie heute auffallend geschminkt.

*Kein Wunder, bei allem, was sie durchgemacht hat, muss sie jetzt zur Puderdose greifen. Ich kenne das aus eigener Erfahrung.*

Nach kurzem Schweigen nahm Frau Heidenreich am Tisch Platz.

Vorsichtig begann Melissa ein Gespräch: »Meine Mutter hat mir erzählt, dass Ihr Mann verstorben ist. Der Herrgott hat ihn plötzlich zu sich gerufen.«

Frau Heidenreich nickte: »Er war immer für mich da und hat mich in jeder Lebenslage unterstützt. Nach seinem Tod ist es für mich sehr einsam geworden. Manchmal rede ich mit ihm. Jetzt muss ich alles alleine schaffen. Ich fühle mich völlig überfordert. Zum Glück hat mir das Bestattungsinstitut vieles abgenommen. Nach einer Trauerwoche musste ich schon wieder in die Schule zurück. Die nächste Abiturklasse steht schon in den Startlöchern. In den Weihnachtsferien muss ich noch einen Haufen Aufsätze korrigieren. Ich weiß nicht, wo mir der Kopf steht und wie ich das alles schaffen soll.«

»Mögen Sie ein Gläschen Rotwein, Frau Heidenreich?«, fragte Melissas Mutter.

»Gerne, Frau Smirnow, oder darf ich Sie einfach »Elena« nennen?«

»Natürlich.«

»Sie waren bei der Beerdigung meines verstorbenen Mannes dabei und haben mir in der schwersten Zeit sehr geholfen.«

»Hannah, wir haben einen sehr guten Rotwein aus Spanien. Der wird Ihnen guttun. Möchten Sie ihn probieren?«, fragte Elena.

Frau Heidenreich nahm einen Schluck. »Der ist wirklich hervorragend. Mein Mann und ich haben hin und wieder gerne ein Gläschen Rotwein getrunken.«

Elena lächelte aufmunternd: Übrigens möchte ich meinen Mann entschuldigen. Es geht ihm heute nicht gut. Vielleicht hat er sich mit den vielen Süßigkeiten den Magen verdorben, oder es hat ihn eine Magen-Darm-Grippe erwischt. Das Essen habe ich schon vorbereitet. Mögen Sie Rouladen?« Elena rief: »Gerold, wo steckst du denn schon wieder?«

Missmutig kam Gerold aus seinem Zimmer getrabt und setzte sich nach einer kurzen Begrüßung an den Tisch.

Frau Heidenreich lobte das Essen. Als seine Mutter mit dem Auftischen der Nachspeise beschäftigt war, verzog Gerold sich unauffällig in sein Zimmer. Die Playstation hatte er sich unter den Arm geklemmt.

Melissa wandte sich an ihre Lehrerin: »Ich kann mich gut an Ihren Mann erinnern. Es ist nicht zu fassen, dass er nicht mehr da ist. Im Unterricht hat er uns einiges über die Geschichte von Baden erzählt. Heute sehe ich unsere Stadt mit anderen Augen. Manchmal berühre ich die alte Stadtmauer und frage mich, wie die Menschen damals gelebt haben. Es tut mir sehr leid, dass ich bei der Beerdigung nicht dabei sein konnte.«

»Melissa, du warst in Hannover«, gab ihre Mutter zu bedenken. »Ich wollte dich nicht unnötig belasten. Schade, dass du nicht dabei sein konntest. Diese Beerdigung werde ich so schnell nicht vergessen. Als das »Ave Maria« erklang, mussten wir alle weinen.«

Frau Heidenreich nickte: »Die Predigt des Pfarrers war einfach herzzerreißend. Zum Abschluss sagte er: »Sie haben einander die Treue versprochen, in guten wie in schlechten Zeiten. Ihr Mann hat es Ihnen nicht immer leichtgemacht. Wir Menschen selbst tragen viel dazu bei, dass die Wege nicht immer gerade und für andere leicht zu gehen sind. Aber Sie standen Ihrem Mann als Engel zur Seite und Ihr Mann Ihnen. Viele Jahre durften sie füreinander da sein. Das war ein großes Geschenk.« Die Worte unseres Pfarrers trage ich in meinem Herzen. Doch ich frage mich, ob ich wirklich ein Engel für meinen Mann gewesen bin. In einem Punkt hatte er auf jeden Fall recht: Das Leben geht oft krumme Wege.«

»Hannah, mögen Sie noch ein Gläschen Rotwein?«, fragte Melissas Mutter.

»Gerne, Elena.«

»Was hat der Pfarrer damit gemeint, das Leben geht oft krumme Wege?«, wollte Melissa wissen.

Elena warf ihrer Tochter einen eindringlichen Blick zu, doch Frau Heidenreich schien die Frage nicht zu stören.

»Ich hatte mit dem Pfarrer vor der Beerdigung ein sehr persönliches Gespräch. Er fragte mich nach allen möglichen Einzelheiten: Wie ich meinen Mann kennengelernt habe, wie lange wir verheiratet waren, wie es uns in der Ehe ergangen ist, und dann stellte er noch ein paar ganz persönliche Fragen. Ich konnte ihm unser großes Ehegeheimnis nicht vorenthalten.« Frau Heidenreich machte eine Pause und nahm einen kräftigen Schluck Rotwein. »Wir haben uns jahrelang darum bemüht, ein Kind zu bekommen. Ich habe penibel jeden Tag meine Körpertemperatur gemessen. Mein Mann war nicht gerade erfreut, dass er an bestimmten Tagen funktionieren sollte. Ich glaube, er hatte allmählich einen Widerwillen entwickelt. Der Terminkalender bestimmte unser Leben. Alle Mühe war vergeblich, und die Ärzte waren ratlos. Wir haben uns damals für eine künstliche Befruchtung entschieden. Dann fing die Odyssee an. Ich bekam regelmäßig Hormonspritzen. Allmählich fühlte ich mich wie eine Laborratte. Meinem Mann ging es ähnlich. Die Ärzte trösteten uns nach vielen erfolglosen Versuchen: Die Wahrscheinlichkeit einer Schwangerschaft betrage nun mal nur fünfzehn Prozent. Wir haben es immer wieder probiert. Das zog sich über Jahre hin. Als ich fünfunddreißig wurde, haben wir es schließlich aufgegeben.

Die endlosen Versuche haben uns deprimiert. Erst später wurde mir klar, dass ich ihn in den Tod getrieben habe.« Frau Heidenreich hob den Kopf und wischte sich Tränen aus dem Gesicht.

Melissas Mutter versuchte, sie zu trösten: »Hannah, es ist nicht ihre Schuld. Sie beide wollten ein Kind. Das ist doch das Natürlichste auf der Welt. Sie haben alles versucht. Es sollte nicht sein. Ich kann mir beim besten Willen nicht vorstellen, dass Ihr Mann deswegen gestorben ist. Er war ein sehr guter Lehrer, und der Lehrerberuf ist kräftezehrend. Die Wege des Herren sind unergründlich. Wahrscheinlich hat ihn Gott im richtigen Moment zu sich gerufen.«

»Es tut mir leid«, fuhr Hannah fort, »dass ich meine traurige Geschichte ausgerechnet heute, am Heiligen Abend, erzähle. Ich fühle mich schuldig am Tod meines Mannes. Ich war versessen darauf, ein Kind zu bekommen. Dabei gibt es doch schon genug Kinder auf dieser Welt. Melissa, ich hoffe, dass ich dir am Heiligen Abend nicht zu viel zugemutet habe.«

»Mir geht es genau andersherum«, seufzte Melissa. Im Moment würde eine Schwangerschaft meine nur Zukunftspläne zerstören.«

Elena warf ihrer Tochter einen warnenden Blick zu.

»Hannah, entschuldigen Sie bitte, meine Tochter redet viel, wenn der Tag lang ist. Mitunter plappert sie einfach drauf los.«

»Das macht doch nichts«, sagte Frau Heidenreich. Vor zwanzig Jahren habe ich genauso gedacht.«

Schon wollte sich Melissa entschuldigen, aber dann sagte sie: »Frau Heidenreich, ich habe Sie immer verehrt.

Wir haben bei Ihnen vieles gelernt. Die Oper von Brecht und Weill hat mich auf den richtigen Weg gebracht. Polly hat Mackie Messer im Pferdestall geheiratet. Sie musste erfahren, dass Liebe und Leidenschaft nur von kurzer Dauer sind. Und was blieb ihr übrig? Sie konnte froh sein, dem Unglück mit heiler Haut entronnen zu sein. Jeder muss seine eigenen Erfahrungen machen. Erst im Nachhinein wird man klug. Wie sollte man im Voraus wissen, wie alles enden wird?«

»Ich weiß«, antwortete Hannah Heidenreich. »Wie hat es Brecht im dritten Akt der Dreigroschenoper gesagt: »Ja, mach nur einen Plan! Sei nur ein großes Licht! Und mach dann noch 'nen zweiten Plan, geh'n tun sie beide nicht.« Melissa, ich hoffe, dass Sie an der Schauspielschule eine gute Ausbildung erhalten. Wie geht es Ihnen in Hannover? Ich habe gehört, dass Sie schon auf der Bühne gestanden haben. Sie haben eine Rolle in Kazuo Ishiguros berühmtem Stück gespielt? Die Polly im Pferdestall hat sich in eine Miss Kenton verwandelt? Ich gratuliere.«

Elena nickte eifrig, und Melissa war sichtlich erfreut über den Themenwechsel.

»Danke, Frau Heidenreich. Ich weiß noch nicht, wie es nach der Winterpause weitergehen wird. Auf jeden Fall macht mir die Ausbildung viel Freude. Aber es ist auch anstrengend, es allen recht zu machen. Manchmal fühle ich mich, als wäre ich von einem Katapult abgeschossen worden. Jetzt bin ich in Hannover gelandet, obwohl ich doch eigentlich in Freiburg bleiben wollte. Ich versuche, das Beste draus zu machen. Jetzt bin ich erst mal froh, dass ich wieder hier sein kann. Ich hatte oft Heimweh nach Lahr. Ich habe alle sehr vermisst. Übrigens gehen wir morgen Vormittag in die Kirche. Das Krippenspiel wird wie jedes Jahr am ersten Weihnachtstag wiederholt. Gehen Sie auch zum Gottesdienst?«

»Nein, Gott bewahre. Ich bin schon seit Jahren nicht mehr in der Kirche gewesen.« »Mein Mann wünschte sich allerdings ein kirchliches Begräbnis, das habe ich natürlich respektiert. Mit der Kirche habe ich ansonsten nichts mehr am Hut. Ich weiß nicht, was nach dem Tod auf mich zukommen wird. Ich glaube nicht daran, dass uns Petrus am Himmelstor begrüßt.«

»Sie glauben nicht an Jesus und das Christentum?«

»Nein«, antwortete sie. »Ich wurde zwar getauft und mit der Firmung für das zweite Sakrament geweiht, aber das ist schon ewig her. Es war für mich nur ein Ritual. Ich wollte einfach dazugehören. Der Religionsunterricht hat mich immer gelangweilt. Ich konnte einfach nicht glauben, dass Jesus mit fünf Broten und zwei Fischen fünftausend Menschen satt machen konnte. Die wundersamen Geschichten aus der Bibel erinnern mich an Grimms Märchen. Das Christentum habe ich schon längst hinter mir gelassen. Es gibt so viele Religionen auf dieser Welt. Die Botschaft, dass Jesus die Menschen mit Gott versöhnt, kann ich einfach nicht glauben. Für die Liebe sind die Menschen zuständig.«

»Frau Heidenreich, darf ich denn wenigstens für Sie und Ihren Mann morgen in der Kirche ein Gebet sprechen und eine Kerze für Ihren Mann anzünden?«

»Ich werde Sie nicht daran hindern, Melissa. Für den Hokuspokus in der Kirche habe ich keine Zeit.«

»Haben Sie Ihren Glauben an Gott durch den tragischen Tod Ihres Mannes endgültig verloren?«, fragte Melissa.

Frau Heidenreich schüttelte den Kopf. »Nein, schon mit 17 Jahren war es für mich mit der Kirche aus und vorbei. Damals fiel mir zufällig »Der Pfaffenspiegel« von Otto von Corvin in die Hände. Die ersten Zeilen des Buches lauten: »Die Welt ist schon oft mit einem Narrenhaus verglichen worden. Der Vergleich ist für uns nicht schmeichelhaft, aber leider ist er passend.« Nach dem Lesen des Buches habe ich meinen Aberglauben abgelegt. Es ist ein schönes Gefühl, ohne Sünde und Beichte zu leben. Es tut mir leid, dass wir ausgerechnet heute darüber diskutieren.«

»Da haben Sie völlig recht«, pflichtete ihr Elena bei.

»Freuen wir uns lieber über den schön geschmückten Tannenbaum. Außerdem könnten wir jetzt ein paar Weihnachtslieder singen.«

»Gerne«, sagte Hannah. »Es muss ja nicht immer »O du Fröhliche« sein. Mir gefällt der Song von John Lennon: »Happy Xmas (War Is Over)«. Wie geht das noch mal? » und das ist also Weihnachten, für Schwache und für Starke, für die Reichen und die Armen. Der Krieg dauert schon so lange. Und darum ein glückliches Weihnachten. Für Schwarze und für Weiße, für die Gelben und die Roten. Lasst uns die Kämpfe beenden.«»

»Wow«, der Song geht unter die Haut. Den könnten wir morgen in der Kirche singen«, schlug Melissa vor.

»Melissa, du träumst«, ermahnte sie ihre Mutter. »Du glaubst doch wohl nicht im Ernst, dass der Kantor deinen Wunsch erfüllt. Weihnachten ist schließlich ein christliches Fest. Mit den Wünschen eines Friedensapostels hat das nichts zu tun. John Lennon, schön und gut, aber der Song ist ihm irgendwann einmal im Traum eingefallen. Die Melodie ist schön, der Text ist gut, aber wir müssen unsere Traditionen wahren. Die Kirche ist kein Wunschkonzert.«

Michail stand plötzlich auf der Treppe. Er konnte sich kaum auf den Füßen halten und hielt sich am Treppengeländer fest. »Frohe Weihnachten!«, rief er. »Ich möchte aber nicht weiter stören.«

»Michail, geh bitte wieder ins Bett, du bist krank und steckst uns alle womöglich noch an«, ermahnte ihn seine Frau.

»Schon gut, ich wollte euch allen bloß frohe Weihnachten wünschen. Wir sehen uns dann morgen in der Kirche.«

Frau Heidenreich lächelte höflich: »Ich wünsche Ihnen eine gute Besserung.«

Michail nickte und verschwand so schnell, wie er gekommen war.

Frau Heidenreich schaute auf die Uhr. »Oh, es ist schon spät! Vielen Dank für die Einladung, Elena.« Sie erhob sich und umarmte Melissa: »Alles Gute in Hannover. Man weiß ja nie im Voraus, was alles noch passieren kann. Ich hoffe, wir sehen uns bald wieder. Das einjährige Klassentreffen steht ja noch aus.«

Als Elenas Mutter die Tür hinter Frau Heidenreich geschlossen hatte, seufzte sie: »Meine Güte, war das ein anstrengender Abend! Ich bin froh, dass Heiligabend vorbei ist. Schlaf gut, mein Schatz. Dein Kinderzimmer ist noch so, wie du es verlassen hast.«


Am folgenden Morgen ging Melissa zusammen mit ihren Eltern und Gerold zum Weihnachtsgottesdienst in die Kirche. Melissas Schulfreunde waren auch da. Freudig begrüßte sie Alex, Franz und Veronika. Jana war auch dabei und stand etwas abseits von den anderen. »Ich schlage vor, wir treffen uns gleich nach dem Gottesdienst im »Grünen Baum«. Ich bin neugierig, wie es euch ergangen ist.«

Zwei Stunden später saßen alle fünf Schulkameraden zusammen im Gasthof. In jeder Ecke, auf jedem Regal schmückten Weihnachtsmänner, Nikoläuse, bunte Weihnachtskugeln oder Schneemänner mit Karottennasen das Lokal. Maria und Josef hielten ein leeres Tablett in ihren Händen und schauten mit fragender Miene auf die Gäste herab. Vielleicht waren die Weihnachtsplätzchen, Apfelsinen, Äpfel oder Nüsse schon am Vortag geplündert worden. Die Schulfreunde saßen versammelt an einem runden Tisch.

»Und was treibst du so?«, fragte Melissa ihre Schulfreundin Veronika. »Reitest du immer noch im Gestüt Illertissen?«

Veronika nickte: »Ja, schon, aber ich muss pendeln. Mir bleibt nur noch an den Wochenenden Zeit zum Reiten. Den Rest der Woche bin ich in Freiburg. Ich studiere dort Psychologie.«

»Wie bist du denn darauf gekommen, hast du Probleme?«, fragte Melissa überrascht.

Veronika lachte: »Nicht direkt, aber wer hat keine Probleme? In einem Punkt hast du recht. Ich hatte nach dem Abitur oft Albträume. Ich wusste nicht, wofür ich mich entscheiden sollte.«

»Sind sie jetzt weg?«

»Leider nicht. Wir haben in den ersten Semestern erst mal nur Statistik und Experimentalpsychologie, lauter trockenes Zeug. Übrigens könnten wir morgen zusammen nach Illertissen fahren. Was hältst du davon?«, fragte Veronika.

»Ja, gerne«, antwortete Melissa. »Es wird höchste Zeit, dass ich Jolanda wiedersehe. Wollen wir nicht alle zusammen einen Ausflug zum Gestüt machen?«, fragte sie in die Runde.

Jana winkte ab: »Ich habe morgen keine Zeit. Ich muss abends in der Hotelbar arbeiten.« Sie war froh, eine passende Ausrede gefunden zu haben.

*Das wäre ja noch schöner, wenn ich mit dieser Schauspieler-Ziege um Alex konkurrieren müsste.*

Melissa wandte sich an Alex und Franz: »Was ist mit euch beiden, habt ihr morgen Zeit?«

Alex nickte: »Zum Reiten habe ich zwar keine Lust, besonders, wenn ich an meine Pleite mit Jolanda denke. Aber eine Abwechslung würde mir guttun. Auf Kaffee und Kuchen bei meinen Eltern habe ich am zweiten Weihnachtstag sowieso keinen Bock. Die können morgen – wie jedes Jahr – mit unserer lieben Verwandtschaft quatschen und den neuesten Tratsch austauschen. Die Ente vom Heiligen Abend liegt mir auch noch schwer im Magen.«

»Franz, kommst du auch mit?«, fragte Melissa.

»Na klar, ich bin dabei. Ich verstehe zwar nichts vom Reiten, aber bei euch gibt es sicher ein Reiterstüberl. Und ich möchte auch endlich mal wieder eure Pferde sehen.«

»Wunderbar«, meinte Melissa. Sie war insgeheim erleichtert, dass Jana keine Zeit hatte. *Die Seeräuber-Jenny kann mir gestohlen bleiben. In der Hotelbar hinterm Tresen ist sie bestens aufgehoben.*

»Wir treffen uns morgen im Gestüt. Veronika. Am besten, wir fahren zusammen hin.«

»Franz meinte: »Alex, ich hole dich nach dem Mittagessen ab.«

## 10. Treffen im Reiterhof

Wie verabredet, trafen sich Franz und Alex am nächsten Tag.

»Haben deine Eltern die Kröte geschluckt, dass du bei Ricardo eingezogen bist?«, fragte Alex seinen Freund.

»Du weißt das Neueste noch nicht. In der Zwischenzeit bin ich wieder bei meinen Eltern eingezogen.«

»Warum denn das?«, fragte Alex.

»Ricardo ist mir auf die Nerven gegangen. Erst hatte ich von ihm geschwärmt, zugegeben. Aber er wollte gleich aufs Ganze gehen. Vor einigen Wochen hat er mich auf eine Gay-Party mitgeschleppt. Das Motto lautete: »Die goldenen Zwanziger.« Dafür hatte er mir passende Klamotten geschenkt. Ich trug einen Nadelstreifenanzug und einen breitkrempigen Hut. Ricardo hatte sich mit einem lila Kostüm und einer Federboa geschmückt.«

»Abartig, eine Gay-Partie?«, fragte Alex. »So was gibt's in Freiburg?«

»Du hast keine Ahnung, Alex. Wahrscheinlich hast du nichts außer Fußball im Kopf.«

»Ich erzähle dir die Geschichte zu Ende. Anfangs hatte ich mir nichts dabei gedacht. Alle Gäste erschienen verkleidet auf der Party. Es gab dort mehrere Etagen. Überall lungerten irgendwelche Typen herum. Sie waren wie im Fasching kostümiert. Ich hatte gleich das Gefühl, dass sie mich mit ihren Blicken ausziehen wollten. Ricardo wurde bewundert, schließlich hatte er mich im Schlepptau. Ich war wahrscheinlich der Jüngste unter den Damen und Herren. Was erzähle ich da – die Damen waren verkleidete Männer. Einer trug ein Mieder mit Strapsen. Er fragte mich, wo ich herkäme und ob es mir hier gefallen würde. Ricardo legte schützend seinen Arm um mich und wies den aufdringlichen Strapse-Träger in die Schranken. Jeder wollte der Schönste sein. Mir fielen Geschichten aus dem alten Rom ein: Die Lustknaben wurden bei festlichen Anlässen und Gelagen vorgeführt.«

»Wie viele Leute waren denn eigentlich dort?«, wollte Alex wissen.

»Keine Ahnung«, antwortete Franz. « Der Laden war jedenfalls rappelvoll. Im Club wurde getanzt. Mir fiel aber auf, dass hin und wieder das eine oder andere Pärchen in den unteren Räumen verschwand. Ich konnte mir schon denken, dass es da unten zur Sache ging. Na gut, ich machte gute Miene zum bösen Spiel. Aber eines hatte ich mir geschworen: Ich wollte mich auf keinen Fall auf eine schnelle Nummer mit irgendeinem Typen einlassen. Schließlich bin ich kein Lustknabe. Ich tanzte mit Ricardo. Er schwitzte ziemlich. Allmählich geriet er in Erregung. Das war mir zu viel. Ich befreite mich aus seiner Umklammerung und setzte mich an die Bar. Ricardo schnappte sich dann einen nach dem anderen zum Tanzen. Die Stimme des Mannes neben mir an der Bar kam mir irgendwie bekannt vor. Er hatte seinen Hut tief in die Stirn gezogen, wahrscheinlich wollte er nicht erkannt werden.

»Hallo Franz!« begrüßte er mich. »Woher kennst du denn die Location hier? Ich kann nicht glauben, dass du in die Fänge eines alternden Schwulen geraten bist.« Dann fiel es mir schlagartig ein: Der Mann neben mir war der Trainer unseres früheren Fußballvereins. »So treffen sich alte Sportskameraden wieder«, meinte er lachend.«

»Das gibt's doch nicht, unser Trainer Gerd war bei dem Schwulentreff dabei«, rief Alex erstaunt.

»Ich konnte es auch kaum glauben«, erwiderte Franz. »Meine Güte, sagte ich zu ihm, ich bin einfach platt, dich hier zu treffen.«

Gerd lachte: »Mach dir nichts draus, jeder hat doch irgendein kleines Geheimnis. Es passt aber nicht ins Bild, wenn sich ein Fußballtrainer der A-Jugend als Schwuler outet. Die Eltern würden Sturm laufen, und der Fußballverein würde mich sofort hochkant rausschmeißen. Die Leute würden mich auf offener Straße anspucken. Ich müsste schnellstens aus Lahr flüchten. Aber eins kann ich dir ruhig verraten: Ich habe mich niemals an den Jungs im Fußballverein vergriffen. So wird es auch bleiben. Gefällt es dir hier, Franz?«

»Das ist mir hier alles zu viel!« antwortete ich ihm.

»Das kann ich gut verstehen. Die Treffen hier sind eher was für Hardcore-Fetischisten. Ricardo spinnt doch, dich auf so eine Party mitzunehmen! Die älteren Herrschaften hier sind ziemlich abgebrüht. Die sind schon seit Jahren in der Szene. Aber bitte, ich bin nicht dein Anstandswauwau. Du wirst selbst am besten wissen, was du zu tun oder lassen hast.«

»Danke, Gerd. Ich hatte keine Ahnung, dass ich in einem Lusttempel landen würde. Am liebsten möchte ich hier schnellstmöglich wieder raus.«

»Franz, du hast ja einen Knall. Welcher Teufel hat dich geritten, mit Ricardo auf so eine Party zu gehen?«, unterbrach ihn Alex.

»Warte, ich bin mit der Geschichte gleich fertig«, antwortete Franz. »Auch Gerd hatte von der Party die Nase voll! Er hat mich dann nach Hause gebracht. In meinem Zimmer habe ich dann erst mal die Vorhänge zugezogen. Ich war fix und fertig. Am frühen Morgen stürmte dann Ricardo in mein Zimmer. Er wollte Sex mit mir, da bin ich abgehauen. Meine Mutter war froh, dass ich dem Lehrmeister Ricardo mit heiler Haut entkommen bin. Sie tröstete mich. Meine Ausbildung bei dem feinen Herrn war damit von heute auf morgen beendet. Ein paar Wochen später habe ich mich auf der Modedesignerschule in Freiburg beworben. Jetzt kennst du die ganze Geschichte!«

»Wer hätte das gedacht!«, meinte Alex. »Das Nobelgeschäft von Ricardo hat eine schöne Fassade, aber seine verborgenen Seiten kennen wir nicht. Ich gratuliere dir zu deiner Entscheidung! Bei dem hast du nichts verloren! Wie geht es dir denn jetzt auf der Modeschule, gefällt es dir dort?«

»Die Ausbildung ist einfach klasse!«, antwortete Franz begeistert. »Mit den Dozenten komme ich gut zurecht. Ich muss nicht katzbuckeln und wie vor den feinen Herren in Ricardos Laden einen Diener machen. Wir lernen zeichnen, machen Entwürfe und diskutieren über die neuesten Modetrends. Die Leute an der Schule haben ein ganz anderes Niveau. Manchmal träume ich davon, wegzugehen nach Paris und mich dort selbstständig zu machen. Doch den Weg dorthin schaffen nur die wenigsten.«

»Jeder hat seine Träume!«, erwiderte Alex. »Frag mich nicht, ob ich nicht ab und zu von mir als Fußballstar geträumt habe! Träume sind eben keine Schäume, der Weg zum Ziel ist aber steil und steinig. Jedenfalls bin ich froh, dass du jetzt in Freiburg gelandet bist! Früher waren wir

Kumpels auf dem Fußballfeld, und jetzt können wir uns jederzeit in Freiburg treffen.«

»Und?«, fragte Franz, »bist du immer noch zwischen Melissa und Jana hin und hergerissen?«

»Na ja, ich bin in letzter Zeit vor allem mit dem Fußballtraining beschäftigt. Aber Melissa hat mich gestern wieder mal beeindruckt. Sie hat überhaupt nichts mehr von einer Pippi Langstrumpf, auch ihre piepsige Stimme klingt jetzt voller. Übrigens habe ich Jana besucht, in der Bar vom Rizzo-Hotel. Sie hat sich inzwischen zu einer professionellen Barkeeperin gemausert, Respekt! Bei den Gästen kommt sie gut an. Als ich sie besuchte, war sie sehr beschäftigt und hatte kaum Zeit für mich. Kürzlich sah ich sie unterwegs zufällig mit einem älteren Herrn ins Hotel Atlas verschwinden. Ich werde irgendwie nicht schlau aus ihr. Erst macht sie mir schöne Augen, und im nächsten Moment ist sie mit einem anderen beschäftigt. Gleich sindwir im Illertissener Gestüt, also, Franz, bitte kein Wort über unser Gespräch!«

Franz nickte zustimmend. »Und du verlierst keine Silbe über meine Pleite bei Ricardo!«

»Versteht sich von selbst«, versprach Alex.

Veronika holte Melissa ab, um mit ihr nach Illertissen zu fahren. »Wie geht´s Jolanda?«, erkundigte sich Melissa.

»Jolanda hat noch keinen neuen Besitzer gefunden. Ich glaube, sie wird sich sehr freuen, wenn du sie heute besuchst. Gegenüber Hunden ist Jolanda nach wie vor sehr ängstlich. Sonst ist sie sehr zutraulich. Seitdem ich in Freiburg studiere, kann ich nur noch an den Wochenenden reiten.«

»Wie geht es dir in Freiburg?«, wollte Melissa wissen.

»Super, endlich habe ich ein passendes Studium gefunden!« Veronika strahlte über das ganze Gesicht. »Schade, dass du nicht in Freiburg bist! Die Stadt hat echt Flair! Ich freue mich schon auf den Frühling! Mit meinen Kommilitonen komme ich blendend zurecht. Nur die Statistik macht mir zu schaffen. Ahnungslos wie ich war, hatte ich geglaubt, dass man sich im Psychologiestudium mit der menschlichen Seele beschäftigt. Aber das Gegenteil ist der Fall. Die Seele spielt keine große Rolle. Wer weiß überhaupt was die Seele ist? Der Pfarrer spricht häufig davon. Von Seelenkunde darf man an der Uni aber nicht laut sprechen. Psychologie ist eine Wissenschaft, hat uns der Dozent gleich von Anfang an eingebläut. Gegenstand der Untersuchungen ist der Mensch. Und der wird wissenschaftlich betrachtet, und zwar mit mathematischen und statistischen Methoden. Die Seele hat in der Psychologie keinen Platz.«

»Hat Sigmund Freud nicht seinerzeit davon gesprochen?«, fragte Melissa.

»Ich glaube schon«, antwortete Veronika. »Freud hat eine bestimmte Therapiemethode entwickelt, er nannte sie Psychoanalyse. Seine Schriften machten Schlagzeilen. Freud hat auch das sogenannte Unbewusste entdeckt. Seine Schüler verehrten ihren Lehrmeister. Bald gründeten seine Anhänger psychoanalytische Gesellschaften und Institute. Man könnte auch von einer Taufe sprechen, wenn seine Jünger in die psychoanalytische Vereinigung aufgenommen wurden. Ein neues Zeitalter war angebrochen. Der Psychiater Carl Gustav Jung schrieb dicke Bände über das sogenannte kollektive Unbewusste. Schon vor dem Psychologiestudium habe ich die Schriften von Freud und Jung verschlungen. Damals dachte ich, die Psychoanalytiker hätten den Stein der Weisen gefunden. Sigmund Freud hatte eine Schule gegründet. Seine zahlreichen Anhänger verehrten ihn. Wer ihm widersprach, wurde exkommuniziert. Das Unbewusste, das Verdrängte machte Schlagzeilen. Selbst die Surrealisten wurden von Freud inspiriert. Symbole, überall Symbole. Salvador Dali war ein begeisterter Anhänger von Freud. Dazu musst du eins wissen: Eine Schlange ist nicht einfach eine Schlange, nein, sie verkörpert das Böse. Doch wenn sich die Schlange in den Schwanz beißt, symbolisiert sie etwas ganz anderes: Dann wird sie als Gottheit verehrt. Und es kommt noch besser: Eine Pfeife ist keine Pfeife, sie ist ein Phallussymbol! Der Penisneid wurde entdeckt – Penisneid, dass ich nicht lache! Freud meinte, dass sich die kleinen Mädchen verstümmelt fühlen würden. Kannst du dich erinnern, jemals einen neidischen Blick auf den tapferen Soldaten eines Knaben geworfen zu haben? Man diskutierte über den Gebärneid der Männer. Wer beneidet nun wen? Der Schiedsrichter hat eine Pfeife im Mund. Der kann niemals kastriert werden! Seine Pfeife ist von unten nach oben gewandert. Damit ist er für alle Zeiten der drohenden Kastration entronnen. Glücklicherweise gibt es heutzutage auch weibliche Schiedsrichter! Jetzt kastrieren sie die Männer. Melissa, als ich das gelesen habe, habe ich überall nur noch Phallussymbole gesehen. Zum Glück gibt es auch noch Löcher im Universum! Wenn die Männer dort hineinfallen, hört man gurgelnde Geräusche. Ein schwarzes Loch lässt selbst die tapfersten Männer nicht entkommen. Und noch etwas habe ich gelesen: Die Knaben haben Angst, dass sie von der Mutter gefressen werden könnten. Oder schlimmer noch, sie verschwinden sang- und klanglos im Unterleib der Mutter. Deshalb bauen sie Autos, Wolkenkratzer oder Panzer. Aber in den ersten Semestern sind wir von den psychoanalytischen Theorien noch meilenweit entfernt. Als Schauspielerin hast du hundertmal mehr mit der Seele zu tun als die Psychologen. Eigentlich sind das trockene Fuzzis. Gut, die meisten von ihnen haben einen klaren Verstand, aber sonst sind es ganz gewöhnliche Zeitgenossen. Den Zauber der Magie werden sie nie finden. Pfarrer oder Schriftsteller sprechen von »Seele«. Schauspieler versuchen, sich in einen Menschen hineinzuversetzen. Die Psychologen haben keinen blassen Schimmer, was »Seele« bedeutet.«

»Dann macht es doch Sinn, Veronika, dass die Psychologen über die Seele nicht reden. Warum soll man einer Sache hinterherrennen, wenn es sie gar nicht gibt? Oder habt ihr eine Theorie, mit der man etwas anfangen kann?«

Veronika schnaubt: »Ja, natürlich, Theorien gibt es wie Sand am Meer, Schaust du genauer hin, hast du Sand in den Händen, der dir durch die Finger rinnt.«

»Halb so schlimm, Veronika. Selbst die Physiker haben den Stein der Weisen noch nicht gefunden! Sie bemühen sich und forschen immer weiter. Oder meinst du, dass ihre Theorien jemals ein Ende finden und dann jubeln: »Schluss, Punkt, aus. Wir haben alles verstanden!«?«

»Hm,« seufzte Veronika, »das wird wohl nie ein Ende finden! Du hast recht, ohne Theorien kommen wir auch nicht weiter.«

»Na also, die Psychologen können ruhig an ihren Theorien weiter basteln! Ich hoffe nur, dass sie Fortschritte machen!«

»Das hoffe ich auch!«, meinte Veronika. »Früher glaubte man, dass ein Gesicht den Charakter des Menschen verraten würde. Aber sein Gesicht sagt darüber nichts aus. Beim Nachdenken oder Staunen zieht jeder die Stirnfalten nach oben. Worüber er nachdenkt, wissen wir nicht. Der Dumme staunt nicht weniger als der Schlaue! Die Stirnfalten verraten nur die Anstrengung. Ein ausgeprägtes Kinn sollte Entschlusskraft, ein sinnlicher Mund Genussfreudigkeit, eine große Nase Gefühlsreichtum, ein durchdringender Blick Scharfsinn verraten – also wirklich!«

»Moment mal«, unterbrach Melissa ihre Freundin, »heißt es nicht »Wie die Nase des Mannes, so sein Johannes«?«

»Das habe ich auch mal geglaubt«, erwiderte Veronika. »Unser Lateinlehrer – du erinnerst dich an Herrn Möbius – hatte eine große Nase. Ich hatte mir ein kleines Loch ins Löschpapier gestochen und beobachtete seine Nase. Schon glaubte ich, dass sie tanzte, sie füllte alles aus. Zu gerne hätte ich gewusst, ob die gewaltige Form seiner Nase mit dem anderen Körperteil korrespondiert. Leider habe ich es nie herausgefunden. Immer wenn er sich zu mir herunterbeugte, betrachtete ich sie voller Bewunderung. Gleichzeitig hielt ich seinen stinkenden Atem für den Odem eines Gelehrten. Gerne hätte ich ihn mal beim Duschen beobachtet. Vielleicht könnte die Wissenschaft der Körpervermessung solche Fragen endgültig beantworten.«

»Und wenn das alles unklar ist?«, fragte Melissa. »Was bleibt dann noch übrig?«

»Wie heißt es doch so schön?«, antwortete Veronika: »Weitere Forschungen sind notwendig.«

» Jetzt aber mal was anderes, Melissa. Liebst du immer noch Alex?«

»Oh!«, meinte Melissa überrascht. » Wie soll ich dir diese Frage beantworten? Vor ein paar Tagen traf ich im Zug nach Stuttgart einen Regisseur. Der arbeitet in Lüneburg an einer Fernsehserie, ich glaube, die heißt »Roter Mohn«. Dieser Mann, er nannte sich »Paul Hase«, hat den Glauben an die Liebe endgültig aufgegeben. Seltsam, dabei schreibt er ständig Geschichten über Liebe und Sehnsucht. Hase meinte, dass überall Fallstricke und Enttäuschungen hinter der nächsten Ecke lauern. Er gab mir den guten Rat, mich vor der großen Liebe in Acht zu nehmen.

Übrigens, eine Sache habe ich dir noch nicht erzählt. In Hannover habe ich einen Schauspieler, er ist ein Kollege von mir, kennengelernt, er heißt Luigi. Ich stand mit ihm ein paar Wochen auf der Bühne. Luigi spielt hervorragend Klavier. Bei ihm hatte ich meine erste Gesangsstunde, anschließend schleppte er mich in eine Kneipe ab. Dort hatte ich ein paar Gläser zu viel erwischt. In derselben Nacht hatten wir ein Techtelmechtel. Erst am nächsten Morgen ist mir klar geworden, dass es der reinste Blödsinn war. Der kann sich nicht entscheiden, wen er lieben soll. Und jetzt fragst du mich, ob ich Alex liebe? Das weiß nur der Himmel! Auf jeden Fall freue ich mich, dass ich Alex heute treffe.

Und wie geht es dir, Veronika? Hast du dich in Freiburg schon in jemanden verguckt?«

»Gott bewahre!«, lachte Veronika. »Ich bin froh, wenn ich mit meinem Studium zurechtkomme! Manchmal verlaufe ich mich in den endlosen Gängen der Uni. Ein Mann würde mich nur verwirren. Ich bin froh, dass ich alleine über die Runden komme! Wenn mir ein Passender über den Weg laufen würde, hätte ich nichts dagegen. Aber mir einen Typen suchen? Nein, davon bin ich weit entfernt! Womöglich würde er mir nur meine Zeit stehlen.«

»Da hast du auch wieder recht«, grinste Melissa. »Hier spricht die aufgeklärte Psychologin! Was kommt zuerst – die Psyche oder die Logik? Hoffentlich kriegst du beides zusammen.«

»Melissa, hör auf mit deiner Wortklauberei! Ich kann dir die gleiche Frage stellen. Dein Abenteuer mit diesem Luigi in Hannover war auch nicht gerade ein Volltreffer. Wie heißt es so schön? Halb zog sie ihn, halb sank er hin.«

»Wer hat denn hier wen gezogen?«, empörte sich Melissa. »Er hat mich verführt. Eigentlich müsste es umgekehrt heißen: Erst zog er mich, dann sank ich hin.«

»Das ist die große Frage!«, gab Veronika zurück. »Wer hat wen zuerst gezogen? Ach, was soll's, ist doch egal. Ihr beide seid aufs Bett gesunken. Oder möchtest du jetzt die Unschuld vom Lande spielen?«

»Nein!«, beschwichtigte Melissa. »Er hat mich einfach überrumpelt. Egal, meine Reue hält sich in Grenzen.«

»Wir sind gleich da!«, sagte Veronika. »Bevor Franz und Alex hier auftauchen, könnten wir uns auf die Pferde schwingen und einen kleinen Ausritt machen. Die beiden können solange im Reiterstüberl auf uns warten.«

»Das machen wir!«, stimmte Melissa begeistert zu.

Als Melissa den Stall betrat, wieherte Jolanda vor Freude. Die beiden Freundinnen sattelten ihre Pferde und machten einen Ausritt.

Als Franz und Alex im Gestüt ankamen, begrüßte die Besitzerin den unverhofften Besuch. »Die jungen Herren sollen beim Warten nicht frieren!«, sagte sie freundlich und servierte den beiden heißen Glühwein.

Alex nippte an seinem Glas und entspannte sich allmählich. »Ich bin froh, dass Melissa mich heute vom Reiten verschont. Beim letzten Ausritt mit ihr hat mich ihr Pferd um ein Haar abgeworfen. Ich kam völlig demoliert am Stall an. Dann hat sie mich getröstet und gleich auf einen Strohballen gezogen.«

Franz grinste: »Was du nicht sagst. Sie hat dich verführt! Ich habe dich ein paar Tage vorher beobachtet. Du hast sie doch, unaufhörlich angehimmelt.«

»Hm«, knurrte Alex, »da hast du auch wieder recht. Nachdem ich sie am Storchenturm getroffen hatte, war ich hin und weg von ihr.

Und, wie geht's dir so, Franz? Möchtest du nicht auch mal mit Veronika einen Ausflug auf einem Pferd machen?«

»Alex, willst du mich verkuppeln? Veronika studiert Psychologie in Freiburg. Die würde mich sofort durchschauen!«

»Ach was, vor der brauchst du keine Angst haben. Die Psychologen kochen auch nur mit Wasser! Die ist auf jeden Fall nicht so aufdringlich wie dein früherer Meister. Dieser Ricardo war doch nur scharf auf dich. Mit dem Angebot für eine Lehrstelle hat er dich nur angelockt.«

»Alex, bitte! Jetzt lass doch mal die Vergangenheit ruhen. Ich bin froh, dass dieses Kapitel abgeschlossen ist. Ich habe nichts gegen Veronika, im Gegenteil. Ich finde es wunderbar, wenn sie mich in Ruhe lässt. Und du, wie geht's dir in Freiburg? Kommst du mit dem Fußballtraining zurecht? Ihr müsst bestimmt jeden Tag bis zum Umfallen trainieren, oder?«

»Das Training macht mir Spaß«, sagte Alex. »Wenn ich Glück habe, kann ich in die Bundesligamannschaft aufrücken. Sieh mal, da kommen Melissa und Veronika angeritten.«

Franz und Alex liefen zum Pferdestall hinüber und winkten den beiden fröhlich zu.

»Ihr müsst noch ein bisschen Geduld haben«, bat Melissa die Ankömmlinge. »Die Pferde haben jetzt erst mal Vorrang. Alex, du kennst dich ja mit der Pferdepflege mittlerweile bestens aus, wenn ich mich recht erinnere, oder? Wir kommen danach gleich zu euch rüber.«

Bald darauf kamen trafen Melissa und Veronika ihre Schulfreunde im Reiterstüberl. Die Besitzerin brachte zwei weitere Gläser mit Glühwein an den Tisch.

»Das ist wirklich ein sehr gemütliches Stüberl«, schwärmte Franz. »Wie wohltuend, endlich mal kein Weihnachtsschmuck an den Wänden! Es stinkt hier zwar ein bisschen nach Pferdemist, aber der Geruch erinnert mich an meine Oma. Die hatte auch ein paar Pferde im Stall.«

»Jetzt müssen wir uns langsam von unseren Pferden verabschieden«, meinte Veronika. »Hannover ist weit weg, und ich bin von heute auf morgen in Freiburg gelandet.«

»Veronika, wie erging es dir Weihnachten bei deinen Eltern?«, erkundigte sich Franz. »Sie haben dich sicher sehr vermisst, oder?«

»Klar, sie haben sich sehr über meinen Besuch gefreut«, sagte Veronika. »Vor wenigen Monaten war ich noch froh, dass ich endlich aus Lahr flüchten konnte. Meine Mutter hatte mir früher jeden Wunsch von den Lippen abgelesen. Einmal hat sie mir gebeichtet, dass sie sich noch ein Kind gewünscht hatte. Und jetzt kommt der Hammer: Ich habe noch einen zwei Jahre jüngeren Stiefbruder! Der ist bei seiner Mutter in Straßburg aufgewachsen. Mein Vater hatte damals in Straßburg eine heimliche Geliebte. Immer wenn er beruflich eine Baustelle besuchte, traf er sich mit ihr. Meine Mutter und ich ahnten nichts von seinem Doppelleben. Mein Vater hat seine Geliebte und den Sohn heimlich finanziell unterstützt. Erst vor Kurzem ist die Sache rausgekommen. Mein Stiefbruder François hatte es satt, ohne einen Vater auskommen zu müssen. Eines schönen Tages stand er vor unserer Tür. Meine Mutter ist aus allen Wolken gefallen, als er ihr die Geschichte aufgetischt hat. Aber jetzt hat er uns sogar an Weihnachten besucht.«

»Das ist ja ein Ding!«, staunte Franz, »du hast einen Bruder und wusstest bis vor Kurzem nicht, dass es ihn überhaupt gibt.«

»So ist es«, bestätigte Veronika. »Übrigens ist mein Stiefbruder ein sehr sympathischer junger Mann. Und er spricht sehr gut Deutsch, wenn man bedenkt, dass er in Frankreich aufgewachsen ist. Ich bin hin und weg, wenn er mit seinem französischen Akzent spricht.«

»Und deine Mutter, wie hat sie reagiert?«

»Nachdem mein Vater vor ihr auf die Knie gefallen ist und er immer wieder beteuert hat, dass er sie liebt, hat sie ihm schließlich verziehen. Er behauptete, dass er sich in Frankreich immer sehr einsam gefühlt habe. Mittlerweile liebt meine Mutter François wie ihren eigenen Sohn. Sie verwöhnt ihn regelrecht. Er wollte heute sogar mit nach Illertissen kommen, aber ich wollte euch nicht gleich überrumpeln. Er bleibt noch ein paar Tage hier. Ihr könnt uns gerne besuchen.«

»Und was macht François in Straßburg?«, fragte Franz.

»Er hat dort vor Kurzem eine Ausbildung als Dekorateur begonnen. Nebenbei verdient er sich als Dressman sein erstes Geld. Das wundert mich nicht, François sieht blendend aus! Wenn er nicht mein Stiefbruder wäre, käme ich womöglich auf dumme Gedanken.«

»Du hättest ihn ruhig mitbringen können!«, meinte Franz. »Ich war noch nie in Straßburg. Er hat bestimmt ein paar interessante Geschichten auf Lager. Und seine Mutter hat nie einen passenden Partner gefunden? Sie hat ihn alleine aufgezogen?«

»Genaueres hat mir François noch nicht erzählt, aber ich werde bald bestimmt Näheres erfahren.«

»Sei nicht so neugierig, Franz!«, rief Melissa.

»Ach, lass ihn doch! Immerhin ist er ein Namensbruder von Franz!« Veronika lachte und legte vertraulich ihre Hand auf seine Schulter. Franz lächelte verlegen.

»Hast du es deinem Vater verziehen, dass er dich und deine Mutter hinters Licht geführt hat?«, fragte Alex Veronika.

»Mein Vater hat mich nicht betrogen«, antwortete Veronika spöttisch. »Da musst du schon meine Mutter fragen. Jedenfalls freue ich mich, dass ich einen Bruder habe. François ist für mich ein Weihnachtsgeschenk.«

Franz strahlte: »Im Leben geht vieles drunter und drüber, der Weihnachtsmann hat dir einen Bruder geschenkt.«

»Wenn François Zeit hat, könnte er zu einem Fußballspiel nach Freiburg kommen«, schlug Alex vor. »Und habt ihr nicht auch Lust, mich beim nächsten Fußballmatch zu besuchen? Natürlich habe ich für euch Freikarten«

»Da fragst du aber die Falschen!«, zog ihn Melissa auf. »Wir wissen, dass du ein guter Fußballer bist. Aber hast du schon einmal mitgekriegt, dass Veronika oder ich auch nur ein Sterbenswörtchen über Fußball verloren haben?«

»Das kann sich ja noch ändern«, witzelte Alex. »Außerdem hast du mir doch schon einige Male beim Fußball zugeschaut! Oder leide ich da unter Gedächtnisschwund? Im Gegenzug würde ich dich auch bei einer Theateraufführung in Hannover besuchen. Wäre das nicht ein Deal, Melissa?«

Melissa nickte: *Eigentlich hat er recht! Man muss nicht immer die gleichen Interessen haben, wenn man sich mag. Es wäre schön, wenn er mich in Hannover besuchen würde.*

»Abgemacht«, rief Melissa. »Du besuchst mich bei meiner Theateraufführung in Hannover, und ich komme zu deinem Fußballspiel nach Freiburg. Aber jetzt haben wir erst mal Weihnachtsferien!«

»Dito«, entgegnete Alex. »In der Weihnachtszeit ist nicht viel los. Die meisten haben sich in ihre vier Wände verkrochen und schaufeln Nürnberger Lebkuchen, Christstollen oder eine Weihnachtsgans in sich rein. Die Leute liegen auf der faulen Haut und lassen sich's gut gehen.«

»Jetzt übertreib mal nicht, Alex! Übrigens: Im Baal-Theater wird morgen »Das kalte Herz« von Wilhelm Hauff aufgeführt. Ich habe die Geschichte schon als Kind geliebt und bin in diesem Märchen geradezu versunken. Wir könnten uns die Aufführung zusammen ansehen, Alex, hättest du Lust?«

»Worum geht es denn in dem Märchen?«, fragte Alex.

»Am besten schauen wir uns das Stück erst mal an. Dann können wir darüber reden. Veronika, fahren wir wieder zusammen zurück? Ich werde dann gleich die Theaterkarten im Baal-Theater besorgen.«

Veronika fragte Franz zum Abschied: »Hast du nicht Lust, mal bei uns vorbeizuschauen? François wird sich bestimmt freuen.«

Am nächsten Tag wartete Melissa schon ungeduldig vor dem Theater auf Alex. Eine lange Schlange drängte sich vor der Abendkasse. Als Alex eintraf, flüsterte Melissa ihm zu: »Die meisten Schauspieler kenne ich. Sie waren zwei Klassen unter uns. Und übrigens, die Mutter vom Kohle-Munk-Peter sitzt an der Abendkasse. Sie ist schon passend geschminkt. Da, sieh doch!«, raunte sie Alex zu. »Janas Eltern sitzen auch im Parkett. Ich kann es nicht glauben. Sie sitzen ganz friedlich nebeneinander. Vielleicht möchte sie ihrem Mann das kalte Herz erwärmen.«

Nach der Vorstellung fragte Melissa: »Gehen wir noch ins Theatercafé?«

»Warum nicht!«, meinte Alex. »Ich habe ohnehin nur die Hälfte verstanden. Die Szenen flogen so schnell an mir vorbei. Du hast das Märchen wahrscheinlich schon x-mal gelesen. Ich hatte übrigens das Gefühl, alles schon mal erlebt zu haben: das mit dem Schwarzwald, das bunte Treiben auf dem Marktplatz, der Tanz und die vergnügten Menschen in ihren Trachten. Manche stehen auf der Leiter des Erfolgs ganz oben, die anderen müssen bis zum Umfallen schuften. Der Kohle-Munk-Peter hatte es nicht einfach. Er wünschte sich eine bessere Zukunft. Er wollte eine schöne Frau heiraten und viel Geld in der Tasche haben. So viel wie der reiche Ezechiel und dazu noch einen angesehenen Beruf. Das Glasmännlein hat ihm all seine Wünsche erfüllt. Doch er ist mit seinen Wünschen in eine Falle getappt. Warum ging das nicht gut?«

»Ach, Alex, das liegt doch auf der Hand! Das Glasmännlein hatte ihn nach dem zweiten Wunsch gewarnt. Denn der Kohle-Munk-Peter hatte beim Wünschen das Wichtigste vergessen: Der Verstand fehlte. Nur mit Verstand wäre er erfolgreich gewesen. Die Geldgier hatte gesiegt. Aber am Ende hat er dann doch noch den Weg zur Liebe gefunden. Ist das so schwer zu verstehen?«

»Ein schönes Märchen! Aber woher sollte der Kohle-Munk-Peter wissen, dass es im Leben so viele Stolpersteine gibt?«, fragte Alex.«

»Träumst du manchmal vom Erfolg?«, fragte Melissa.

»Danke der Nachfrage, Melissa! Träumst du nicht auch vom Erfolg? Jeder will Erfolg! Wer fügt sich schon bescheiden in sein Schicksal? Natürlich wäre es wunderbar, wenn ich in Freiburg in die Bundesligamannschaft aufsteigen könnte. Möchtest du nicht auch eines schönen Tages eine bekannte Schauspielerin werden? Träumen wir nicht alle wie Kohle-Munk-Peter von Erfolg und Reichtum?«

»Reicht das denn für ein glückliches Leben?«, bohrte Melissa nach.

»Schon gut«, sagte Alex. »Wir haben eine schöne Inszenierung von Hauffs Märchen gesehen. Ich habe übrigens im Programmheft gelesen, dass Frau Heidenreich Regie geführt hat. Schade, dass sie beim Schlussapplaus nicht mit auf die Bühne gekommen ist!«

»Na ja, ich kann sie verstehen!«, antwortete Melissa.

»Frau Heidenreich möchte jetzt keinen öffentlichen Beifall. Ihr Mann ist erst vor Kurzem gestorben.«

»Ja, davon habe ich gehört. Leider konnte ich nicht zu der Beerdigung kommen. Ich war in Freiburg beim Fußballtraining eingespannt.«

»Frau Heidenreich war übrigens am Heiligen Abend bei uns zu Besuch«, sagte Melissa. Sie hat uns zu verstehen gegeben, dass sie mit der Kirche nichts mehr am Hut hat.«

»Warum auch?«, entgegnete Alex. »Ein Atheist ist doch kein schlechter Mensch. Sie braucht den Segen der Kirche nicht mehr. Zum Glück haben wir keinen Pastor auf dem Fußballfeld. Melissa, ich wollte dich noch mal daran erinnern, dass du mich bei der nächsten Gelegenheit in Freiburg besuchen wolltest.«

»Und wann kommst du nach Hannover, Alex? Ich kann dir noch nicht sagen, ob mich der Intendant für einen Theaterauftritt eingeplant hat. Eigentlich könnten wir jetzt einen Spaziergang zum Storchenturm machen. Du kannst dich hoffentlich noch an unser Treffen im Sommer erinnern?«

Melissa gab ihm einen Kuss.

»Wie könnte ich das vergessen?«, stotterte er.

»Was machst du Silvester, Alex?«

Alex zögerte einen kurzen Moment. Die Frage hatte ihn auf dem falschen Fuß erwischt. *Soll ich ihr sagen, dass mich Jana auf eine Silvesterfeier im Rizzo-Hotel eingeladen hat? Lieber nicht.* »Tut mir leid, Melissa, ich feiere Silvester mit den Jungs vom Fußballclub.«

»Schade«, bedauerte Melissa. »Vielleicht feiere ich Silvester mit Veronika und Franz. Bei uns zu Hause ist es nicht gerade lustig. Mein Vater ist meistens gegen Mitternacht betrunken. Es ist an der Zeit, ich muss jetzt gehen!« Sie gab ihm einen Kuss. »Ich hoffe, wir sehen uns bald wieder!«

Auf dem Nachhauseweg grübelte Melissa: *Ich werde aus Alex nicht schlau. Wenn ich nur ein Vergissmeinnicht hätte und die Blätter einzeln abzählen könnte: Er liebt mich, er liebt mich nicht.*

Franz rief seinen Fußballtrainer Gerd an. »Hallo Gerd, ich wollte mich noch mal bei dir bedanken, dass du mich neulich rechtzeitig aus dem Nachtclub rausgeholt hast! Übrigens, ich habe dir das Neueste noch gar nicht erzählt. Die Ausbildung bei Ricardo habe ich schon am nächsten Tag geschmissen. Ich besuche jetzt eine Modedesignerschule in Freiburg. Es tut mir leid, für das Fußballtraining bleibt mir jetzt keine Zeit mehr!«

»Na ja, aber könnten uns doch auch einfach so mal treffen!«, schlug Gerd vor. »Jetzt sind Weihnachtsferien. Möchtest du mal bei mir vorbeischauen?«

»Gerne!«, erwiderte Franz. »Wo wohnst du?«

»In der Waldhornstraße, gleich neben der Dönerbude. Hast du heute Nachmittag Zeit? Ich würde mich über einen Besuch freuen.«

»Passt gut!«, freute sich Franz. »Ich komme gleich rüber.« Wenig später klingelte Franz an Gerds Wohnungstür. Gerd klopfte Franz auf die Schulter. »Nur hereinspaziert, mein Lieber! Ach, könntest du bitte deine Schuhe ausziehen?«

»Kein Problem«, sagte Franz. Staunend blickte er sich um. Glasvitrinen und Stilmöbel verliehen der Wohnung einen noblen Glanz. Die wertvollen chinesischen Teppiche und asiatischen Vasen verblüfften ihn. »Wow!«, rief er, »Hat dich ein Innenarchitekt beraten?«

»Ich liebe ein schönes Ambiente!«, antwortete Gerd. »Die Wohnung ist mir ein Heiligtum. Ich möchte mich hier wohlfühlen.«

»Lebst du alleine hier?«, fragte Franz.

»Ja, die Wohnung habe ich von meinen Eltern geerbt«, antwortete Gerd.

»Und wo leben die jetzt?«

»Gott hab sie selig, sie sind beide vor Jahren bei einem Flugzeugabsturz ums Leben gekommen.«

»Tut mir leid, das wusste ich nicht«, sagte Franz bedauernd.

»Ich bin seit zehn Jahren Waise. Nach ihrem Tod musste ich mein Leben völlig umkrempeln. Die Ausbildung zum Fußballtrainer hat mir geholfen, den Schock zu überwinden. Nebenbei arbeite ich auch noch drüben in Freiburg als Discjockey, da kann ich meinem Hobby ohne Stress nachgehen. Dort kennt mich kein Mensch. In der Club-Szene habe ich noch nie einen Fußballer gesehen. Die meisten Schwulen interessieren sich für Fußball nicht. Ich bin eine Ausnahme, du wohl auch. Mein Vater hatte sich darüber gewundert, dass ich als Junge gerne mit Puppen spielte. Und ich war auch fast nur mit Mädchen unterwegs. Wenn es nach ihm gegangen wäre, hätte er mich am liebsten in eine Eishockey-Mannschaft gesteckt. Meine Mutter hat schließlich vermittelt. Im Fußballverein habe ich dann Freunde gefunden.«

Franz blieb neugierig vor Gerds Bücherregal stehen und zog ein Buch heraus. Es war die Autobiografie von Elton John: »Ich. Elton John«. Franz starrte auf den Einband.

Eine bescheuert aussehende Brille, die fast das gesamte Gesicht des Rockstars vereinnahmte, schillerte ihm in allen Regenbogenfarben entgegen. Er blätterte in dem Buch. »Hm, Elton John! Ist das nicht der schwule Paradiesvogel, der wegen Drogen-, Alkohol- und Fresssucht Schlagzeilen gemacht hat? Ich kenne nur ein paar Songs von ihm. Ein Wunder, dass er überhaupt noch am Leben ist!«

»Du kannst die Biografie gerne mal lesen«, bemerkte Gerd. »Elton John hat sich inzwischen völlig verändert. Wenn du etwas über seine Kindheit liest, wirst du ihn besser verstehen. Er wurde nicht geliebt. Sein Vater hat ihn ignoriert. Er wuchs bei seiner Großmutter auf. Mit elf Jahren gewann er einen Klavierwettbewerb an der Royal Academy of Music in London, dort erhielt er auch Klavierunterricht. Seine Freunde, Freddy Mercury und Ryan White, starben an AIDS. Elton John gründete später die AIDS-Foundation. Jetzt ist er verheiratet und hat zwei Kinder. Eine Leihmutter hat sie ausgetragen. Ein Jahr nach dem Tod von Lady Diana 1998 wurde Elton von der Queen geadelt. Sieh dir mal meine CD-Sammlung genauer an.«

Franz zog eine CD heraus. »Oh!, Andrea Berg hast du auch in deiner Sammlung. So was wollen die Leute in deinem Club hören?« Franz zog eine weitere CD heraus: »«Ein Stern, der deinen Namen trägt«, von DJ Ötzi.«

»Ja, Franz, ich habe alle Schlager in meiner Sammlung. Die Leute wollen das am liebsten hören. Manchmal kommt es mir schon zu den Ohren raus. An Fasching lege ich auch mal Trude Herr oder Klaus Lage auf.«

»Trude Herr, kenne ich nicht, wer ist das?«, fragte Franz.

»Das wundert mich nicht!«, grinste Franz. »Du gehörst zu einer anderen Generation. Trude Herr hat in den Sechzigerjahren Schlager gesungen. Zum Beispiel: »Ich will keine Schokolade, ich will lieber einen Mann.«»

»Und Klaus Lage?«, wollte Franz wissen.

»Das war in den Achtzigern: »Tausendmal berührt, tausendmal ist nichts passiert, Tausend und eine Nacht, und es hat Zoom gemacht.«»

»Das klingt ziemlich aktuell!«, meinte Franz. »Das passt doch, wenn ein Mädchen eines schönen Tages sagt: »Ich will keine Schokolade, ich will lieber einen Mann.« Klaus Lages Song gefällt mir auch gut: »Tausend und eine Nacht, und dann hat es Zoom gemacht.«

Gerd nickte: »Das Schlagerkarussell dreht sich immer weiter,  alles dreht sich um Liebe und Sehnsucht.«

»Und was ist, wenn das Karussell anhält?«, fragte Franz.

»Dann wird ein neuer Schlager aufgelegt. Die nächste Generation wartet schon in den Startlöchern.«

»Gerd, du hast hoffentlich nicht nur Schlager in deiner Sammlung? Vielleicht auch was zum Abrocken, so was wie AC/DC oder U2?«

»Sicher, die lege ich auch ab und zu auch auf: »You shock me all night long« ist immer noch ein Renner, U2 gefällt mir auch: »Pride« (In the name of love). Aber in der Disco sind vor allem Schlager gefragt. Die Schlager-Heinis möchten immer am liebsten im Rhythmus klatschen. Die Mallorca-Fraktion ist bei uns im Club stark vertreten. Ich habe mich damit abgefunden: Jedem Tierchen sein Pläsierchen.« Gerd schaute auf seine Uhr. »Es ist schon spät, ich muss nach Freiburg. Jetzt nach Weihnachten sind die Leute ganz scharf drauf, mal wieder etwas anderes zu hören. Die haben das Weihnachtsgedudel langsam satt. Die möchten jetzt abtanzen. Sie freuen sich schon auf die Silvesterparty. Franz, du kannst mich gerne mal im »Evergreen« besuchen! Bei uns ist immer was los!«

»Tut mir leid, ich kann überhaupt nicht gescheit tanzen.«

»Das macht nichts! Zähle einfach »eins, zwei, drei«, und dann geht es wieder von vorne los.«

Franz verabschiedete sich von Gerd. In Gedanken versunken schlenderte er an der Dönerbude vorbei zum Rathausplatz. *Vielleicht treffe ich heute Abend noch Veronika. Ich bin auf ihren Stiefbruder François gespannt.* Veronika war zu Hause. »Hallo, Veronika, lange nicht gesehen! Schön, dass ich deinen Stiefbruder auch mal kennenlernen darf.«

François begrüßte ihn freundlich. »Hallo, isch freue misch! Isch komme aus Straßburg und bin froh, dass meine Schwester so nette Freunde hat!«

»François, ich habe gehört, dass du eine Ausbildung als Dekorateur in Straßburg machst. Gefällt dir der Beruf?«

»Sischer«, antwortete François. »Isch liebe Ästhetik und Design. Am liebsten wäre isch nach Paris gegangen, aber meine Mutter war dagegen. Isch wäre noch zu jung für die große Stadt.«

Strahlend legte Veronika ihre Hand auf die Schulter ihres Stiefbruders. »Ja, François, da hat deine Mutter völlig recht! Paris ist ein heißes Pflaster. Das ist noch nichts für einen jungen Mann wie dich. Nach der Lehre kannst du immer noch dort hingehen! Außerdem möchte ich dich gerne bald mal in Straßburg besuchen! Von Lahr ist es nur ein Katzensprung dorthin. Vielleicht möchte dich auch Franz, in Straßburg überraschen?«

»Aber gerne«, ergänzte Franz.

»Übrigens, am Samstag steigt im Baal-Theater eine Silvesterparty. Kommst du mit, Franz? Du kennst doch die Band »Rouge Tatou«. Die spielt dort am Silvesterabend. Das wird bestimmt ne geile Party!«

»Kommt dein Bruder François auch mit?« fragte Franz.

»Klar, er freut sich schon drauf! Und Melissa hat mich auch schon gefragt, ob wir zusammen feiern!«

»Wunderbar!«, meinte Franz. »Dann ist ja die alte Clique wieder beisammen!«

»Nicht ganz«, meinte Veronika. »Jana arbeitet Silvester in der Rizzo-Hotelbar, und Alex feiert mit seinem Fußballverein in Freiburg.«

»Na ja, damit müssen wir leben!«, sagte Franz. »Das Leben ist kein Wunschkonzert. Ich werde Alex und Jana ohnehin bald in Freiburg treffen.«

## II. Silvester

Vier Tage später trafen sich die Schulfreunde. Das Theater-Café war rappelvoll.

»Oh!«, staunte Melissa. »Hier ist ja halb Lahr versammelt! Selbst der Bürgermeister ist gekommen! Schade, dass Frau Heidenreich nicht dabei ist. Ihr ist bestimmt nicht nach Feiern zumute. François, darfst du schon Alkohol trinken?«

»Warum nicht?«, antwortete Veronika stellvertretend für François. »Ich habe mit seiner Mutter telefoniert. Sie meinte, François ist kein Kind von Traurigkeit und ein Gläschen Rotwein wird ihm bestimmt nicht schaden. Aber er darf sich auf keinen Fall betrinken.«

»Und um Mitternacht«, warf François ein, »darf isch auch Champagner trinken. Schließlich werde isch bald achtzehn Jahre alt.«

»Schon gut, François! Trink erst mal eine Limo oder so was! Deine Mutter hat mir geraten, dass ich dich heute nicht aus den Augen lassen soll.«

»Und wer passt auf disch auf?«, fragte François.

»Rouge Tatou« trumpfte gleich zu Beginn mit dem Song »I want it all«, von Queen, mächtig auf.

»Juhu!«, rief Melissa. »Wir wollen alles!« Aus dem Gewühl stürzte auf einmal ein junger Bursche auf Melissa zu und bat sie um einen Tanz. Bald waren alle auf der Tanzfläche. Beim Refrain »I want it all« jubelten alle. Das Publikum kam allmählich in Fahrt. Auch der Bürgermeister war nicht mehr zu halten. Beim Song von Iron Maiden »*Doctor, Doctor, please ..., ich sitze völlig im Schlamassel, sie ging auf mich zu und hat mir mein Herz gestohlen* « tobte der Saal. Die Zeit verging wie im Flug. Um Mitternacht fielen sich alle um den Hals. Auch Franz und François umarmten sich. »Ich freue mich schon auf Straßburg!«, flüsterte Franz seinem neuen Freund zu.

»Am 21. März werde isch 18 Jahre alt. Isch hoffe, dass wir meinen Geburtstag in Straßburg zusammen feiern, sagte François. Dann kann mir meine Mutter auch keine Vorschriften mehr machen.«

Auch in der Rizzo-Bar ging schon vor Mitternacht die Post ab. Jana trug einen breitkrempigen roten Hut. Eine schwarze Feder-Boa verdeckte ihr freizügiges Dekolleté. An der Bar drängelten sich die Gäste. Jana hatte alle Hände voll zu tun.

Einen Augenblick lang bereute Alex seine Entscheidung, nicht in Lahr geblieben zu sein.

*Melissa wollte mit mir Silvester feiern. Hier kenne ich keinen Menschen. Ich stehe nur herum wie bestellt und nicht abgeholt. Wäre ich doch lieber in Lahr geblieben. Ich verstehe mich selber nicht.*

Plötzlich klopfte ihm jemand von hinten auf die Schulter.

Alex drehte sich überrascht um. »Ah! Die Horrorbraut Fortuna hat sich am Silvesterabend in die Bar verlaufen. Beinahe hätte ich dich nicht erkannt. An Halloween warst du noch eine trauernde Witwe. Du hattest deinen verunglückten Bräutigam betrauert. Willst du mich heute wieder reinlegen? Wo steckt dein Bräutigam?«

»Hallo, Cheops, es tut mir wirklich leid. Ich habe dem Scheintoten ein paar Tage später den Laufpass gegeben. Er war mir dann doch allzu anhänglich. Am liebsten hätte er mir jeden Wunsch von den Augen abgelesen.

Wenn mir jemand zu nah auf die Pelle rückt, kriege ich die Krise. Ich mag keine Männer, die mich überfallen und festnageln wollen!«

»Fortuna, du kannst mich ruhig Alex nennen. Halloween ist schon lange vorbei.«

Fortuna gab ihm ein Küsschen. »Ich heiße Krystyna. Aber du kannst mich ruhig Christina nennen, dann musst du dir nicht den Mund verrenken.«

Christina, bist du dir sicher, dass ich dir nicht zu sehr auf die Pelle rücken werde?«

»Das glaube ich nicht. Du bist ein cooler Typ. Und du erinnerst mich an meinen großen Bruder. Ich bin ihm als Kind oft hinterhergelaufen.«

»Du magst keine Typen, die dir hinterherrennen, aber bei deinem Bruder hast du genau das Gegenteil getan. Warst du sein Anstandswauwau?«

»Also, ich weiß nicht«, meinte Christina. »Er ist jedenfalls ein paar Jahre älter als ich. Während ich ihn um ein Eis angebettelt habe, schaute er anderen Mädchen hinterher. Manchmal fühlte ich mich einfach nur wie ein lästiges Anhängsel.« Alex grinste.

»Ich muss Buße tun, Cheops. Ich bereue meine Sünden aus der Vergangenheit; jetzt bin ich geläutert. Ich laufe niemandem hinterher. Wollen wir tanzen? »I want to break free« habe ich seit Ewigkeiten nicht mehr gehört. Freddy Mercury hat den Song toll rübergebracht.«

Aus den Augenwinkeln beäugte Jana die beiden Turteltäubchen und dachte, dass Alex doch auf jede Schnepfe reinfallen würde.

Ein schon etwas in die Jahre gekommener Mann fragte Jana, wer hier die Musik auflegt.

»Ich habe alle Songs auf meinem Stick gespeichert. Gefällt Ihnen die Musik?«

»Und ob!«, sagte der Unbekannte. »Das Open-Air-Konzert im Wembley-Stadion damals werde ich nie vergessen.«

»Schade, dass ich nicht dabei sein konnte«, erwiderte Jana. »Ich lag damals noch in den Windeln.«

»Das macht doch nichts, ich freue mich, dass hier keine Nullachtfünfzehn-Schlager aufgelegt werden. Ich bin gerade aus einer Disko geflüchtet. Bei »Marmor, Stein und Eisen bricht« hat's mir dann endgültig gereicht und ich bin abgehauen. Können Sie mir einen Drink empfehlen?«

»Mögen Sie vielleicht einen Dirty Martini mit Oliven?« – »Ja doch, den probiere ich mal. Sie haben ja illustre Gäste hier an der Bar. Ich bin vollkommen platt, dass sich hier sogar der Kommissar einer bekannten Krimi-Serie herumtreibt.«

»Das bin ich gewohnt«, erwiderte Jana. »Aber diese Herren mögen keine Publicity. Die sind froh, wenn sie nicht von jedem anquatscht werden. Das Rizzo-Hotel ist für seine Diskretion bekannt. Aber Sie kommen mir auch irgendwie bekannt vor! Habe ich Sie vielleicht schon mal in einer Fernsehserie gesehen?«

»Das kann gut sein. Der Unbekannte reichte Jana die Hand. Sie können mich gerne Gunther nennen.«

»Hallo Gunther, ich persönlich habe nicht das Geringste gegen Prominente, im Gegenteil! Mein Chef sagt immer: »Die Prominenten werden bei uns bedient wie jeder andere. Sie haben ein Recht auf ihr Privatleben.« Prost, Gunther!«

»Prost, Jana!, der Dirty Martini ist übrigens super!«

»Wo sind deine Fans?«, fragte Jana. »Ich habe keine Fans«, antwortete Gunther. In den meisten Filmen bin ich der Bösewicht. Würdest du einen Immobilienmakler, der langjährige Mieter aus ihren Wohnungen rausekelt, mit Begeisterung begrüßen? Manche Leute spucken mir auf offener Straße vor die Füße. Ich ignoriere das. Das sind einfach nur Dummköpfe. Die können einen Menschen nicht von einem Schauspieler in seiner Rolle unterscheiden. Ich spiele nur das, was die Wirklichkeit bietet: Geldgier, Verlogenheit, Scheinheiligkeit und Verrat.«

»Und wer gewinnt das Spiel«, fragte Jana, »die Guten oder die Bösen?«

»Wenn ich das wüsste!«, seufzte Gunther. »Kennst du jemanden, der ausschließlich gut ist? Ich persönlich glaube nur an meinen Hund, der ist immer ehrlich und treu.«

»Verstehe, er ist dir hündisch ergeben«, sagte Jana. »Färbt die Rolle des Bösewichts nicht ab? Vielleicht denkst du nur an deinen Vorteil.«

»Man muss sehen, wo man bleibt«, erwiderte Gunther. »Als Schauspieler befindet man sich auf freier Wildbahn. Die Konkurrenz schläft nicht. Außerdem bin ich nicht mehr der Jüngste. Zum Glück habe ich aber noch ein zweites Standbein: Vor ein paar Jahren habe ich eine Vermittlungsagentur aufgemacht. Die läuft mittlerweile ganz gut. Ich vermittle Hostessen für die Begleitung einsamer Herren.«

»Eine Art Escort-Agentur?«, fragte Jana.

»So ist es. Das Geschäft floriert. Und bisher hat sich auch noch nie ein Kunde bei mir beschwert. Was sage ich, wir vermitteln nicht nur Frauen, sondern auch attraktive Männer. Manche Kundinnen haben keine Zeit für eine

Partnerschaft, oder sie lieben einfach ihre Freiheit und Unabhängigkeit. Andere haben schlechte Erfahrungen mit Männern gemacht. Solche Frauen sind meistens erfolgreich im Geschäftsleben. Sie rufen einfach bei mir an und bestellen sich einen Mann. Ob sie dann in die Oper gehen oder sich bei einer Flasche Wein in einem Hotelzimmer treffen, will ich gar nicht wissen. Aber meistens sind es einsame Herren, die sich eine charmante weibliche Begleitung wünschen.«

»Keine schlechte Idee«, staunte Jana. »So was Ähnliches habe ich auch schon mal gemacht. Aber wenn es nur um die Kohle geht, dann vermisse ich das Gefühl.«

»Meinst du denn, Jana, dass Gefühle im Leben immer eine so große Rolle spielen? Es gibt viele unglückliche Ehemänner, die nicht aus ihrem Gefängnis rauskommen. Übrigens haben wir in der Agentur feste Konditionen. Anfangs bekommen die Mitarbeiter einen Stundensatz von hundertfünfzig Euro. Später könnte es auch noch mehr werden. Zwanzig bis dreißig Prozent Vermittlungsgebühr behalten wir ein. Die Hostessen sind bei uns immer auf der sicheren Seite. Außerdem bin ich für die Mitarbeiter telefonisch rund um die Uhr erreichbar. Falls du Interesse hast, kannst du mich jederzeit anrufen. Ich glaube, dass du in unserer Agentur gut aufgehoben wärst. Du bist weltoffen, nicht auf den Kopf gefallen und lässt dich von Männern nicht einseifen. Außerdem kann man mit dir gut reden.«

Jana nickte, »zuhören habe ich gelernt. Hier in der Hotelbar erlebe ich das jeden Tag. »Escort-Service«, das klingt ziemlich abgefahren. Ich habe mal in einem Brecht-Stück die Seeräuber-Jenny gespielt. Ihr Verehrer, Mackie

Messer, hatte sie verlassen. Aus Wut und Rache lieferte sie ihn ans Messer.«

Beschwörend warf Gunther seine Hände nach oben: »Wir machen das genaue Gegenteil. Unsere Kunden verdienen höchste Diskretion. Die Kundenkartei ist uns heilig. Wir können uns keinen Skandal leisten. Nicht auszudenken, wenn etwas aus dem Privatleben eines Prominenten an die Öffentlichkeit kommen würde. Meine Firma wäre von heute auf morgen erledigt. Diskretion und Verschwiegenheit sind bei uns oberstes Gebot.«

Jana: »Dann ist also jede Escort-Dame so eine Art Geheimnisträgerin. Ich kenne das nur von Spionageromanen. Die Geschichte über Mata Hari habe ich mit großer Spannung gelesen. Zu guter Letzt wurde sie als Doppelagentin erschossen. Vor ihrer Hinrichtung verweigerte sie sogar die Augenbinde.«

Gunther legte beruhigend seine Hand auf Janas Arm. »Jetzt geht dir aber die Fantasie durch. Wir spionieren unsere Kunden nicht aus. Unsere Escort-Damen dürfen nur keine Geheimnisse aus dem Privatleben der Kunden ausplaudern. Wenn Probleme auftauchen, können sie sich vertrauensvoll an mich wenden.«

Jana warf Gunther einen prüfenden Blick zu. »Das klingt ja spannend. Nimmst du mich in deine Kartei auf? Dann müsste ich hier nicht jeden Abend mein Trinkgeld zählen. Es ist nicht immer einfach, die Männer an der Bar bei Laune zu halten. Manchmal beiße ich mir auf die Lippen und mache gute Miene zum bösen Spiel. Die meisten Gäste wollen mit mir flirten, und das geht mir manchmal auf die Nerven.«

»Das ist bei uns anders, keine Sorge. Unsere Kunden

haben ein gutes Niveau«, beschwichtigte Gunther sie. »Übrigens trägt jede Dame bei uns einen Alias-Namen. Welchen würdest du dir wünschen?«

Jana lächelte. »Wie wäre es mit Uschi? In meinem Tischtennisverein wurde ich »Die flinke Uschi« genannt. Ich weiß nicht mehr genau, wie ich zu dem Namen gekommen bin. Ich glaube, dass eine deutsche Tischtennismeisterin den Spitznamen bekommen hat.«

»Na ja, Uschi klingt zwar nicht gerade erotisch, dafür aber ungewöhnlich. Du siehst für mich nicht wie eine Uschi aus, aber dein Foto wird alles wieder wettmachen. Außerdem kannst du den Vornamen jederzeit ändern. Jana, ich gratuliere dir zu deiner Entscheidung. Du musst mir nur noch mitteilen, an welchen Abenden du Zeit hast. Übrigens, einige unserer Kunden wünschen sich sogar eine Art Urlaubsbegleitung. Natürlich berechnen wir dann keinen Stundensatz.«

»Urlaub? Mit einem älteren Herrn? Nein danke, dann bin ich womöglich tagelang sein Lustobjekt.«

»Das entscheidest du doch selbst«, entgegnete Gunther. »Außerdem, entschuldige bitte, die älteren Semester sind doch keine Jungspunde mehr. Die sind schon zufrieden, wenn sie von einer hübschen jungen Dame angelächelt werden. Die meisten unserer Kunden wissen, was sich gehört. Sie möchten nur ein bisschen Zerstreuung. Das täglichen Einerlei kann langweilig werden. Manche suchen eine Gesprächspartnerin, bei der sie ihre Sorgen ausschütten können.«

»Ist die Escort-Dame eine Art Psychotherapeutin?«, fragte Jana. »Na ja, zuhören kann ich, das habe ich bei den endlosen Monologen meines Vaters gelernt. Ob ich aber im Gespräch mit einem Kavalier die passende Antwort finde, kann ich dir nicht versprechen.«

»Das ist ganz einfach«, lächelte Gunther. »Meist brauchst du nur einfühlend zu nicken. Oder du sagst etwas wie: »Meine Güte, was du alles schon ertragen musstest, das ist ja kaum zu glauben!«»

»Das müsste ich noch üben«, sinnierte Jana. »Aber, mit Labertaschen habe ich schon einige Erfahrungen gesammelt.«

»Uschi, das wird schon klappen. Ich glaube, die Konversation mit einsamen Herren liegt dir im Blut.«

Alex fragte Christina: »Kennst du den Typen, der gerade an der Bar mit Jana quatscht?«

»Ach ja, der Gunther, der war schon oft bei mir in der Maske,« sagte Christina. »Gunther ist auf dem absteigenden Ast. Er wird nur noch selten für eine Rolle im Fernsehen engagiert. Früher hatte er meist die Rolle des Schurken. Er ist ein ziemlich ausgebuffter Typ. Als Bösewicht ist er ziemlich gut. Ich weiß nicht, ob er dafür überhaupt eine Rolle spielen muss. Sieh ihn dir an! Die schräge Visage ist ihm angeboren. Seine freundlich klingende Stimme hat nur eins im Sinn, die Opfer einzuwickeln. Ich weiß nicht, was ich von ihm halten soll. In der Maske hat er immer nur rumgemeckert: Ich solle mich gefälligst beeilen. Er hätte Wichtigeres zu tun, als bei mir herumzusitzen. Einmal hat er mir den Lippenstift aus der Hand geschlagen. Er meinte, dass ich nicht so viel an ihm herumfummeln solle. Die meisten meiner Kollegen gehen ihm aus dem Weg. Er ist ein schwieriger Zeitgenosse. Kürzlich erzählte mir eine Kollegin, dass er nebenberuflich einen Escort-Service betreibt. Aber vielleicht ist das nur ein Gerücht.«

»Du arbeitest als Maskenbildnerin?« – »Ja, und das ist oft ziemlich stressig. Heute hier, morgen dort. Wenn wir einen Dreh haben, bin ich wie ausgewechselt. Ich konnte sogar die Halbglatze von Gunther perfekt unter einer passenden Perücke verstecken. Als freiberufliche Maskenbildnerin habe ich es nicht leicht. Kaum ist der Dreh vorbei, warte ich auf das nächste Engagement.«

»Und was machst du dann?« – »Ich warte eben!«

»Du wartest? Ich meine, was machst du zwischendurch?«

Christina lächelte Alex an: »Ich bin mal hier, mal dort, zum Beispiel im Rizzo-Hotel. Samstags arbeite ich in einem Kaufhaus in der Kosmetikabteilung und schminke Frauen für ihre Hochzeit oder sonstige Feierlichkeiten. Besonders die türkischen Frauen sind scharf auf einen perfekten Auftritt. Hunderte Gäste sollen die Braut bewundern. Am nächsten Tag fällt die Schminke ab. Am Morgen danach kommt vor dem Spiegel die ungeschminkte Wahrheit zum Vorschein. Und sind erst mal die Flitterwochen vorbei, holt sie der Alltag ein.«

»Du bist aber heute sehr dezent geschminkt, Christina – damals an Halloween warst du richtig aufgedonnert und hast mit den Wimpern geklimpert. An dem Abend wollte ich dich trösten, wegen dem tragischen Verlust deines Ehemanns, aber dummerweise ist er dann nach ein paar Minuten quicklebendig aufgetaucht. Na ja, Schwamm drüber, es war Halloween. Du trägst heute wieder ein schwarzes Kleid; das steht dir richtig gut.«

Christina lächelte: »Du bist heute auch nicht geschminkt und siehst auch nicht gerade wie ein ägyptischer Pharao aus.«

»Christina, beim nächsten Faschings könnte ich wieder etwas Schminke vertragen. Ich würde mich freuen, wenn du mich in einen Prinzen verwandeln könntest. Traust du dir das zu?«

Christina schmunzelte: »Warum nicht? Dann musst du aber noch eine Weile warten.«

»Das stimmt auch wieder«, bedauerte Alex. Aber heute wollen wir erst mal komplett ungeschminkt ins neue Jahr reinfeiern. Wer weiß, welche Überraschungen das nächste Jahr mit sich bringt? Lass uns eine Runde tanzen.«

Bei dem Song »Still got the Blues« schmiegte sich Christina eng an Alex. Er spürte ihren warmen Körper und dachte sich: *Jana hat sich total verändert. Die flirtet mit jedem Kerl, der zufällig an der Bar herumsteht. Ich werde sie so schnell wie möglich vergessen.*

Um Punkt vierundzwanzig Uhr erhoben Alex und Christina ihre Champagner-Gläser und prosteten sich zu.

Jana war noch immer mit Gunter ins Gespräch vertieft. Auch sie stieß mit Gunther auf das neue Jahr an. »Wie soll ich dich denn nun im neuen Jahr nennen, Jana oder Uschi«, fragte Gunther.

Jana lächelte vielsagend. »Du kannst es dir aussuchen. Aber bitte verwechsle die beiden nicht.«

»Möchtest du mich am Neujahrstag in meinem Büro besuchen?«, fragte Gunther. »Wir könnten dann die geschäftlichen Einzelheiten besprechen.«

»Ich habe aber erst am Abend Zeit. Am Nachmittag bin ich mit meiner Mutter verabredet.« – »Das passt«, sagte Gunter. »Ich muss mich ohnehin noch um den ganzen Bürokram kümmern.«

# 12. Am Neujahrstag

Am Neujahrstag, es war gegen Mittag, wartete Jana im Lokal »Zum Grünen Baum« auf ihre Mutter. Vorsichtshalber hatte sie im hinteren Teil des Lokals einen Tisch für das Gespräch mit ihrer Mutter ausgesucht. Janas Mutter huschte etwas ängstlich an den Tischen vorbei und begrüßte ihre Tochter.

Gleich nach der üblichen Umarmung eröffnete sie das Gespräch. »Du hast ein Recht darauf, den Namen deines Vaters zu erfahren. Ich habe dieses Geheimnis immer streng gehütet, aber nachdem ich Papa mit seiner Geliebten in flagranti erwischt hatte, ist es schließlich einfach aus mir herausgeplatzt.«

»Du willst dich von ihm trennen?«, fragte Jana.

»Ach Jana, du kannst dir gar nicht vorstellen, wie es in letzter Zeit bei uns zugegangen ist. Erst wollte sich dein Vater herausreden. Er habe die Frau nur flüchtig gekannt. Er wollte mich tatsächlich für dumm verkaufen. Aber bald ich habe Beweise gefunden. In seinem Adressbuch fand ich den Namen seiner Geliebten. Er war mit einem roten Kringel umrandet. Nach einem heftigen Streit habe ihn dann aus der Wohnung geworfen. Aber so einfach war das nicht: Er kam mit der Polizei zurück. Er jammerte, dass er jetzt obdachlos sei. Das halbe Haus gehöre ihm und so schnell könne er nicht ausziehen. Dann hat er mir alles gebeichtet. Die Liaison mit der Brasilianerin hat er mittlerweile bereut. Später habe ich diese Frau angerufen und sie verwarnt, sie solle sich gefälligst nicht in die Ehe anderer einmischen. Sie ist aus allen Wolken gefallen, als sie erfuhr, dass er verheiratet ist. Dein Vater hat mir schließlich hoch und heilig versprochen, das Techtelmechtel mit der Brasilianerin zu beenden. Ich habe eingelenkt. Wir wollen es doch noch mal miteinander versuchen.«

»Das freut mich«, sagte Jana. Es macht doch keinen Sinn, sich nach zwanzig Jahren Ehe zu trennen. Bist du ganz unschuldig, dass Papa fremdgegangen ist?«

»Darüber habe ich mir auch schon Gedanken gemacht«, antworte die Mutter. Du weißt doch, dass Papa schnarcht. Deswegen haben wir schon seit vielen Jahren getrennte Schlafzimmer. Wir haben uns auseinandergelebt.«

»Und jetzt schnarcht er nicht mehr?«, wollte Jana wissen.

»Ich habe ihm geraten, in ein Schlaflabor zu gehen. Vielleicht bekommt er eine Atemmaske. Und der Lungenarzt meinte, dass Papa unbedingt abnehmen müsste. Das Schnarchen käme von seinem dicken Bauch. Jetzt möchte er plötzlich abnehmen, der Ranzen hätte ihn schon immer gestört. Mit einem mal hat er gute Vorsätze.«

»Da bin ich aber erleichtert, Mama. Wer im Glashaus sitzt, sollte nicht mit Steinen werfen. Oder hast du meinen Erzeuger nur erfunden? Wolltest du mich damit auf deine Seite ziehen? Oder gibt es wirklich einen zweiten Vater?«

»Ja, es gibt ihn. Du musst deinen leiblichen Vater nicht lange suchen. Du bist mit deinem Halbbruder sogar in dieselbe Schulklasse gegangen. Es ist der Vater von Franz.«

»Das darf doch nicht wahr sein! Der Vater von Franz?«, rief Jana verblüfft. »Jahrelang war ich also mit meinem

Stiefbruder in einer Klasse und hatte keinen blassen Schimmer davon!«

»So ist es«, seufzte die Mutter. »Ich wollte damals einen Skandal vermeiden. Ich hatte mit Franz' Vater im Gartenverein Sonnenglück ein Techtelmechtel. Es ist bei einem Sommerfest passiert. An dem Abend vor achtzehn Jahren; ich hatte etwas zu viel Wein getrunken. Franz' Vater hatte mich in seine Gartenlaube abgeschleppt. Seine Frau war verreist, sie besuchte ihre Verwandten im Sudetenland. Und dein Papa war an dem Abend schon früh nach Hause gegangen. In der lauen Sommernacht hat mich der Vater von Franz rumgekriegt. Später habe ich Papa erzählt, dass ich von ihm schwanger bin. Er hatte keinen blassen Schimmer, dass es der Gartennachbar war. Was sollte ich machen? Mit der Wahrheit hätte ich zwei Ehen zerstört. Also habe ich das Geheimnis für mich zu behalten. Zum Glück siehst du deinem Halbbruder überhaupt nicht ähnlich. Niemand weiß, dass ihr Halbgeschwister seid. Nur dein leiblicher Vater weiß Bescheid. Wir wollten die Angelegenheit am besten auf sich beruhen lassen. Und jetzt muss ich mich vor dir schämen, dass ich dir die Wahrheit so lange  verschwiegen habe. Aber ich glaube, es war zu deinem Besten.«

»Aber Mama, du brauchst dich doch nicht vor mir zu schämen. Ich habe einen anderen Erzeuger, aber mein Papa bleibt für mich immer mein Papa. Jetzt weiß ich wenigstens, warum mich der Vater vom Franz so oft eingeladen hat. Es gibt so viele Kuckuckskinder es auf der Welt. Die wirklichen Erzeuger hüllen sich in Schweigen? Nur die Mütter wisen genau wann, wo und wie es passiert ist.

Ein Seitensprung mit Folgen, das kann doch mal passieren. Davon geht die Welt nicht unter.«

Janas Mutter atmete erleichtert auf. »Jetzt weißt du, warum ich dem Papa seine Affäre verziehen habe. Ich bin gottfroh, dass sich alles wieder beruhigt hat. Jana, wie geht es dir denn eigentlich mit deinem Barkeeper-Job im Hotel Rizzo? Du besuchst uns in letzter Zeit so selten.«

»Ich wollte mich nicht in eure Streitereien hineinziehen lassen. Und mit meinem Job bin ich ziemlich ausgelastet. Letzte Nacht habe ich kein Auge zugemacht, die Silvesterfeier ging bis in den frühen Morgen. Aber für den Neujahrstag konnte ich mir freinehmen. Heute Abend besuche ich einen Bekannten in Freiburg. Den habe ich kürzlich in der Bar kennengelernt. Wir wollen ein paar geschäftliche Dinge besprechen.«

»Geschäftliche Dinge?«, fragte die Mutter. »Du machst doch gerade Ausbildung als Barkeeperin.«

»Gunther hat einen Weinhandel« ,log Jana. Ich könne in seine Firma mit einsteigen.«

»Übernimm dich bloß nicht, Jana. Du kennst den Mann doch kaum. Männer versprechen viel, wenn der Tag lang ist.«

»Ich pass schon auf, Mama. Danke für das offene Gespräch. Ich besuche euch dann wieder am nächsten Wochenende. Und grüß den Papa lieb von mir.«

»Jana, versprichst du mir, dass unser heutiges Gespräch unter uns bleibt?«

Jana umarmte ihre Mutter. »Mama, ich liebe dich. Keine Sorge, alles bleibt unter uns. Jeder hat doch irgendein Geheimnis.«

Am Neujahrstag richtete sich Alex mühsam im Bett auf. Sein Schädel dröhnte, seine Kehle war staubtrocken. Wie ein Blinder tastete er nach einer neben dem Bett stehenden Wasserflasche. Er atmete tief durch und schaute sich verwundert im Zimmer um. Ihm kam alles fremd vor. Neben ihm lag eine friedlich schlummernde Frau. Langsam erinnerte er sich.

*Richtig, im Morgengrauen hat mich Christina in ihre Wohnung abgeschleppt. Ich hatte mich bei ihr untergehakt. Die Frau verträgt einiges. Wenn es drauf ankommt, trinkt die mich glatt unter den Tisch.* Alex betrachtete das Gesicht seiner Bettgenossin. *Sie hat ein hübsches Gesicht. Ungeschminkt gefällt sie mir am besten. Das dunkle Haar rahmt ihr Gesicht wie das von Schneewittchen ein. Das neue Jahr fängt ja schön an. Jana hat an der Bar mit einem seltsamen Schauspieler geflirtet und eine richtige Seifenoper abgeliefert. Den ganzen Abend hat sie mich geflissentlich übersehen. Christina hatte eine Flasche Wodka bestellt. Ich ließ mich nicht lumpen und habe mitgehalten. Jana hat beim Bezahlen kein Dankeswort verloren. Nichts, keine Neujahrswünsche, nicht einmal einen freundlichen Blick habe ich beim Abschied geerntet. Die hat keinen Grund, eifersüchtig zu sein: Wie du mir, so ich dir, habe ich mir gedacht. Was soll`s, die Welt dreht sich auch ohne Jana weiter. Andere Mütter haben auch schöne Töchter. Jetzt bin ich bei Christina gelandet. Wie nennt sie sich? Ach ja, Krystyna. Kommt sie aus Russland oder aus der Ukraine? Sie hat aber gar keinen russischen Akzent. Wer weiß, wie lange sie schon in Deutschland ist.*

Christina wachte auf und räkelte sich. Einen Moment lang starrte sie Alex wie einen Fremden an, dann sagte sie: »Oh, Alex, schön, dass du mich im Morgengrauen nach Hause gebracht hast. Gott sei Dank ist der Typ, der mich seit Wochen verfolgt, nicht aufgetaucht. Ich erkläre dir das später. Jetzt mache ich erst mal für uns einen kräftigen Kaffee.«

Nach dem ersten Schluck fragte Alex: »Welchen Typ meintest du?«

»Zum Glück hat er mir in der Silvesternacht nicht aufgelauert. Ich war schon wegen ihm bei der Polizei, aber die haben nur mit den Schultern gezuckt. Sie meinten, dass sie einem Mann das Spazierengehen nicht verbieten könnten. Da müsste ich schon mit Beweisen kommen. Sexuelle Belästigung und so was. Immer wenn ich das Haus verlasse, lungert der Typ hier in der Gegend herum. Er hat mir auch schon Liebesbriefe geschrieben und mich immer wieder angerufen. Er fragte mich immer wieder, ob und wann wir uns wieder treffen könnten. Der Kerl geht mir verdammt auf die Nerven. Vor einigen Wochen habe ich mir sogar eine neue Handynummer zugelegt.«

»Woher kennst du ihn eigentlich?«, erkundigte sich Alex.

»Ach, den habe ich über eine Partnerbörse kennengelernt. Eigentlich wollen Typen wie er nur ein schnelles Abenteuer. Ich glaube, du hast ihn mal flüchtig auf der Halloween-Party im Rizzo-Hotel kennengelernt. Es war dieser Untote. Anfangs war er sehr unterhaltsam und hat mir Blaue vom Himmel erzählt. Dann war ich so blöd und habe ihm ein paar Fotos von mir geschickt. Das ist ihm wahrscheinlich zu Kopf gestiegen. Doch schon nach kurzer Zeit hatte ich die Nase voll von ihm. Der Typ hatte sich als Fotograf ausgegeben, aber das war alles erstunken und erlogen. Er lebt nur von dem Erbe, das ihm sein

Vater hinterlassen hat. Und wenn er mit der ach so bösen Welt nicht zurechtkommt, weint er sich bei seiner Mama aus. Die tröstet gerne ihren armen Jungen. Wahrscheinlich passt es ihr ganz gut, dass er immer wieder zu ihr angelaufen kommt. Jedenfalls hat der Typ den ganzen Tag nichts Besseres zu tun als mich zu belästigen und zu beobachten, dieser Stinkstiefel, dieser hoffnungslose Psychopath. Am liebsten würde ich von hier wegziehen und meine Spuren verwischen. Selbst ein Hund verliert nach ein paar Tagen die Geruchsspur seiner Beute. Ich warte jetzt dringend darauf, dass mich der Regisseur vom Fernsehen für ein neues Engagement anruft. Sobald sich was ergibt, bin ich auf und davon. Alex, ich habe eine große Bitte an dich. Wenn wir heute aus dem Haus gehen und dieser Stalker mir wieder auflauern sollte, dann gehst du zu ihm hin und fragst ihn, was er hier eigentlich zu suchen hat. Nimm ihn dir zur Brust. Er soll mich gefälligst in Ruhe lassen, sonst setzt es was. Würdest du das für mich tun?«

»Aber sicher, Christina, kein Problem. Ich frage mich, wie ein Mensch dazu kommt, eine Frau zu verfolgen, die nichts mit ihm zu tun haben möchte.«

»Das kann ich mir auch nicht erklären«, seufzte Christina. »Frag doch mal einen Roulette- oder Automatenspieler, warum er spielt. Frag einen Alkoholiker, warum er trinkt. Du kriegst keine vernünftige Antwort. Die wissen selber nicht, was in ihrer Birne vor sich geht. Sie erhoffen sich etwas, aber was? Das steht in den Sternen.«

»Tja,« meinte Alex, »so wird's wohl sein.«

Christina schob vorsichtig den Vorhang zur Seite und spähte die Straße hinunter. »Niemand war zu sehen, vielleicht weint sich der Typ gerade bei seiner Mutter aus«, flüsterte sie.

Christinas Handy klingelte. Sie starrte einen Moment auf die Nummer und nahm das Gespräch an. Dann sagte sie kurz angebunden: »Tut mir leid, ich habe jetzt keine Zeit. Ich rufe dich später an.« Dann lächelte sie Alex an und murmelte: »Mein Telefon ist sauber, nur wenige kennen meine neue Nummer.«

Alex nickte erleichtert. »Ich muss gleich los,«, sagte er. »Meine Eltern in Lahr warten auf mich. Ich habe ihnen versprochen, dass ich sie an Neujahr besuche. Magst du mich zum Bahnhof begleiten? Auf dem Weg können wir checken, ob der Typ sich hier rumtreibt.«

»Du willst schon gehen? Wir haben uns doch gerade erst kennengelernt.«

»Tut mir leid, wir treffen uns bald wieder. Hier ist meine Handynummer. Ich bin nicht aus der Welt. In den nächsten Tagen bin ich schon wieder in Freiburg. Ich spiele in der U19 beim FC Freiburg. Kannst du mir auch deine Handynummer geben?«

»Das kann ich nicht machen, Alex, nach meinen bisherigen Erfahrungen bleibt meine Handynummer erst mal geheim.«

»Kann ich verstehen«, grummelte Alex.

Es war ein trüber, regnerischer Neujahrstag, als sich Alex und Christina auf den Weg zum Bahnhof machten. Sie mussten immer wieder leeren Sektflaschen und ausgebrannten Feuerwerkskörper ausweichen. »Die reinste Müllhalde«, schimpfte Alex. Kaum ein Passant begegnete ihnen. Auch die Bahnhofshalle war wie ausgestorben. Zum Abschied riet ihr Alex, sich sofort an die Polizei zu wenden, wenn der Stalker wieder auftauchen sollte. Er bestieg den Regionalzug nach Lahr. Mit einem kurzen Winken verabschiedete er sich von Christina. Das Zugabteil war leer. Ihm fröstelte.

*In einer guten halben Stunde bin ich in Lahr. Christina ist mir nicht geheuer. Ich bin extra wegen Jana nach Freiburg gefahren, und dann erlebe ich eine Pleite mit ihr. Zu guter Letzt bin ich bei Christina im Bett gelandet. Das ist mir alles zu viel. Zum Glück blieb mir die Begegnung mit dem Stalker erspart. Es muss unheimlich sein, wenn man von einem Stalker verfolgt wird. Irgendwie war sie leichtsinnig. Wie kann man nur irgendeinem fremden Typen aus dem Internet Fotos von sich schicken? Wer weiß, was das für Bilder gewesen sind? Die Frau ist einfach zu vertrauensselig, und jetzt hat sie die Bescherung. Außerdem habe ich ganz vergessen zu fragen, aus welchem Land sie eigentlich stammt. Und wann und warum sie in Freiburg gelandet ist. Im Grunde weiß ich so gut wie nichts über sie.*

Seinen Gedanken nachhängend, starrte Alex aus dem Fenster. Häuser und Bäume rauschten im Sekundentakt an ihm vorbei. Draußen sah alles grau in grau aus. *Ich brauche dringend einen klaren Kopf. Mir brummt der Schädel, und ich habe einen schlechten Geschmack im Mund. Ein Kaugummi wäre jetzt nicht schlecht.* Vergeblich kramte er in seinen Taschen. *Verdammt, die Katerstimmung versaut mir den Tag. Das ist ja ein wunderbarer Start ins neue Jahr! Ich werde jetzt Melissa anrufen.*

Alex suchte nach ihrer Handy-Nummer. »Hallo Melissa, alles Gute zum neuen Jahr. Ich sitze gerade im Zug nach Lahr, in ein paar Minuten bin ich da. Wenn du Zeit hast, könnten wir uns gleich im »Grünen Baum« treffen.«

Melissa freute sich über den unverhofften Anruf. »Ich

dachte schon, du wärst in Freiburg mit deinen Fußball-
kumpeln versumpft. Also bis gleich im »Grünen Baum«.«

Dort angekommen, bat Alex den Kellner des Lokals um
ein Aspirin. »Kein Problem, kommt sofort. Für alle Fälle
halten wir für unsere Gäste in unserer Hausapotheke immer einen kleinen Vorrat bereit. Möchte der Herr dazu
einen Tee oder vielleicht lieber Mineralwasser?«

»Ein Wasser, bitte«, bat Alex. Nach dem freundlichen
Empfang legte sich Alex' trübe Stimmung ein wenig. Er
musste nicht lange warten, bis Melissa aufkreuzte.

»Hallo Alex!«, begrüßte sie ihn. »Du hast es aber nicht
gerade lang in Freiburg ausgehalten. Aber umso besser,
jetzt können wir uns wenigstens noch einmal treffen, denn
morgen muss ich schon wieder zurück nach Hannover.
Ich hatte bis jetzt noch nicht einmal Zeit, meine Sachen zu
packen. Der Intendant hat mich überraschend angerufen,
er hat eine neue Rolle für mich. Ich soll schnellstmöglich
nach Hannover kommen. In welchem Stück ich mitspie-
len soll, hat er mir noch nicht verraten. Jedenfalls ist das
für mich ein tolles Neujahrsgeschenk. Und du, was hast
du für Pläne in der nächsten Zeit?«

Alex: »Wir haben zurzeit Winterpause. Am 7. Januar
fängt das Training in Freiburg wieder an«.

»Dann bleibt uns nur wenig Zeit«, bedauerte Melissa.
. Ich hatte mich so auf die Weihnachtsferien gefreut,
und jetzt muss ich schon wieder weg. Ich rufe dich an.
Dann kann ich dir auch meine neue Rolle in dem Theaterstück verraten. Und vergiss nicht unsere Abmachung:
Zur Uraufführung besuchst du mich in Hannover. Das
hattest du mir versprochen.«

»Ich habe es nicht vergessen«, sagte Alex. »Ich bin auf

das neue Stück gespannt. Danke noch mal für die Einladung zum »Kalten Herz«.«

Melissa lächelte. »Es ist doch immer schön, wenn am Ende ein warmes Herz in der Brust schlägt. Jetzt muss ich aber auch schon wieder los.« Sie gab ihm zum Abschied einen Kuss.

# 13. Rapunzel

Melissa saß gespannt im Büro des Intendanten. »Sie haben eine passende Rolle für mich?«, fragte sie ihn ohne Umschweife.

Lars Lehmann hatte einen Stapel Papiere vor sich auf dem Tisch ausgebreitet. »Ja, habe ich. Das Jugendtheater hat uns vor den Weihnachtsferien mitgeteilt, dass es an den Sonntagen eine Spielpause einlegen möchte. Das ist unsere Chance. Der Programmdirektor meinte, dass wir an den Sonntagnachmittagen die Lücke schließen könnten. Es sollte ein Programmangebot für Kinder und Jugendliche sein. Zum Auftakt der Saison schlug er das Grimm'sche Märchen »Rapunzel« vor. Wir haben die sechs Akte von Lou Harrison in eine neue Fassung gebracht. Das Märchen wird bei uns aber nicht als Oper aufgeführt.«

»Ich habe das Märchen als Kind oft gelesen«, meint Melissa. »Soll ich Rapunzel spielen?«

»So ist es«, sagte Lars Lehmann. »Nenn mich einfach Lars, das ist bei uns so üblich.«

»Danke, Lars.«

»Aber wir haben noch eine Kleinigkeit eingefügt: Rapunzel soll in ihrem Gefängnis singen.« – »Und was soll ich singen?«, fragt Melissa.«

»Kennst du den Song ›Memory‹ aus dem Musical ›Cats‹? Luigi hat den Text in eine deutsche Kurzfassung gebracht. Du kannst das Stück mit ihm üben. Er wird dich auch bei der Aufführung am Klavier begleiten. Der Text geht so:

›Hoffnung – in mir lebt immer noch Hoffnung.

Ich möchte nicht einfach sterben
wie eine Kerze im Wind.
Wenn es hell wird, wird diese Nacht mir Erinnerung
sein, und ein neuer Tag fängt an.‹
In der zweiten Nacht singt Rapunzel:
›Spür mich, komm zu mir und berühr mich.
Nimm von mir die Erinnerung,
lös mich aus ihrem Bann.
Komm, berühr mich,
und du verstehst, was Glück wirklich ist.
Schau, ein neuer Tag fängt an.‹«

»Der Text ist einfach klasse! Ich habe schon vor Weihnachten mit Luigi im Musikzimmer einige Songs geübt. Das kriegen wir hin.«

»Dann ran an die Arbeit, Melissa. In sechs Wochen ist die Uraufführung. Die Rolle der Hexe Gothel wird von Claudia Helmbrecht übernommen. Sie freut sich darauf, dich kennenzulernen. Frau Helmbrecht hattest du in der Rolle der Ms. Kenton in dem Stück »Was vom Tage übrig blieb« während ihrer Erkrankung vertreten. Der Prinz wird von einem Schauspielkollegen, den Luigi uns empfohlen hat, übernommen.«

Zurück zu Hause, machte Melissa sich gleich daran, das Drehbuch zu studieren. Tags darauf traf sie Luigi im Musikzimmer. »Hallo Luigi, ich hoffe, du bist gut über die Feiertage gekommen. Eigentlich wollte ich dir aus dem Weg gehen, aber der Zufall hat uns wieder zusammengeführt. Diesmal sollte es keine Missverständnisse zwischen uns geben. Und wenn ich singe »Berühr' mich, und du verstehst, was Glück wirklich ist«, dann bist du nicht gemeint. Ein verheirateter Mann sollte sich lieber um seine Frau und die Kinder kümmern.«

Luigi nickte ergeben. »Alles klar, Melissa. Ich habe dir schon gesagt, dass wir die Affäre aus unserem Gedächtnis streichen sollten. Es war nur ein Ausrutscher.«

»Luigi, wie ging es dir über Weihnachten bei deiner Familie in Saarbrücken?«

»Es ist immer das gleiche Spiel. Die Schwiegereltern haben sich bei uns zu Weihnachten eingeladen. Nein, ich sollte besser sagen: Meine Frau hat sie eingeladen. Wie auch immer man es dreht, an Weihnachten sind die immer dabei. Das Programm läuft wie gewohnt ab: Die Geschenke liegen unter dem Weichnachtsbaum, meine Frau brutzelt in der Küche die Weihnachtsgans. Die Schwiegereltern fragen die Kinder, wie es in der Schule geht. Diesmal hat mein Sohn stolz berichtet, dass er eine Eins in HS bekommen hat. Die Schwiegereltern lobten ihn über den grünen Klee.«

»Was ist HS?«, wollte Melissa wissen.

»Heimat- und Sachkunde«, erklärte Luigi. »Meine Schwiegereltern sind nur an Leistung und einem guten Ruf interessiert. Mich behandeln sie wie einen Landstreicher. Sie fragen mich nicht einmal, in welchem Theaterstück ich spiele. Ihr Horizont reicht nicht über den Suppenrandteller hinaus. Sie mischen sich in die Erziehung der Kinder ein und achten sehr auf Tischmanieren. Mich trifft ein strafender Blick, wenn ich vor dem Essen nicht die Hände zum Gebet falte. Meine Schwiegermutter hat die Zügel fest in der Hand. Ihr Mann hat sein Leben lang in der Bank gebuckelt. Schließlich hatte er es geschafft, er wurde Bankdirektor. Jetzt haben sie ein schönes Haus und langweilen sich darin zu Tode. Jeden Tag ruft uns meine Schwiegermutter an und fragt, was es Neues gibt. Ich erzähle ihr dann immer irgendeine Geschichte: »Stell dir vor, der Edgar hat heute seine Brotzeit vergessen.« Sie hakt dann sofort nach und will alle Einzelheiten wissen. Das ödet mich so was von an! Sie hätte gerne einen standesgemäßen Schwiegersohn gehabt, einen Fabrikanten oder vielleicht einen gelehrten Professor. Wenn man eine Frau heiratet, sollte man immer daran denken, dass die Schwiegereltern mit im Boot sitzen. Das böse Erwachen kommt meistens zu spät. »Ich war heilfroh, dass ich nach Silvester wieder nach Hannover flüchten konnte.«

»Luigi bitte, du bist so pessimistisch. Es gibt doch auch schöne Seiten im Leben. Deine Schwiegereltern können dir doch völlig egal sein. Es gibt Wichtigeres im Leben. Freue dich über deine Kinder, stürze dich in die Arbeit!«

»Du hast recht, Melissa, es gibt wirklich Wichtigeres im Leben. Eine Sache hat mich tatsächlich aus meiner Weihnachtsdepression herausgerissen: Ich wurde für das Musical von Michel Legrand in Saarbrücken engagiert. »Maguerite« wird dort Ende des Jahres uraufgeführt. Ich übernehme die Rolle eines deutschen Offiziers, der Maguerite verehrt. Im August bin ich aus Hannover weg.«

»Glückwunsch, Luigi, du hast es geschafft. Ich hoffe nur, dass du deine Finger von deiner zukünftigen Kollegin lässt. Denk daran, der deutsche Offizier steht auf der Verliererseite.«

»Melissa, bitte keine Anspielungen. Ich werde mich auf meine Rolle konzentrieren. Ich freue mich tierisch, dass ich wieder in einem Musical auftreten kann. Leider gibt es auch eine Schattenseite: Ich gerate ich wieder in die Fänge meiner Schwiegermutter.«

»Luigi, wenn alle Stricke reißen, kommst du an deinen freien Tagen nach Hannover. Irgendeine Ausrede wird dir schon einfallen. In der Bongo-Bar warten deine Freunde auf dich. Übrigens sagte mir der Intendant, dass du für die Rolle des Prinzen in »Rapunzel« einen Schauspieler-kollegen empfohlen hast. Woher kennst du den Mann?«

Luigi schüttelte den Kopf. »Melissa, sei nicht so neu-gierig.«

»Darf ich keine einfachen Fragen stellen?«

»Na gut, du hast ihn schon mal in der Bongo-Bar ge-sehen«, lenkte Luigi ein.

»Ach, war das dein eifersüchtiger Verehrer Silvio, der mit der schwarzen Lederjacke? Ich erinnere mich.«

»Bist du jetzt zufrieden?«, antwortete Luigi. »Von dem geht für Frauen bestimmt keine Gefahr aus. Der ist stock-schwul. Und das kannst du mir glauben, der kann den Prinzen bestimmt gut spielen. Keine Angst, wenn er dich küssen muss, gibt er dir einen Schauspielerkuss. Marilyn Monroe hat es allen vorgemacht. In ihren Filmen hat sie jeden geküsst. Der Schauspielerkuss rettet alle, die nicht küssen wollen.«

»Danke, Luigi, ich lerne immer noch etwas dazu. Hat-test du mir auch einen Schauspielerkuss in verpasst?«

Luigi: »Wenn ein Schauspieler küsst, ist es nicht immer ein Schauspielerkuss. Melissa bitte, du musst nicht alles auseinanderklamüsern. Du wirst sehen, der Prinz, ich meine Silvio, wird vor Liebe erglühen. Ich hoffe nur, dass deine Tränen echt sind. Schließlich schenkst du ihm das Augenlicht zurück. Ist es nicht schön, dass fast alle Märchen mit einer Hochzeit enden? Die Hölle danach konnte nur August Strindberg in seinen Dramen beschreiben.«

»August Strindberg?«, fragte Melissa.

»Ja, der«, antwortete Luigi. Der hat doch in seinen Romanen die Hölle in der Ehe beschrieben. Kennst du nicht das Theaterstück »Der Totentanz«? Zum Schluss wird der Ehemann von seiner Frau in den Tod getrieben. Er stirbt an einem Herzinfarkt. Aus und vorbei, kurz vor der silbernen Hochzeit. Vielleicht bietet dir der Intendant in der nächsten Saison die Rolle der Ehefrau im »Totentanz« an.«

»Luigi, du bist gemein. Ich glaube eher, dass mich die Männer ins Grab bringen.«

»Dein neuer Schauspielkollege Silvio bestimmt nicht«, spottete Luigi. »Silvio ist ein hervorragender Schauspieler. Der Intendant war mit meinem Vorschlag sehr zufrieden. Silvio hatte früher schon einmal ein Engagement in unserem Theater. Also, morgen können wir mit den Proben anfangen. Du wirst ihn als Prinzen nicht wiedererkennen. Die Hexe Gothel wird auch dabei sein. Hoffentlich stürzt sich der Prinz bei ihrem Anblick nicht vorzeitig vom Turm.«

Am nächsten Vormittag saß Regisseur Fricke in der ersten Reihe des Theaters. »Das klappt schon ganz gut«, meinte er nach der Probe. »Melissa, du solltest aber noch etwas an deiner Rolle arbeiten. Denk daran, dass dich die Sehnsucht von Kopf bis Fuß erfüllt. »Memory« muss aus dem Herzen kommen. Du wartest in der Einöde auf den Prinzen. Niemand tröstet dich. Doch du gibst die Hoffnung nicht auf, dass dich der Königssohn erlösen wird. Und die Hexe Gothel ruft hämisch: »Der schöne Vogel sitzt nicht mehr im Nest.« Im selben Moment stürzt sich der Prinz voller Entsetzen vom Turm. Silvio, du musst einen angsterfüllten Schrei loslassen. Er sollte durch Mark und Bein gehen. Der dumpfe Aufschlag deines Körpers wird vom Tonmeister sekundengenau ausgelöst. Dann herrscht entsetzte Stille. Die Hexe hat sich zwar gerächt, gleichzeitig hat sie aber alles verloren. Sie schmort jetzt in der Hölle. Ihre Besitzgier ist gebrochen. Und Rapunzel ist nun endlich von ihrem traurigen Schicksal befreit. Der Prinz heiratet sie und nennt seine schöne Gemahlin fortan »Gwendolin«. Ende gut, alles gut.«

»Ist mit der Hochzeit die Aufführung beendet?«, fragte Luigi. »Und was kommt dann?«

Fricke verlor die Geduld: »Luigi, wir wollen hier nicht philosophieren. Jedes Märchen, findet ein gutes Ende. Das Publikum möchte am Sonntagnachmittag zufrieden nach Hause gehen. Die Menschen haben in ihrem Leben genug Scherereien um die Ohren. Die Familie möchte sich Sonntagnachmittag entspannen und keine Probleme wälzen.«

»Das ist mir nur so rausgerutscht«, entschuldigte sich Luigi. »Ich habe nur an meine eigene Ehe gedacht.«

»Aber Luigi hat doch recht«, ergänzte Melissa. » Heiraten, heiraten, das ist doch nur eine Erfindung der Männer. Die Frauen sollen Kinder gebären, während die Männer die Welt erobern.«

Genervt antwortete Fricke: »Melissa, wie kommst du bloß auf so etwas? Die meisten Frauen wollen doch auch gerne heiraten und Kinder bekommen. Am Sonntagnachmittag präsentieren wir unserem Publikum ein Märchen. Die Leute wünschen sich eine heile Welt. Es gibt genug

Dramen in der Weltgeschichte. Gönnen wir den Leuten mal eine Atempause. Das Gute siegt über das Böse. Das wünschen sich doch alle, basta!«

Niemand wollte sich mit Fricke ernsthaft streiten. Die Schauspieler nickten ihm freundlich zu.

Melissa schrieb Alex eine Mail: »Ich würde mich freuen, wenn du zur Theateraufführung nach Hannover kommen könntest. In sechs Wochen findet die Uraufführung statt. Veronika und Franz habe ich auch eingeladen. LG Melissa.«

Unterdessen hatte Jana ihre ersten Dates beim Escort-Service erfolgreich absolviert. Ihr Chef Gunther war sehr zufrieden mit ihr. Wenig später lernte Jana in der Bar des Rizzo-Hotels einen gewissen Gregor kennen. Er wollte sie unbedingt wiedersehen. Pflichtbewusst verwies ihn Jana an das Escort-Service-Büro: Nach seiner Anmeldung könne er sie jederzeit treffen.

Gregor und Jana verabredeten sich kurz darauf in der Bar des Hotels Atlas. Gregor, ein ukrainischer Geschäftsmann, sprach fließend Englisch, sein russischer Akzent war nicht zu überhören. Er verkaufe preisgünstige Möbel und Einrichtungsgegenstände an deutsche Hotels, erzählte er Jana. Wenig später jammerte er über die russische Okkupation auf der Krim und klagte dann über die endlose Bürokratie und die erschwerten Handelsrouten über das Schwarze Meer. Schließlich hellte sich seine Miene auf. Er wäre zuversichtlich, dass er die Kaufverträge mit seinen Kunden bald unter Dach und Fach bringt. Er müsse bald wieder nach Odessa zurück.

»Bist du verheiratet?«, fragte ihn Jana.

Gregor nickte. »Na ja, meine Ehe ist längst nicht mehr das, was sie mal war. Seitdem ich zu Geld gekommen bin, möchte meine Frau das Leben in vollen Zügen genießen. Sie leistet sich jeden Luxus und strapaziert unser Bankkonto mit ihren extravaganten Wünschen. Anfangs hoffte ich noch, dass sich das Ganze bald erledigt hätte, aber nein: Jetzt möchte sie unbedingt auch noch eine Zweitwohnung in Wien, am liebsten mit großer Terrasse und Donaublick. In Wien könne sie wunderbar shoppen. Elena hat mich vor ihren Karren gespannt. Bin ich ein Goldesel? Jetzt bin ich froh, dass ich hier entspannt an der Hotelbar sitzen kann.« Gregor legte vertraulich seinen Arm um Janas Schultern.

»Gregor,« sagte Jana, »es ist nicht das erste Mal, dass ich so eine Geschichte höre. Die Männer arbeiten hart, während sich ihre Frauen in der Sonne räkeln. Ich hoffe, dass du dich hin und wieder trotz deiner verantwortungsvollen Aufgaben entspannen kannst.«

Gregor nickte. »Ich versuche es. Kürzlich waren wir zum Skiurlaub in St. Moritz. Kaum waren wir ein paar Tage da, musste ich schon wieder weg. Die Geschäfte gehen nun mal vor. Meine Frau blieb im Hotel und genoss ihren Urlaub. Wer weiß, was sie in der Zeit getrieben hat. Die horrende Hotelrechnung musste ich bezahlen.«

»Da hast recht, Gregor, die Geschäfte gehen vor. Das Geld fällt nicht vom Himmel. Du musst dafür hart arbeiten. Ich verstehe, dass du dich auch einmal entspannen möchtest. Mir geht es ähnlich. Ich bin froh, wenn ich nicht immer hinter der Hotelbar stehen muss. Bist du dir sicher, dass deine Frau in St. Moritz nur Ski fährt und am Abend vor dem Fernseher sitzt – nach allem, was du mir erzählt hast?«

»Hm,« seufzte Gregor, »dass weiß der Himmel. Mittlerweile ist es mir ziemlich egal. Den Kindern möchte ich eine Scheidung nicht antun. Die Trennung könnten sie nicht verkraften. Es gäbe es ein ewiges Tauziehen um die Kinder. Einen Rosenkrieg möchte ich nicht erleben. Deswegen habe ich einen Kompromiss gefunden. Mein Privatleben geht niemandem etwas an. Jeder macht sein Ding. Ich mische mich nicht in die Angelegenheiten anderer ein.« Gregor lächelte Jana an. »Aber so richtig privat ist es hier nicht, die Leute sind sehr neugierig. Vielleicht fragen sie sich, warum zu später Stunde ein Mann mit seiner Tochter an der Hotelbar sitzt?«

»Noch privater?«, fragte Jana. »Alles hat seinen Preis.«

»Schon gut, Jana. Gunther hat mich über das Honorar aufgeklärt. Ich lasse mich nicht lumpen. Außerdem habe eine geräumige Suite hier im Hotel gemietet. Sie wird dir bestimmt gefallen.« Mit einem ordentlichen Trinkgeld beglich Gregor die Rechnung.

# 14. Hilfe

Am nächsten Abend, Jana stand wieder hinter der Bar im Rizzo-Hotel, stürmte der Hoteldirektor mit hochrotem Kopf herein. »Jana, mir wurde zugetragen, dass Sie gestern mit einem Stammgast unseres Hauses an der Bar des Atlas-Hotels gesehen wurden. Die näheren Einzelheiten möchte ich Ihnen und mir ersparen. Sie haben gegen die Regeln unseres Hauses verstoßen: Ich muss Sie dringend verwarnen. Wenn mir noch einmal so etwas zu Ohren kommt, erhalten Sie von mir persönlich eine schriftliche Abmahnung. Für heute sind Sie suspendiert. Sie sollten über Ihr seltsames Verhalten gründlich nachdenken. Und ich hoffe doch sehr, dass meine Ermahnung nicht auf taube Ohren stößt, anderenfalls ....«

Entgeistert starrte Jana den Hoteldirektor an. Sie wusste, dass es keinen Zweck hatte, das Treffen mit Gregor zu beschönigen oder sich herauszureden.

*Wahrscheinlich hat mich irgendein Neider aus dem Atlas-Hotel verpfiffen, vielleicht war es der Barkeeper. Der hat mich gestern Abend immer wieder so seltsam angestarrt. Ich wusste nicht, dass Gregor im Rizzo-Hotel Stammgast ist. Ich muss mich mit Gunther beraten. Vielleicht hat er eine Idee, was ich jetzt am besten tun sollte.*

Auf dem Weg zu Gunthers Büro setzte sich Jana auf eine Parkbank. ›*Die letzten Wochen sind ziemlich hektisch gewesen, die Atempause passt mir eigentlich ganz gut.*

In Gedanken versunken beobachtete sie die vorübereilenden Passanten. *Alle haben es eilig. Jeder hat ein bestimmtes Ziel. Aber ich weiß nicht, welches ich verfolgen soll.*

Ihr ging die Seeräuber-Jenny durch den Kopf.

*Hätte ich bloß diese Rolle nicht übernommen. Die Jenny wollte sich an Mackie Messer rächen, aber der Schuss ging nach hinten los. Mackie Messer wurde vom König in den Adelsstand erhoben, Jenny endete im Bordell. Aber das wird mir bestimmt nicht passieren.*

»Hallo Jana!«, begrüßte sie Christina unversehens. »Ich wollte dich gerade im Rizzo-Hotel besuchen. Darf ich mich zu dir setzen?« Jana nickte. »Was ist los? Ich hatte dich an der Bar im Rizzo vermutet.«

»Der Hoteldirektor hat mich zusammengestaucht, ich bin für heute vom Dienst suspendiert. Er hat Wind davon bekommen, dass ich nebenbei bei einem Escort-Service arbeite. Dummerweise habe ich den Escort-Kunden im Rizzo-Hotel kennengelernt. Jetzt muss ich mich erst mal sammeln.«

»Mach dir nichts draus«, tröstete sie Christina. »Nimm vom Schlechten das Gute. Vielleicht ist es für dich sogar besser, wenn du dich von diesem Laden verabschiedest. Als Barkeeperin bist du schließlich überall gefragt. Ich hänge zurzeit auch in der Kurve: Ich warte auf einen Anruf vom Regisseur.«

»Bist du eigentlich noch mit Alex zusammen?«, fragte Jana.

»Nein, der hat schon am nächsten Tag die Fliege gemacht. Seitdem habe ich nichts mehr von ihm gehört. Tja, so sind die Männer. Und was ist mit dir, bist du noch mit Gunther zusammen?«

»Ja, aber nur geschäftlich«, erwiderte Jana. »Er leitet eine Begleitservice-Agentur. Ich arbeite für ihn.«

»So was Ähnliches hatte ich mir schon gedacht«, murmelte Christina. »Der Gunther kennt sich im Rotlichtmilieu gut aus. In einer früheren Fernsehserie hat er übrigens die Rolle eines Zuhälters gespielt. Als Bösewicht ist er in den Fernsehserien immer wieder gefragt. Ich selbst warte dringend auf das nächste Angebot vom Regisseur. Der sagt immer das Gleiche: »Ich rufe dich bald an. Der Programmdirektor muss für den Film nur noch seinen Segen geben. Dann haben wir den Dreh in der Tasche.« Gut gebrüllt, Löwe!, aber mehr kommt nicht. Bis zum nächsten Auftrag heißt es also noch warten. Aber ohne Moos nix los! Als Maskenbildnerin verdiene ich zu wenig. Der Samstagsjob in der Kosmetikabteilung reißt mich auch nicht raus. Ich habe es satt, immer klamm zu sein. Kannst du ein Geheimnis für dich behalten, Jana?«

»Klar, das kann ich. Gunther hat mich sogar dazu verdonnert. Niemand weiß etwas von meinem Job bei ihm. Leider ist jetzt etwas durchgesickert. Ich hoffe nur, dass der Hoteldirektor die Klappe hält. Aber ich mache mir noch keine Sorgen, Gunther hat genug Kunden. Du hast ein Geheimnis, Christina?«

Christina nickte. »Jetzt sei aber nicht schockiert, okay? Ich habe einen Job bei einem Telefonsexanbieter angenommen. Anfangs hatte ich Bedenken, aber nach den ersten Schnupperstunden fand ich den Telefonsex ganz interessant. Der Kunde ruft an, erzählt mir etwas von seinen Wünschen und Vorlieben. Stöhnen kann ich mittlerweile ganz gut. Stell dir vor, anfangs musste ich unter der Kontrolle meines Chefs das Stöhnen üben. Es hat aber nicht lange gedauert, da war er zufrieden. Schließlich lernt das jede Frau im Laufe ihres Lebens. Andere Sex-Geräusche kann ich auch schon ganz gut.« Christina spitzte die Lippen und zog die Unterlippe mit dem Zeigefinger nach unten. Dabei gab sie schmatzende Laute von sich. Jana lachte. »Siehst du, wie einfach das geht?«, grinste Christina. »Manchmal rufen mich auch Frauen an, aber das ist langweilig, die wollen meistens nur Blümchensex. Mein Homeoffice ist mittlerweile das reinste Tonstudio. Ich habe jede Nacht meinen Spaß. Natürlich darf man nicht auf den Mund gefallen sein, die Gesprächspartner sind keine dumpfen Prolos, wie ich anfangs dachte. Alle möglichen Männer rufen mich an: Rechtsanwälte, Politiker, vereinsamte Stars aus der Musik- oder Filmbranche. Sie möchten sich jemandem anvertrauen und erzählen mir etwas von ihrem Beruf, dem Stress mit der Ehefrau oder ihren sexuellen Fantasien. Manchmal bin ich auch ihr Seelenklempner.«

Jana lachte: »Das erinnert mich an das Lied von Reinhard Mey: »Ich bin Klempner von Beruf denn auch in den größten Nöten gibt es immer was zu löten ««

Christina: »Ja, so ungefähr ist es bei mir auch. Ich muss vor allem zuhören und gebe nur in den Gesprächspausen meinen Senf dazu. Kürzlich ist mir aber etwas Blödes passiert. Ein Anrufer war mir sehr sympathisch. Er erinnerte mich an meinen letzten Freund. Am Telefon hat er mich heißgemacht. Er bat mich um meine Handynummer. Ein paar Tage später haben wir uns verabredet. Der Typ war in der Halloween-Nacht im Rizzo-Hotel der Untote.«

»Ach der«, rief Jana erstaunt. »Ich erinnere mich an ihn. Vorher hattest du mit Alex geflirtet. Die Szene werde ich niemals vergessen. Alex fiel aus allen Wolken als der Typ plötzlich auftauchte. So habe ich ihn noch nie erlebt. Er war einfach platt.« Jana lachte schadenfroh.

»Lass mich die Geschichte zu Ende erzählen«, unterbrach Christina ihre Freundin. »Es dauerte nicht lange, da hatte ich mich in ihn verknallt. Und jetzt kommt´s: Schon nach wenigen Tagen war er auf meine Telefonkunden eifersüchtig. Plötzlich wollte er mir meinen Job madigmachen. Das war ziemlich dreist. Ein ehemaliger Kunde zieht über andere Kunden her. Ich habe ihn schleunigst abserviert, sprich, ihm den Laufpass gegeben. Und jetzt kommt das dicke Ende: Seitdem verfolgt er mich. Verstehst du das?, ich bin einem Stalker auf den Leim gegangen! Die Polizei hat mir bisher kein bisschen geholfen. Hast du vielleicht eine Idee, wie ich den Typen loswerden könnte?«

Jana überlegte und gab zu bedenken: »Das wird nicht einfach sein. Solange der Nahrung bekommt, wird er dich weiterhin verfolgen.«

»Was meinst du mit Nahrung?«, fragte Christina.

»Er möchte dich in Angst und Schrecken versetzen. Ein Opfer, das Angst hat, zieht solche Typen magisch an. Vielleicht sucht der Kerl auch nur einen Mutterersatz und möchte von dir getröstet werden.«

»Na dann, prost Mahlzeit«, knurrte Christina. Jana, kennst du vielleicht jemanden, der mich ab und zu begleiten könnte? Womöglich verliert der Stalker dann das Interesse an mir.«

»Wer weiß, ob das was bringt«, überlegte Jana, » Dadurch könnte sein Ehrgeiz erst recht geweckt werden, dann will er womöglich den Rivalen übertrumpfen. Ich würde ihn einfach anzeigen.«

Christina schüttelte den Kopf: »Dazu brauche ich Beweise und Zeugen, die das vor der Polizei bestätigen.«

Jana überlegte kurz. »Christina, ich helfe dir«, sagte sie entschlossen. »Ruf mich an, bevor du das Haus verlässt. Ich werde, so oft ich kann, in deiner Nähe sein. Wir machen den Typen fertig.«

»Oh, das wäre super, Jana. Ich hoffe, dass ich mich dafür revanchieren kann. Vielleicht kann ich mal bei dir einspringen, wenn du mich für einen flotten Dreier brauchst. Manche Männer stehen da drauf. Am Telefon habe ich das auch schon erlebt. Ich habe dann eine Kollegin um Mithilfe gebeten.«

Christina und Jana tauschten ihre Handy-Nummern aus. Dann umarmten sie sich zum Abschied.

Wenig später rief Jana Gunther an. »Du kannst gleich bei mir vorbeikommen«, sagte Gunther. »Ich bin jetzt zwar nicht im Büro, aber ich gebe dir meine Privatadresse. Du fährst am besten mit der Tram bis zum Bischofskreuz. Gleich gegenüber, direkt am Seepark, findest du mein Haus.«

Jana staunte nicht schlecht, als sie mit der Straßenbahn durch die Villengegend am Stadtrand von Freiburg fuhr. Verwundert blieb sie vor Gunthers Haus stehen. Es sah aus wie eine Villa aus der Kolonialzeit. Runde Säulen zierten den Eingang.

*Habe ich mich in der Hausnummer geirrt? Nein, auf dem Klingelschild steht sein Name.* Nach dem Klingeln öffnete Gunther rasch die Tür. Er führte Jana in einen großräumigen Salon. Handverlesene Designer-Möbel verliehen dem Raum eine moderne und freundliche Atmosphäre. Edles Kirschholz-Parkett unterstrich die geschmackvolle Einrichtung.

»Gunther, ich bin von den Socken«, sagte Jana. »Du wohnst in einer Villa?«

Gunther lachte. »Zu irgendetwas muss doch meine Schauspielerkarriere gut gewesen sein. Als Bösewicht bin ich in den Fernsehserien immer noch sehr gefragt. Ich habe gute Gagen bekommen, und mit meiner neuen Firma verdiene ich auch nicht schlecht. Was ist mit dir, Jana? Was hast du auf dem Herzen?«

»Tja, heute ist etwas Blödes passiert: Der Hoteldirektor hat mich zur Schnecke gemacht. Ich hatte Gregor an der Bar im Rizzo-Hotel kennengelernt. Als ich mich daraufhin mit Gregor im Atlas-Hotel getroffen habe, hat mich irgendjemand verpfiffen Der Direktor glaubt, dass ich ihm seine Hotelgäste abwerbe. Außerdem würde ich den Ruf des Hauses schädigen. Ich habe gar nicht erst versucht, mich zu rechtfertigen. Das hätte nichts gebracht, er war völlig in Rage. Dann hat er mir mit einer Abmahnung gedroht.«

»Moment mal!« sagte Gunther. »Ich bin gleich wieder da.« Er verschwand im ersten Stock und kam mit seinem Laptop zurück. »Wie heißt dein Chef noch mal?«

»Carsten Seegmüller.«

»Hm,« brummte Gunther, »einen Seegmüller habe ich nicht in meiner Kartei.«

»Nach einer Weile sagte er, du könntest dich mit den Kunden in anderen Hotels treffen. Du hast recht, im Atlas-Hotel gibt es wahrscheinlich eine Plaudertasche.«

»Ja«, meinte Jana. »Und ich glaube, ich weiß auch, wer das ist. Ich habe den Barkeeper in Verdacht.«

»Möchtest du denn im Rizzo weiterarbeiten?«, fragte Gunther.

Jana nickte. »Die Arbeit macht mir Spaß. An das Flirten mit den Gästen habe ich mich mittlerweile gewöhnt.

Beim Escort-Service muss ich das sowieso. Ich hoffe nur, dass mein Lächeln nicht eines schönen Tages einfriert. Mit dem Alkohol habe ich auch ein Problem. Die Gäste laden mich oft zu einem Drink ein. Am nächsten Tag bin ich dann völlig erledigt.«

»Da gibt es doch einen alten Trick«, meinte Gunther. »Du bestellst Gin, aber der Barkeeper gibt dir Wasser. Das kannst du eimerweise trinken.«

»Gute Idee«, meinte Jana lächelnd. »Auf meinen Dirty Martini muss ich dann wohl verzichten. Wasser mit grünen Oliven kriege ich nicht runter.«

»Ich trinke schon seit Jahren keinen Tropfen Alkohol mehr«, sagte Gunther. »Ich habe in meinem Leben schon zu viel getrunken. Mein Arzt hatte mir einen guten Rat gegeben: »Gunther, wenn du so weitersäufst, siehst du bald die Graswurzeln von unten.« Den Arzt habe ich überlebt. Seinen Rat habe ich mir aber zu Herzen genommen.«

»Du wärst durch den Alkohol beinahe zugrunde gegangen?«, fragte Jana bestürzt.

»Ja, ich stand schon mehrere Male mit einem Bein im Jenseits, nicht nur einmal«, antwortete Gunther. »Mein Vater wollte mich umbringen. Er hatte mich mit einem Messer bedroht. Der war so jähzornig, dass ihn schon ein Kopfschütteln auf hundertachtzig gebracht hat. Ich bin oft von ihm verprügelt worden, meistens wegen nichts und wieder nichts. Später, ich war gerade siebzehn Jahre alt, habe ich ihn mir zur Brust genommen: »Wenn du mich noch einmal anrührst, wirst du's bereuen, darauf kannst du dich gefasst machen.« Das saß. Mein Start ins Leben war nicht gerade einfach«, fuhr er fort. »Das Geld war knapp bei uns daheim. Notgedrungen musste ich jeden

Job annehmen. Ich habe Gräber ausgebuddelt, als Leichenwäscher gearbeitet oder bei Wind und Wetter Baugerüste hochgezogen. Meine Mutter war froh, dass ich Geld nach Hause brachte, denn mein Vater hat seinen Lohn regelmäßig in der Kneipe versoffen. Später fing ich als Kulissenschieber im Theater an. Eines Tages wurden Statisten gesucht. Irgendwie muss ich dem Regisseur aufgefallen sein. Er gab er mir eine Riesenchance: Ich bekam eine Nebenrolle in einem Film. So bin ich langsam vorangekommen. Ich musste mich dabei nicht mal besonders anstrengen. Für meine Wutausbrüche war ich bestens bekannt. Die Rolle des Schurken war mir auf den Leib geschneidert. Der Regisseur sagte zu mir: »Gunter, mit deiner Visage kannst du nichts falschmachen.« Mittlerweile halten mich die meisten Leute für einen finsteren Gesellen und gehen mir aus dem Weg. Ich habe mich inzwischen daran gewöhnt.« Nach einer kurzen Pause fuhr er fort: »Ich bin ein Einzelgänger geblieben. Meine Ehe hat auch nicht lange gehalten. Ab und zu besucht mich meine Tochter. Das Alleinsein hat aber auch sein Gutes. Niemand kann mich heute über den Tisch ziehen. Mein angeborenes Misstrauen hat mich vor dem Schlimmsten bewahrt.«

»Fühlst du dich nicht einsam?«, fragte Jana.

»Ach, damit kann ich leben«, sagte Gunther. »Ich bin ja beruflich meistens sehr eingespannt. Und wenn doch mal Langeweile aufkommt, lese ich. Siehst du die Bücherwand da drüben? Der Lesestoff geht mir nicht aus. Außerdem reise ich für mein Leben gern. Allerdings bringen mich keine zehn Pferde mehr auf ein Kreuzfahrtschiff. Einmal und nie wieder! Die kettenbehangenen Witwen hatten es auf mich abgesehen. Smalltalk ist auch nicht meine Sache.«

»Wohin fährst du, wenn es auf Reisen geht?«, fragte Jana interessiert.

»Ich war schon ein paarmal in der Mongolei. Die Menschen und auch die Landschaft gefallen mir. Dschingis-Khan wird dort wie ein Gott verehrt. Die meisten Steppenbewohner sind Buddhisten. Die könnten niemandem ein Haar krümmen. Sie streben nach einem guten Karma. Als Wiedergeborene müssten sie sonst ihre Sünden ausbaden, die sie im letzten Leben begangen haben. Vom Karma finden nur diejenigen Erlösung, die nicht wiedergeboren werden. Neben den Buddhisten gibt es dort auch viele Schamanen. Mithilfe von Ahnenbeschwörung und Zauberformeln können sie Krankheiten heilen. Sie versuchen, die bösen Geister mit Weihrauch zu vertreiben. Die meisten Mongolen sind zwar arm, aber sie sind auch herzlich. Sie fürchten sich sogar vor bösen Gedanken.«

»Sie fürchten sich vor bösen Gedanken?«, wunderte sich Jana. »Solche Gedanken hat doch jeder. Das ist doch ganz normal, oder?«

Gunther schüttelte den Kopf. »So einfach ist das nicht. Die Saat des Bösen fängt im Kopf an.«

»Gunther, das mag ja sein, aber in der Praxis sieht es doch ganz anders aus. Du spielst in deinen Rollen oft genug den Schurken. Das Böse wird von dir gelebt – wenigstens im Film.«

Gunther lächelte: »Bitte, Jana, das ist doch nur Schauspielerei. In den Filmen siegt immer das Gute. Wir brauchen das Böse, damit das Gute siegen kann. Wenn ich in einer Welt leben müsste, in der nur Gutes existiert, würde ich vor Langweile sterben. Jana, möchtest du heute bei mir übernachten? Ich habe ein Gästezimmer. Nicht, was du denkst, aber ich habe schon lange nicht mehr mit jemandem so offen geredet. Ich freue mich, dass du hier bist.«

Jana: »Gunther, ich bin überrascht. Der Regisseur hatte unrecht, als er sagte, dass du mit deiner Visage nur den Schurken spielen könntest. Hast du vielleicht einen Martini in deiner Hausapotheke für mich?«

»Aber ja – ich habe sogar grüne Oliven da.«

Jana nippte an ihrem Glas. »Seit wann bist du eigentlich geschieden?«, fragte sie Gunther.

»Nach drei Jahren Ehe ist meine Frau abgehauen. Sie hatte sich in einen anderen verliebt. Unsere Ehe lief von Anfang an nicht gut. Ich hatte mich zu wenig um sie und unser Kind gekümmert. Aber ich kann nicht zaubern. Wenn ich wochenlang mit dem Filmteam unterwegs war, blieb uns nur das Telefonieren übrig. Wahrscheinlich bin ich für die Ehe nicht geschaffen. Meine Tochter ist mir aber trotzdem treu geblieben, wir haben regelmäßig Kontakt.«

»Wo bist du geboren?«, fragte Jana.

»Hier in Freiburg. Eins ist mir aber noch heute ein Rätsel: Warum hat sich meine Mutter ausgerechnet meinen Vater ausgesucht?«

Jana lachte. »Das ist reine Spekulation. Hätte sie es nicht getan, könntest du diese Frage gar nicht stellen. Dann müsste ich jetzt mit einem Geist reden.«

»Ich stelle mir diese Frage trotzdem«, beharrte Gunther. Die Ehe war für meine Mutter das reinste Martyrium. Ich hatte Angst vor meinem Vater, vor allem, wenn er betrunken nach Hause kam. Liebe macht blind. Ich habe nie rausgekriegt, warum sie sich ausgerechnet ihn ausgesucht hat. Was soll's, vielleicht war ich auch einfach nur ein Unfall.«

»Da sitzen wir im gleichen Boot«, sagte Jana. »Ich wusste bis vor Kurzem nicht, dass ich ein Kuckuckskind bin. Nicht nur die Liebe macht blind, auch die Leidenschaft.«

»Aber wir sammeln immerhin Erfahrungen«, ergänzte Gunther. »Irgendwann wird der ewige Kreislauf durchbrochen. Das behaupten jedenfalls die Buddhisten.«

Janas Handy klingelte. Christina war dran. »Jana, könntest du jetzt gleich zu mir kommen? Der Stalker lungert wieder vor meinem Haus herum. Vorhin fand ich einen Brief vor der Tür. Er schreibt, dass er meine Liebe gewinnen möchte. Er möchte mich so bald wie möglich treffen und mich davon überzeugen, dass wir füreinander bestimmt sind.«

»Ich bin gleich bei dir, Christina. Hast du was dagegen, wenn Gunther mitkommt?«

»Nein, überhaupt nicht! Vielleicht kann er mir sogar helfen«, meinte Christina aufgeregt.

Kurze Zeit später standen sie vor Christinas Tür. Durch einen Spalt spähte Christina ängstlich in den Flur. Beim Anblick der beiden atmete sie erleichtert auf.

»Wir haben niemanden auf der Straße gesehen«, sagte Jana. »Ist er weg?«

»Kann schon sein, vielleicht hat er Lunte gerochen, als ihr mit dem Auto vor dem Haus geparkt habt. Ich bin so froh, dass ihr gekommen seid. Womöglich hätte der Typ sich hier die ganze Nacht noch herumgetrieben. Danke, Gunther, dass du als Verstärkung mitgekommen bist.«

»Ich denke, wir fahren jetzt am besten zu mir«, meinte Gunther. »Bei mir bist du vor diesem Typen sicher. Du könntest bei Jana im Gästezimmer schlafen.« Christina nahm das Angebot gerne an und packte eilig ein paar Sachen zusammen.

Am nächsten Morgen dampfte schon der Kaffee auf Gunthers Küchentisch. Schlaftrunken setzte sich Christina zu beiden.

»Hat sich dein Regisseur inzwischen bei dir gemeldet?«, fragte Christina.

Gunther schüttelte den Kopf. »Nein, aber ich hoffe, dass er sich bald meldet. «

Christina bedankte sich noch einmal bei Gunther und Jana für die rasche Hilfe. »Könnte ich euch noch einmal anrufen, falls der Stalker wieder aufkreuzen sollte?«

Jana und Gunther nickten: »Jederzeit«, sagten beide wie aus einem Mund.

# 15. Die Uraufführung

Ende Januar war es so weit. Die Uraufführung von »Rapunzel« sollte an einem Sonntag im Theater von Hannover stattfinden. Melissa hatte Alex eingeladen. Er hatte ihr verraten, dass Veronika und Franz auch mitkommen möchten. Außerdem sei noch ein Überraschungsgast dabei. »Du wirst dich bestimmt über den neuen Bewunderer freuen.«

Melissa hatte ihren Gesangspart in den vergangenen Wochen fleißig mit Luigi geprobt. »Dein Gesang von »Memory« muss von Herzen kommen«, hatte er sie immer wieder ermahnt.

Das Theater war bis zum letzten Platz ausverkauft. Der Intendant und Regisseur Fricke saßen in der ersten Reihe. Die drei Hauptdarsteller, Melissa, Silvio und Claudia Helmbrecht, hatten vor ihrem Auftritt Lampenfieber.

»Also bitte, Claudia, wovor fürchtest du dich?«, scherzte Silvio. »Eine Hexe hat doch alles im Griff.«

»Jeder Schauspieler hat bei einer Uraufführung Lampenfieber«, unterbrach sie ihn. »Konzentriere dich lieber auf den Schrei des Entsetzens, den du von dir geben sollst, wenn du aus dem Turmfenster springst. Und bitte nicht vorzeitig springen.« Silvio nickte.

Nach der Vorstellung überreichte der Intendant den Schauspielern Blumensträuße. Auch Fricke erschien auf der Bühne. Der Applaus wollte nicht enden.

Kurz darauf begrüßte Melissa ihre Freunde in der Garderobe. Einen Moment lang stutzte sie. »Hallo François, was für eine Überraschung«, sagte sie lächelnd.

François: »Du hast uns verzaubert. Übrigens«, ergänzte er, »Franz hat misch schon in Saarbrücken besucht. Veronika war auch dabei. Meine Mutter hat mit den beiden schnell Freundschaft geschlossen. Sie ist glücklich, dass sie jetzt eine große Familie hat.«

Melissas Freunde begrüßten auch Luigi, Silvio und Claudia. »Diesen Abend müssen wir feiern«, rief Luigi. »In der Bongo-Bar, wie wär's?« Dabei strahlte er über das ganze Gesicht.

Melissa war einverstanden. »Gute Idee, Luigi, da kommt bestimmt jeder auf seine Kosten.«

Kaum waren sie angekommen, bat Luigi den Discjockey, »Memory« aufzulegen. Silvio tanzte mit Luigi, Franz mit François. Auch Alex und Melissa tauchten im Gewühl unter, während sich Veronika mit der Hexe Gothel unterhielt: »Ich habe gehört, dass Melissa für Sie eingesprungen ist. In der Zwischenzeit habe ich den Roman »Was vom Tage übrig blieb« gelesen, eine beeindruckende Geschichte. Das Theaterstück wird hoffentlich noch für eine längere Zeit aufgeführt.«

»Das hoffe ich auch«, erwiderte Claudia. »Außerdem war es für mich eine große Überraschung, dass ich die Rolle der Hexe Gothel in Rapunzel übernehmen durfte.«

»Nehmen Sie die Hexe Gothel an manchen Tagen mit nach Hause?«, fragte Veronika.

»Ja, jeden Tag, wir haben doch alle das magische Denken noch in den Knochen. Wer glaubt nicht, dass wir mit unseren Gedanken die Welt verändern können? Der magische Zauber verlässt uns nie. Ich spiele regelmäßig Lotto, mit meinen Geburtstagszahlen. Ein bisschen Aberglaube schadet ja nicht.«

»Mir geht es ähnlich«, meinte Veronika. »Wenn mir nachts eine schwarze Katze von links nach rechts über den Weg läuft, habe ich Angst, dass ein Unglück hereinbrechen könnte. Claudia, mal ganz ehrlich, glauben Sie an Hexerei?«

Claudia lachte. »Das ist eine sehr persönliche Frage. Sagen wir doch lieber du zueinander.« Sie schüttelte Veronika die Hand. »An Hexerei glaube ich nicht. Gott sei Dank gehören die Inquisitionsprozesse der Vergangenheit an. Andererseits gibt es heutzutage immer noch Schamanen. Der Glaube versetzt eben Berge. Leider fehlt mir der Glaube, deswegen gehe ich auch nicht zum Homöopathen, Astrologen oder Wahrsager. Wer dran glaubt, dem hilft es vielleicht.«

»Und was ist der Unterschied zwischen Glauben und Aberglauben?«, wollte Veronika wissen.

»Veronika, du stellst vielleicht Fragen! Die kann ich dir nicht beantworten. Es gibt so viele Religionen auf der Welt. Aber welcher Glaube sollte der richtige sein? Die Priester und Prediger wissen es vielleicht besser. Jedenfalls sollte jeder für sich selbst entscheiden, was er glauben möchte oder an was nicht. Vielleicht bin ich eine Ausnahme, ich glaube nur an das, was ich mit eigenen Augen gesehen habe.«

»Claudia, warst du schon mal in der Antarktis?«

»Nein, wie kommst du darauf?«

»Du warst noch nicht in der Antarktis, aber du glaubst, dass es sie gibt, obwohl du sie noch nicht mit eigenen Augen gesehen hast?«

»Also Veronika, wir sind hier nicht in einem philosophischen Seminar. Wir wollen heute die Uraufführung von »Rapunzel« feiern. Komm, lass uns lieber tanzen!«

»Tut mir leid, Claudia. Ich war gestern tatsächlich in einem philosophischen Seminar. Da haben wir solche Fragen mit unserem Professor diskutiert. Du hast recht, wir sollten weniger philosophieren, sondern mit Melissa und ihren Kollegen nach der gelungen Uraufführung feiern. Gerade läuft der Song »The power of love« von Jennifer Rush.« Claudia zog Veronika auf die Tanzfläche.

Melissa und Alex tanzten eng umschlungen. Er sagte zu Melissa: »Am liebsten hätte ich in der Aufführung mitgespielt. Dann hättest du mich mit deinen Tränen von meiner Blindheit erlöst.«

Melissa schmunzelte: »Auch ein blinder Prinz findet seine Prinzessin, er muss nur lange genug nach ihr suchen.«

»Das ist mir zu anstrengend«, erwiderte Alex. »Warum sollte ich suchen, wenn ich sie besuchen kann? Kommst du zu meinem nächsten Fußballspiel nach Freiburg?«

Melissa nickte. »Ich komme gerne. Ich hoffe nur, dass ihr nicht ausgerechnet an einem Sonntag spielt. Sonntags bin ich hier auf der Bühne verpflichtet. Aber ich komme gerne. Außerdem möchte ich meine Eltern in Lahr besuchen. Veronika hat mich auch schon gefragt, wann ich wieder nach Illertissen komme. Sie möchte wieder mit mir ausreiten. Die alten Zeiten sollten nicht in Vergessenheit geraten. Alex, alle Zeichen stehen auf Grün.«

»Mir wäre es lieber, wenn sie auf Rot stehen würden«, scherzte Alex und zog Melissa näher an sich heran.

»Alex, bitte nicht so eng, du nimmst mir die Luft beim Tanzen.«

»Schon gut!«, flüsterte Alex. »Der Prinz muss noch ein

Weilchen warten. Ich hoffe, dass die Hexe Gothel bald aus dem Turm verschwindet.«

Melissa lächelte Alex an: »Möchtest du heute bei mir übernachten?«

Die Party in der Bongo-Bar neigte sich dem Ende zu. Melissas Gäste aus Freiburg brachen auf und fuhren zu ihrem Hotel. Alex übernachtete bei Melissa.

Am nächsten Tag verabschiedeten sich die Besucher von Melissa und Claudia. »Wir sehen uns hoffentlich bald wieder«, sagte Veronika zur Hexe Gothel. »Ich möchte dich bei meinem nächsten Besuch als Ms. Kenton im Theater bewundern.« Sie gab ihr zum Abschied einen Kuss. Auch François umarmte seinem Freund Franz. »Isch werde disch bald in Freiburg besuchen«, versprach er. Veronika, Franz und Alex fuhren gemeinsam nach Freiburg, François fuhr nach Saarbrücken zurück.

# 16. Fasching

Während der Zugfahrt fiel es Alex plötzlich ein: »Morgen ist ja Weiberfastnacht in Freiburg.« Nach dem Faschingsumzug wird am Rathaus der Narrenbaum aufgestellt. Wir treffen uns am besten dort, oder?« Franz und Veronika nickten zustimmend.

»Des wird bestimmt a Gaudi«, sagte Franz. »In Lahr wird gefeiert, aber jetzt bin ich neugierig, wie es in Freiburg zugeht.«

»Habt ihr Masken?«, fragte Alex. Veronika nickte, Franz schüttelte den Kopf.

»Das macht nichts, Franz, ich gebe dir meine. Ich habe sie letztes Jahr in Lahr getragen. Die Maske des Hansele wird dir bestimmt gut stehen. Das Lachen erledigt die Maske für dich«, fügte Alex lakonisch hinzu.

»Prima«, meinte Franz. »Ein passendes Kopftuch, eine bunte Jacke und eine passende Hose werde ich schon auftreiben. Und was ziehst du morgen an, Alex?«

»Ich habe eine Wolfsmaske und einen schmutzig-braunen Fellanzug in Reserve. Veronika, ich hoffe nicht, dass du dich morgen als Rotkäppchen verkleidest. Sonst wird es für dich gefährlich.« Veronika lachte: »Du solltest dich lieber vor mir fürchten. Ich komme als Hexe Baba Jaga. Pass bloß auf, dass ich dich nicht mit dem Besen erwische. Eine Schere habe ich auch dabei!«

»Wir geben bestimmt ein super Trio ab«, bekräftigte Alex. »Dann treffen wir uns am besten morgen Vormittag bei mir. Und eins rate ich euch gleich: Passt auf, dass wir uns im Faschingstrubel nicht aus den Augen verlieren.

Beim Fastnachtstreiben gibt es unzählige Hanseles und Hexen, die kann man kaum voneinander unterscheiden.«

»Ich werde dich nicht aus den Augen lassen«, versprach Veronika. »Bei dir weiß man nie genau, ob dich nicht eine Prinzessin ins Märchenland abschleppt.«

»Übertreib nicht, Veronika. Es ist höchste Zeit, der Frühling steht vor der Tür. Der Winter muss spätestens an Weiberfastnacht mit allen Kräften ausgetrieben werden.«

Nach dem Frühstück verabschiedeten sich Christina und Jana von Gunther. Sie fuhren mit der Tram nach Freiburg zurück.

»Großer Gott!«, rief Jana. »Ich habe völlig vergessen, dass heute der schmutzige Donnerstag ist. Am Rathausplatz wird der Narrenbaum aufgestellt. Die ganze Stadt ist auf den Beinen, es gibt einen großen Faschingsumzug. Kommst du mit, Christina?«

»Warum nicht? Ich habe noch nie einen Faschingsumzug erlebt. In Hamburg gibt es so etwas nicht.«

»Du wirst dich wundern!«, sagte Jana. »Heute ist in der Stadt der Teufel los!«

Die Straßenbahnfahrt endete im respektvollen Abstand zum närrischen Treiben. Jana und Christina stürzten sich ins Menschengewühl. Scheinbar endlose Narrenzüge strömten in die Stadt. Die Musik der Blaskapellen wurde von lautstarkem Trommeln begleitet. Sie wurde vom schrillen Getöse der Schalmeien begleitet. Mitten im Gewühl tanzten Hanseles und Hexen mit Furcht einflößenden Masken. Mit lauten Lärm von Schellen, Rasseln und Klappern sollte der Winter vertrieben werden.

Manche Narren hatten sich an ihrem Hinterteil einen Stummelschwanz befestigt, andere zogen eine Schatztruhe auf Rädern hinter sich her. Die Narren hüpften im Rhythmus, um mit ihren Schellen den Lärm zu überbieten. Bald wurden sie von Fahnen schwenkenden Kürassieren umzingelt. Ein Teufel mit Hörnern umarmte Jana. Er versuchte sie mit seltsamen Handbewegungen zu hypnotisieren. Ein Frosch mit einem nach vorn gestülpten Maul wollte Christina küssen. Schützend hielt sie die Hände vors Gesicht.

»Schade, dass wir keine Schere dabeihaben«, bedauerte Jana.

Christina winkte ab. »Sieh dich um, die Herren tragen heute keine Krawatten. Ich sehe nur grausige Monster oder Gartenzwerge mit Schlumpfmützen!«

Ein Leiterwagen fuhr an ihnen vorbei, er wurde von Bären gezogen. Auf dem Wagen war ein Gefängnis befestigt. Die jungen Mädchen im Käfig flehten um Hilfe. »Lasst uns hier raus!«, schrien sie verzweifelt und rüttelten hilflos an den Gitterstäben. Doch unbarmherzig schleppten die finsteren Gesellen die wertvolle Fracht einem unbekannten Ziel entgegen. Auf einem anderen Gefährt lag ein Sarg. In unregelmäßigen Abständen klappte der Sargdeckel auf. Eine darin eingesperrte Frau wollte sich aus ihrer unglücklichen Lage befreien. Ein nebenhergehender Büttel schlug den Sargdeckel ungerührt wieder zu. Der erstickte Schrei war selbst durch den Sargdeckel noch zu hören. »Hoffentlich wird sie nicht lebendig begraben«, sorgte sich ein Mann in einem Kasper-Kostüm. Jubelnd saßen einige Narren auf einer Wippe und trällerten: »Marmor, Stein und Eisen bricht!« Plötzlich sprang ein Froschkönig aus der Menge und bemalte in Windeseile die Gesichter von Jana und Christina mit weißer Farbe. Widerstand war zwecklos. Im allgemeinen Gedränge bahnten sie sich bis zum Rathausplatz vor. Der Narrenbaum wurde dort gerade aufgestellt.

»Was ist ein Narrenbaum?,« fragte Christina.

»Ein Narrenbaum«, erklärte Jana, »ist so etwas wie ein Maibaum. Er bestätigt die Herrschaft der Narren im Fasching.«

»Und was hängt da oben am Kranz?«, fragte Christina.

»Ach, alles Mögliche! Brezen, Würste, Narrenkappen, Pappnasen, alles, was die Narren gebrauchen können. Die Jungs klettern hinauf und holen sich etwas Passendes herunter.«

Nach der Aufstellung des Narrenbaumes hielt der Büttenredner eine feierliche Ansprache: »Die fünfte Jahreszeit hat schon längst begonnen: am 11.11. um elf Uhr elf. Jetzt wird es höchste Zeit, dass der Bürgermeister dem Elferrat den Rathausschlüssel aushändigt. Er wollte ihn am 11.11. nicht rausrücken. Wo steckt denn unser Stadtoberhaupt?« Langsam stieg der Bürgermeister die Stufen zum Rednerpult hinauf. Zögernd überreichte er dem Festredner den goldenen Rathausschlüssel. Der Redner sagte: »Herr Bürgermeister, wir werden unser Wort halten, Sie bekommen den Rathausschlüssel am Aschermittwoch zurück. Aber im nächsten Jahr geben Sie ihn bitte pünktlich bei uns ab. Ihre Amtsgeschäfte müssen bis zum Aschermittwoch ruhen. Die Narren übernehmen die Herrschaft über die Stadt. Haben Sie gegen unseren Beschluss etwas einzuwenden?«

Der Bürgermeister schüttelte wortlos mit dem Kopf.

»Liebe Närrinnen und Narren: De Fasnet ko afanga. Ich bitte die Narrenzunft auf die Bühne.« Gleich darauf eröffnete das Prinzenpaar die närrischen Tage mit einem Tanz. Applaus ertönte. Der Redner ergriff erneut das Wort. »Die kommenden Tage stehen unter dem Motto »Kann denn Liebe Sünde sein?«« »Noe, noe, noe!«, riefen die Narren im Chor.

Ein böser Wolf, ein Hansele und eine Hexe stellten sich Christina und Jana in den Weg. »Wo wollt ihr hin, verlorene Seelen?«, fragte Alex unter der Maske.

Jana lachte: »Oh, da will mich ein böser Wolf mit Haut und Haaren verschlingen. Alex, du bist ja kaum wiederzuerkennen.« Sie lupfte seine Maske. Alex hakte sich bei den beiden Frauen ein. »Ich kann euch heute leider nicht küssen,« sagte er. »Mit meiner Maske geht das nicht.«

»Schade!«, schäkerte Christina. »Mir ist noch nie ein Wolf über den Weg gelaufen, der mich küssen wollte.«

Jana: »Ja so ein Pech! Wenn ich das geahnt hätte, wäre ich als Rotkäppchen gekommen. Ich hätte dir den Weg zu meiner Großmutter gezeigt. Nach dem großen Fressen hätte dich ein Jäger mit Steinen vollgestopft. Den Rest von der Geschichte kennst du ja.«

»Bist du noch sauer wegen der Silvesternacht?«, fragte Alex Jana. Du hattest mit diesem Herrn an der Bar ein aufregendes Gespräch, oder? Heute kannst du ganz beruhigt sein, ich fresse weder dich noch deine Großmutter, mein süßes Rotkäppchen.«

»Schon gut«, entgegnete Jana versöhnlich. »Wir können zusammen ein bisschen um die Häuser ziehen. Über die Silvesternacht müssen wir nicht diskutieren. Ich hoffe, dass du dich amüsiert hast.«

Christina war über das Faschingstreiben völlig überrascht:«. Noch nie habe ich so viele Hexen und Hanseles auf einen Haufen gesehen. Die Hexe Gothel würde sehr gut in den Trubel passen.«

Jana fragte Alex: »Hat dir das Theaterstück in Hannover gefallen? Frau Heidenreich hat mir erzählt, dass ihr Melissa besucht habt.«

Alex nickte.: »Ja, es war super. Melissa hat viel Applaus bekommen.«

Janas Handy klingelte. »Hallo Gunther, hast du keine Lust, zum Faschingstreiben zu kommen?«

»Nein, ich hasse Menschenaufläufe, besonders im Fasching. Aber ich würde mich freuen, wenn wir uns heute Abend treffen könnten. In Betzenhausen gibt es ein gutes Restaurant. Hast du Zeit?«

»Ja, das passt«, erwiderte Jana. »Ich muss erst am Samstag in der Hotelbar arbeiten. Hoffentlich hat sich der Hoteldirektor bis dahin beruhigt.« Wenig später verabschiedete sich Jana von ihren Schulfreunden. »Man sieht sich«, sagte sie lächelnd zum Abschied.

Christina und Alex schlenderten durch die Altstadt. Veronika und Franz hatten sie im Trubel aus den Augen verloren. »Wir könnten in ein Caféhaus gehen«, schlug sie vor. »Mir ist kalt.«

Alex willigte ein. An einer heißen Tasse Kaffee wärmte sich Christina die Hände.

»Ist der Stalker wieder aufgetaucht?«. fragte Alex. »Ja, gestern Abend hat er mich belagert. Jana und Gunther haben mir geholfen. Ich habe dann bei Gunther übernachtet.«

»Ach, hast bei diesem abgehalfterten Schauspieler übernachtet?«, fragte Alex.

»Sag bitte nicht »abgehalftert«. Gunther ist ein sehr hilfsbereiter Mensch. Er hat mir sogar angeboten, dass ich ihn jederzeit anrufen könnte, wenn der Stalker wieder auftauchen sollte. Auch Jana vertraut ihm. Sie hat sich heute Abend mit ihm verabredet hat. Vielleicht hat an ihr einen Narren gefressen.«

»Wo die Liebe hinfällt«, lachte Alex. »Vielleicht sucht Jana nur einen Ersatz-Papa. Wie geht es dir, Christina? Hast du inzwischen ein Angebot in der Fernsehserie bekommen?«

»Nein, ich warte noch auf einen Anruf vom Regisseur. Ich schlage mich im Moment so durch. Am liebsten möchte ich wieder nach Hamburg zurück, da war ich wenigstens gut im Geschäft.«

»Du hast in Hamburg gelebt?«, fragte Alex erstaunt.

»Ja, in Hamburg habe ich die Ausbildung zur Maskenbildnerin gemacht. Ursprünglich komme ich aus Weißrussland. In Minsk habe ich als Friseurin gearbeitet.«

»Und warum bist du nach Deutschland gekommen?«, fragte Alex.

»Nach dem Tod meines Vaters hat mich in Minsk nichts mehr gehalten. Ich war hin  und her gerissen: Einerseits tat mir meine Mutter leid, andererseits wollte ich die Welt kennenlernen. Mit meiner Großmutter und meinen Eltern habe ich schon immer Deutsch gesprochen. Meine Mutter hat im Wohnzimmer ein Foto von der Deportation der Wolgadeutschen hängen. Na ja, das ist eine lange Geschichte. Mein Bruder lebt noch immer in der Nähe von Minsk. Einmal im Jahr besuche ich sie. Meine Mutter war auch schon mal in Hamburg.

»Sprichst du auch Russisch?«, fragte Alex.

»Na klar!, das ist meine Muttersprache. Ich freue mich immer, wenn ich Russen treffe. Viele Russen leben in Baden. Kennst du den Laden »Matrjoschka« in der Breisacher Straße? Dort kaufe ich gerne ein.«

»Den Laden kenne ich nicht«, sagte Alex. »Aber in Lahr leben auch viele Russlanddeutsche. Da gibt es einen russischen Mini-Markt. Der hat eine riesige Auswahl von Wodka-Sorten. Wir haben uns dort gerne eingedeckt. Der Russe hat uns nicht mal nach unserem Alter gefragt.«

Christina lachte. »Du bringst mich auf einen Gedanken. Den unsinnigen Donnerstag könnten wir mit einem Gläschen Wodka begießen.« Bald darauf brachte der Kellner eine Flasche Wodka. Alex erinnerte sich an die Silvesternacht.

*Christina ist ziemlich trinkfest. Wenn ich mithalten will, brauche ich unbedingt eine gute Grundlage.*

Eilig bestellte er sich eine Schweinshaxe mit Bratkartoffeln.

Christina geriet allmählich in Fahrt. »Ich bin so froh, dass der Stalker heute keine Chance hat. Ich stelle mir vor, dass er hilflos durch die Altstadt stolpert und nach mir Ausschau hält. Er starrt auf die Masken der unzähligen Hexen. Ich wünsche ihm, dass ihn eine richtige Hexe erwischt. Die entführt ihn in ihr Knusper-Häuschen und schiebt ihn dann als Festbraten in den Ofen.«

Alex sagte: »Ich bin froh, dass du heute keine Hexe bist. Sonst wäre ich womöglich an seiner Stelle als Festbraten im Ofen gelandet.«

Christina lachte.

»Warum hast du mich nach der Silvesternacht nicht angerufen?«, fragte er Christina.

»Nicht so stürmisch, junger Mann«, entgegnete sie. »Ich hatte in den letzten Tagen überhaupt keine Zeit. Außerdem hätte ich dich sowieso nicht erreicht. Ich habe gehört, dass du in Hannover warst. Wen hast du da besucht?«

»Ach, nichts Besonderes«, log Alex. »Eine frühere Schulfreundin hat mich zu einer Theateraufführung eingeladen.«

*Wer weiß, was das für eine Schulfreundin ist?*, fragte sich Christina. *Egal, Hannover ist weit weg vom Schuss.*

*Meine Güte.* Alex starrte auf die leere Wodkaflasche. *Hoffentlich kann ich noch gerade gehen.*

»Kannst du mich bitte nach Hause begleiten?«, fragte Christina. »Ich hoffe, du kennst noch den Weg zu mir.«

»Ich verlasse mich lieber auf dich«, nuschelte Alex.

Halb tot fiel Alex in Christinas Bett. Christinas Handy klingelte. Sie unterdrückte den Anruf und murmelte: »Eine bodenlose Frechheit, mich an Weiberfastnacht anzurufen.«

Wenig später klingelte das Handy erneut. Aufgebracht lief Christina ins Nebenzimmer. »Ja«, sagte sie ungeduldig. Eine sich räuspernde Stimme fragte: »Bist du es, Christina? Jana hat mir deine Nummer gegeben. Sie hat heute keine Zeit für mich. Sie meinte, dass ich mich an dich wenden soll. Du wärst so eine Art Seelenklempner. Können wir uns heute noch treffen?«

»Hat dir Jana nicht erzählt, dass ich meine Kunden nur am Telefon berate?« fragte Christina.

»Ach ja, das habe ich ganz vergessen. Mein Name ist Gregor. Jana habe ich vor Kurzem im Rizzo-Hotel kennengelernt.«

»Gregor, du weißt, dass diese Telefonnummer gebührenpflichtig ist, oder? Jede Minute kostet 4,99 Euro.« »Kein Problem, Geld spielt keine Rolle,« sagte Gregor. »Als Chef muss ich immer Befehle erteilen. Ich möchte auch mal Sklave sein. Aber das kann ich meiner Frau nicht beichten. Sie würde mich auslachen und denken, dass ich einen Dachschaden habe. Sie würde mir raten, auf schnellstem Weg einen Psychiater zu besuchen. Mit meinem Hausarzt kann ich über so ein heikles Thema nicht reden. Ich brauche eine strenge Hand.«

»Was willst du, Gregor? Soll ich deine Domina sein, oder möchtest du über deine Probleme reden?«

»Wenn ich das wüsste«, stöhnte Gregor. »Können wir beides machen?«

Christina wurde ungeduldig. »Willst du eine Hundeleine oder mir etwas beichten?«

Gregor überhörte Christinas Frage. »Früher war ich ein ganz normaler Mann. Ich habe in einer Schreinerei gearbeitet. Meine Frau hat immer geklagt, dass wir uns nichts leisten könnten. Unser Eheglück hat darunter nicht gelitten. Nach der Perestroika habe ich mich selbstständig gemacht. Wir lieferten Möbel und Einrichtungsgegenstände an Hotels, vor allem nach Deutschland. Das Geschäft lief sehr gut. Die Einnahmen sprudelten. Von heute auf morgen wurden wir reich. Aber jetzt bin ich impotent. Ich muss meine Fantasien ausleben. Das klappt leider nicht mit meiner Frau. Die möchte am liebsten Blümchensex. Ich brauche eine starke Hand, die mir sagt, wo es langgeht.«

»Nach der Perestroika bist du impotent geworden?«, fragte Christina. »Gregor, wie wäre es, wenn du einen Geschäftsführer einstellst? Der gibt dir Befehle, der wickelt die Geschäfte ab, und du bist dann so eine Art Frühstücksdirektor.«

»Das geht nicht«, antwortete Gregor. »Ich kenne meine Landsleute zu gut. Wenn ich in die zweite Reihe trete, werde ich womöglich vom Geschäftsführer abgezockt. Meine Position darf ich nicht verlieren.«

»Hm«, sagte Christina. »Du könntest dich von deiner Frau trennen und dir eine Domina suchen.«

»Das habe ich auch schon mit Jana besprochen. Für den Fall einer Trennung würde sich meine Frau an mir rächen. Sie würde die Kinder an sich reißen und mich in den Ruin treiben.«

»Wie soll es denn mit dir weitergehen?«, fragte Christina. »Wenn das Geld keine Rolle spielt, kannst du jederzeit eine Domina mieten. Du hättest deinen Spaß, und die Domina freut sich auf deinen Besuch.«

»Das stimmt«, sagte Gregor. »Am Telefon habe ich es noch nie probiert, aber wir könnten es mal probieren. Hast du eine Peitsche?«

»Klar doch«, entgegnete Christina. »Wofür möchtest du bestraft werden?«

Gregor: »Ich habe als Kind meine Eltern im Schlafzimmer beobachtet. Meine Mutter stöhnte. Ich glaubte, dass sie von Papa misshandelt wurde. Vor lauter Angst habe ich mir in die Hosen gemacht. Einen Angstschrei konnte ich gerade noch unterdrücken, sonst hätte mich mein Vater windelweich geprügelt. Ich möchte für meine Neugier bestraft werden. Könntest du das tun?«

Christina knallte mehrmals mit der Peitsche auf den Tisch. Gregor stöhnte.

»Zähl laut mit, du elender Bastard!«, rief Christina. »Du

belauschst deine Eltern im Schlafzimmer! Dafür hast du dir eine Tracht Prügel verdient!« Christina schlug wieder und wieder mit der Peitsche auf den Tisch. Bei jedem Klatschen stöhnte Gregor laut auf. »Wirst du das jemals wieder tun?«, fragte Christina.

»Nein, niemals, Herrin!«, japste Gregor. »Ich sollte mich lieber in mein Bett verkriechen.« Gregor legte plötzlich auf. Zufrieden schaute Christina auf die Uhr.

*Nicht schlecht, Herr Specht, selbst an Weiberfastnacht rollt der Rubel.*

Christina ging ins Schlafzimmer zurück. Alex schlief wie ein Murmeltier. Zufrieden rollte sie sich bei ihm ein.

Am nächsten Morgen erwachte Alex. Schwankend lief er zur Toilette. Auf dem Weg zurück warf er einen Blick in Christinas Wohnzimmer. Auf dem Tisch lag eine Peitsche. *Seltsam, wozu braucht sie eine Peitsche?* Er trat näher: *Das ist keine gewöhnliche Peitsche. So etwas habe ich schon mal in einem Sexshop gesehen.*

Der Griff war reich verziert. Unzählige schwarze Schnüre waren von einem silbernen Reif eingefasst. Neugierig nahm er die Peitsche in die Hand und ging damit zu Christina. Sie streckte und räkelte sich gerade in ihren Laken. Alex stand mit der Peitsche vor ihr.

»Alex, was willst du mit der Peitsche?«, fragte Christina verwundert. »Stehst du auf so was?«

»Das möchte ich dich fragen. Sie lag bei dir drüben auf dem Tisch. Hast du bestimmte Vorlieben?«, fragte Alex augenzwinkernd und setzte sich auf die Bettkante.

Christina lachte. »Ich bin nicht devot, ich brauche sie manchmal für meine Kunden. Früher habe ich mit der Hand auf den Tisch geschlagen. Aber das klingt nicht echt. Zum Schluss tat mir die Hand weh. Deswegen habe ich mir eine Peitsche zugelegt.«

»Welche Kunden?«, wollte Alex wissen.

Christina richtete sich auf: »Das sind Leute, die mich anrufen. Ich biete Telefonsex an. Manchmal haben sie perverse Wünsche.«

Alex schluckte: »Jetzt bin ich baff«, stieß er hervor. »Ich dachte, du bist Maskenbildnerin.«

»Bin ich auch. Den Telefonservice mache ich nicht zum Zeitvertreib. Als Maskenbildnerin habe ich keine feste Anstellung und muss sehen, wie das Geld reinkommt. Telefonsex ist eine saubere Angelegenheit. Alex, muss ich mich jetzt vor dir rechtfertigen?«

Alex grinste: »Wirklich nicht, Christina. Es kommt nur nicht alle Tage vor, dass ich bei einer Sexberaterin lande. Was sage ich, »Sexassistentin« passt besser. Wir könnten es doch einmal fernmündlich miteinander probieren«, antwortete er ironisch.

»Bitte, Alex, ich habe dir keinen Telefonsex angeboten, oder?«

Alex schüttelte den Kopf. Nach einer kurzen Pause meinte er: »Als Personenschützer komme ich nicht infrage. Die Nummer mit dir ist mir zu heiß.«

»Das ist schade, Alex! Ich habe einen großen Fehler gemacht, als ich dem Typen meine Telefonnummer gegeben habe. Ich hatte gehofft, dass du mir helfen könntest, den Stalker loszuwerden.«

»Es geht nicht nur um den Stalker«, entgegnete Alex. »Du musst mit deinem Nebenjob alleine zurechtkommen. Ich bin nicht der Richtige für dich. Den Mann möchte ich sehen, der so etwas aushält.« Alex legte die

Peitsche auf Christinas Bett. »Es tut mir leid, ich muss jetzt gehen.«

# 17. Amor est ...

Die Tür schlug zu. Christina starrte auf die Peitsche. Im Zimmer war es plötzlich still. Sie atmete tief durch.

*So ein Mist, warum habe ich die Peitsche auf dem Tisch liegen lassen? Ich habe alles vermasselt. Alex ist weg, er will mit mir nichts mehr zu tun haben. Das ist nicht das erste Mal, dass ich mich verlassen fühle. Als mein Vater starb, ging es mir ähnlich. Ich konnte mich nicht einmal von ihm verabschieden, ihm einen letzten Kuss geben oder ihn umarmen. Das Begräbnis war eine elende Angelegenheit. Die letzten Worte des Priesters werde ich nicht vergessen: Die Wege des Herrn sind unerforschlich. Gott hat Pjotr Nikolajewitsch überraschend zu sich gerufen. Wir werden ihn in guter Erinnerung behalten. Dann sagte er noch:* »*Asche zu Asche und Staub zu Staub*« *und segnete das Grab mit Weihwasser. Wir warfen eine Schaufel Erde in das Grab und ein paar Blumen hinterher. Meine Mutter streifte ihren goldenen Ring ab und warf ihn als letzten Gruß ins Grab. Wir weinten still vor uns hin. Ein letzter Blick. Es war vorbei. Wir hakten uns bei der Mutter ein und verließen langsam den Friedhof. In den nächsten Tagen war es sehr still.*

*Jetzt hat sich Alex verabschiedet. Ich werde immer verlassen. Wer kümmert sich um mich? Am besten rufe ich Jana an, die hat auch schon einiges durchgemacht. Vielleicht kann sie mir weiterhelfen.*

»Hallo Jana, können wir uns treffen? Mir geht es gerade ziemlich beschissen.«

Jana fragte: »Hast du einen Moralischen? Ich bin gerade mit Gunther unterwegs. Er spendiert mir schicke

Cocktailkleider, Schmuck, High Heels und teure Kosmetik. Weihnachten ist schon längst vorbei, aber meine Geschenkliste ist trotzdem lang. Wir könnten uns in einer Stunde im Atlashotel treffen.«

»Alles klar«, sagte Christina. »Also bis später.«

Christina bummelte ziellos durch die Gassen der Altstadt. Der jähe Abschied von Alex saß ihr noch in den Knochen. Einige versprengte Narren waren immer noch unterwegs. Aus einer Kneipe drangen Faschingsschlager auf die Straße. Vom Feiern hatte sie erst mal die Nase voll. Ihr Handy klingelte. Sie stellte es auf stumm.

*Womöglich ruft mich wieder dieser Gregor an und erzählt mir irgendeine Geschichte aus seiner Kindheit. Die kann er heute seiner Großmutter erzählen.*

Christina blieb vor einem Tattooladen stehen. Im Schaufenster waren Fotos ausgestellt: Oberarme, Unterarme, Beine, Rücken, sogar Gesichter waren mit allen möglichen Tattoos verziert. Bunt blinkende Neonlichter umrahmten die Tür.

*Ein Tattoo, das wäre das Richtige für mich. Tattoo-Träger gehören einer großen Gemeinschaft an. Sie erkennen einander ohne Worte.*

»Du hast schöne Fotos im Schaufenster!«, begrüßte Christina den Tätowierer. Abdal hob den Kopf. Er hielt eine Tätowiermaschine in der Hand. Immer wieder wischte er das Blut vom Oberschenkel seiner Kundin ab. Die junge Frau lag mit zusammengepressten Lippen auf einer Liege. Er nahm den Mundschutz ab und schaute Christina prüfend an.

»Wir können gleich miteinander reden, einen Moment noch.« Nach einer Weile legte er die Nadel zur Seite und fragte Christina, ob sie sich schon für ein Tattoo entschieden hätte.

»Noch nicht ganz, aber die Rosen- oder Schmetterlingsmotive gefallen mir.«

Abdal nickte. »Wohin möchtest du es haben?«

»Erst mal auf den Oberarm. Für weitere Tattoos habe ich noch genug Platz auf meinem Körper«, sagte sie lächelnd.

Abdal: »Gut, auf den Oberarm. Ich trage dich in die Liste ein.«

»Alles klar«, meinte Christina. »Ich rufe dich rechtzeitig an. Ich überlege mir noch, welches Tattoo am besten zu mir passt.«

Jana wartete schon auf Christina im Atlashotel. Christina staunte nicht schlecht, als sie Jana inmitten der Einkaufstüten begrüßte: »Weihnachten ist doch schon längst vorbei. Gunther meint es wirklich gut mit dir.«

Jana nickte: »Für den Escort-Service brauche ich schicke Klamotten. Er staffiert mich großzügig aus, er kann es sich leisten. Ich weiß aber nicht, ob er das von der Steuer absetzen kann. Die High Heels trage ich notgedrungen am Abend. Turnschuhe wären mir zehn Mal lieber.«

Christa staunte: «Gunther staffiert dich aus. Aus dir wird noch einmal eine feine Dame. Da kann ich nicht mithalten, aber beim Telefon-Service ist es auch völlig egal, was ich anhabe.«

»Warum hast du mich angerufen, Christina?«

»Jana, ich war heute Vormittag wirklich mit meinen Nerven am Ende. Alex ist draufgekommen, dass ich Telefonsex anbiete. Anschließend hat er sich sang- und klanglos verabschiedet. Zum Abschied hat er die Peitsche verächtlich auf's Bett geworfen. Ich habe einfach kein Glück bei den Männern.«

»Mach dir nichts draus«, tröstete Jana sie. »Alex ist ein Hallodri. Der tanzt auf allen Hochzeiten. Ich kenne ihn noch aus unserer Schulzeit Der wusste noch nie, was er wirklich will. Mit solchen Männern sollte man sich gar nicht erst abgeben. Mit ihm hättest du sowieso keine Freude gehabt. Ich hatte auch mal das Vergnügen mit ihm. Am frühen Morgen meinte er dann, dass er unbedingt seine Mama besuchen müsse, sie würde ihn zum Mittagessen erwarten.«

»Hm, du hast recht, Jana, wer möchte es schon mit seiner Mutter aufnehmen? Aus lauter Frust bin ich heute Morgen in einen Tattooladen gegangen. Ich lasse mir ein Tattoo auf den Oberarm stechen.«

»Eine gute Entscheidung!«, gab Jana zurück. »Schau dir mal meins an.« Sie drehte sich um und zog ihr Shirt nach oben. »Siehst du die Inschrift, die mir Abdal eingraviert hat?«

»Ich kann sie nicht lesen, ich sehe nur die obere Hälfte«, meinte Christina.

»Amor est... steht da.«

»Liebe ist...«, staunte Christina. »Was ist damit gemeint?«

»Ich habe auch keine Erklärung dafür«, antwortete Jana. »Jeder erlebt sie anders, sie lässt sich nicht näher erklären.«

»Aber man kann die Liebe doch beschreiben«, meinte Christina.

»Dass ich nicht lache«, antwortete Jana. »Dann müsstest du eine unendliche Geschichte schreiben. Die Liebe hat tausend Gesichter. Jeder versteht etwas anderes darunter. Ist es die Liebe Gottes, die Vaterlandsliebe, die Liebe zum Leben oder die Liebe zwischen Mann und Frau? Alle möchten Liebe. Oft stehen wir mit leeren Händen da.«

»Aber es lohnt sich, danach zu suchen«, erwiderte Christina. »Wer sie nicht sucht, wird sie nicht finden.«

»Ach was«, meinte Jana. »Manche lieben die kalte Welt. Sie kennen nichts anderes. Manche sind schon mit ein paar Lumpen zufrieden. Nicht umsonst sind Wärme und Liebe miteinander verwandt.«

»Jana, du übertreibst. Wenn ich meine Hände an einer Tasse Kaffee wärme, spüre ich keine Liebe. Wenn man miteinander kuschelt, dann schon. Ohne Liebe können wir nicht leben. Die Mutterliebe hat uns die Natur geschenkt «

»Stimmt«, gab Jana zu. »Die Mutterliebe ist ein spezieller Fall. Aber was aus dem Kind später wird, das steht in den Sternen. Ich bleibe dabei: Amor est... Niemand weiß... was Liebe wirklich ist.«

»Hast du die Suche nach Liebe aufgegeben?«, fragte Christina.

»Ich suche sie nicht, ich hätte aber nichts dagegen, wenn sie mir zufällig begegnet. Gunther hat schon eine Menge erlebt. Er ist kein Adonis, zwanzig Jahre älter als ich, aber er gefällt mir inzwischen.«

»Was gibt dir Gunther – Liebe oder Geborgenheit?«

»Ich weiß es nicht«, rätselte Jana. »Von beidem ein bisschen.«

»Und du gibst dich damit zufrieden?«

»Lieber den Spatz in der Hand als die Taube auf dem Dach«, antwortete Jana. Ich möchte mein Haus nicht auf

Sand bauen oder an einer Steilküste. Sonst müsste ich vor jedem Sturm beten, dass es nicht weggeblasen wird.«

»Hm«, murmelte Christina. »Ich habe schon oft von der Liebe geträumt, aber sie noch nicht gefunden. Heute Morgen habe ich wieder einen Dämpfer erlebt. Apropos Tattoo: Du hast vorhin Abdal erwähnt. Genau bei dem war ich vorhin. Er ist in den nächsten Tagen ausgebucht. Er macht mir bald ein Tattoo auf den Oberarm.«

»Super!«, sagte Jana, da hast du dir den Richtigen ausgesucht. Abdal ist unschlagbar. Ich bin schon seit einem Jahr bei ihm. Meine Eltern haben anfangs gemeckert, aber ich bin drangeblieben. Er hat mir schon einige Tattoos auf die Haut gezaubert.«

»Ach«, staunte Christina. »Du hast mir vorhin nur eins gezeigt.«

»Soll ich mich ausziehen?«, fragte Jana schmunzelnd.

»Schon gut, ich kann mir denken, wo die überall sind. Die hat alle Abdal gemacht? Du lässt einen Mann an deine intimsten Stellen ran?«

»Ihm kannst du hundertprozentig vertrauen. Er ist ein Profi. Bevor er nach Deutschland kam, hat er im Iran gelebt. Homosexuelle Beziehungen sind dort strengstens verboten: Lesben und Schwule werden mit Peitschenhieben bestraft. Die Geschlechtsumwandlung ist aber offiziell erlaubt. Im Koran steht nichts darüber, deshalb ist sie auch nicht verboten. Abdal hatte sich in seiner Verzweiflung einem Imam anvertraut. Der meinte, dass er nur als Mann mit einer Partnerin zusammenleben dürfte. Abdal wollte endlich seine Ruhe haben. Aus Angst vor der Auspeitschung ließ er sich in einen Mann umwandeln. Aber seine Freundin wurde bei einem geheimen Lesbentreff erwischt. Sie wurde ausgepeitscht. Zum Glück hat sie überlebt. Beide sind dann nach Deutschland geflohen.«

»Ist er jetzt noch mit seiner Freundin zusammen?«, fragte Christina.

»Nein«, bedauerte Jana. »Seine Freundin hat sich von ihm getrennt. Sie konnte es nicht ertragen, dass er sich in einen Mann verwandelt hat.«

»Meine Güte, eine üble Geschichte!«, sagte Christina. »Abdal ist jetzt ein Mann, obwohl er eigentlich lesbisch war. Seine Freundin liebt ihn nicht mehr, weil er ein Mann geworden ist. Dabei hat er sich nur dem Gebot des Imams unterworfen. Die Welt ist wirklich verrückt.«

Plötzlich schneite Gunther in die Hotelbar herein. Beinahe wäre er über Janas Einkaufstüten gestolpert. »Hallo Christina!«, rief er aufgeregt. »Es gibt Neuigkeiten! Der Regisseur hat mich angerufen, er hat die Drehgenehmigung für den Film bekommen. Gedreht wird in Benediktbeuern. Er hat bereits die Schauspieler, den Chor und das Orchester organisiert. Wir sollen schon morgen im Kloster sein.«

Jana: »Gunther, du haust einfach ab? Und wer kümmert sich jetzt um den Begleitservice?«

»Jana, du kennst dich doch mit dem Bürokram ganz gut aus. Wenn ich ein paar Tage weg bin, kannst du die Kunden beraten und die Damen vermitteln. Außerdem bin ich nicht aus der Welt, du kannst mich jederzeit anrufen.«

Jana stimmte zögernd zu. «Na gut, ich hoffe, dass ich das hinkriege.«

»Wunderbar«, rief Christina endlich sind wir wieder mit dem Filmteam zusammen, darauf habe ich schon lange gewartet.«

Am nächsten Tag fuhren Christina und Gunther zum Kloster Benediktbeuern. Schon von Weitem ragten die beiden Zwiebeltürme majestätisch in den Himmel. Gunther und Christina liefen über den riesigen Innenhof. Beeindruckt liefen sie über den Kreuzgang zur Abtei. Gunther staunte: »Hier wurde tausendjährige Geschichte geschrieben.«

Das Filmteam umringte den Regisseur. Alfred erläuterte den Schauspielern das Drehbuch.

»Liebe Kolleginnen und Kollegen, ich habe lange gebraucht, um den Programmdirektor von meinem Drehbuch zu überzeugen. Er hatte Bedenken, wir könnten Ärger mit der Kirche bekommen. Bei einigen Zuschauern könnte der Film einen regelrechten Proteststurm auslösen. Aber angesichts der sexuellen Missbrauchsfälle, die in den letzten Jahren an die Öffentlichkeit gelangt sind, hat er mir schließlich die Dreherlaubnis für den Film »Hinter Klostermauern« gegeben. Einige Gesangsstücke aus Carl Orffs Carmina Burana werden eingespielt, das hat den Programmdirektor schließlich doch beruhigt. Es handelt sich um mittelalterliche Texte von größtenteils unbekannten Dichtern. Die Verse haben die Mönche des Klosters Benediktbeuern heimlich gesammelt. Erst Anfang des neunzehnten Jahrhunderts wurden die Texte durch einen glücklichen Zufall wiederentdeckt. Es handelt sich nicht um fromme Kirchenlieder, die Verse spiegeln die Lebensfreude und Lebenslust im Hochmittelalter wider. Im Film gibt es ein paar pikante Details. Ich habe unseren altbewährten Darsteller Gunther gebeten, die Rolle des Priesters zu übernehmen.

Hier die Kurzfassung: Der Priester Joseph besuchte

im Auftrag des Bischofs ein Nonnenkloster. Er sollte sich über die wirtschaftliche Lage des Klosters sowie die Frömmigkeit und Sittsamkeit des Klosterlebens informieren. Der Kardinal hatte sich beim Bischof beschwert, dass einige Klöster zu wenige Abgaben leisten würden. Möglicherweise steckte sogar der Papst dahinter. Schön und gut, der Priester erhielt von der Äbtissin die Erlaubnis, mit einzelnen Ordensschwestern Gespräche zu führen. Joseph betritt den Schlaf- und Gebetsraum einer Nonne. Sie ist gerade ins Gebet vertieft. Erschrocken dreht sie sich um. Noch nie zuvor hatte ein Mann ihre Zelle betreten. Der Priester« – Regisseur Alfred zeigte mit einer Handbewegung auf Gunther – »entschuldigt sich bei der Ordensschwester Maria. Er verweist auf die gütige Erlaubnis der Äbtissin, sie besuchen zu dürfen. In diesem Moment singt der Chor aus der Carmina Burana »tempus est locundum« (lieblich ist die Zeit). Joseph kniet nieder und betet hinter der Schwester. Nach einer Weile sagt er: Wir könnten zusammen beten. Es wird Gott gefallen, wenn wir unsere Hände gemeinsam zum Gebet erheben. Er umfasst ihre Hände und betet mit ihr. Er kniet hinter der Nonne und spürt ihren warmen Körper. Langsam sinken seine Hände auf ihren Busen herab. «Aber Hochwürden!«, entrüstet sie sich, »so betet man nicht.« Er erwidert: »Es wird dem Herrgott sicherlich gefallen, wenn sich die Menschen im Gebet seiner grenzenlosen Liebe erfreuen.« Die Nonne ist völlig überrumpelt. Sie betet hastig weiter, doch ihre Stimme stockt mitten im Gebet. Nach einigem Zögern gibt sie sich dem Priester hin.

Im anschließenden Gespräch mit der Äbtissin lobt Joseph die Frömmigkeit der Ordensschwestern. Gleichzeitig ermahnt er sie: »Die Abgaben des Klosters sind in letzter Zeit recht mager ausgefallen. Der Gottesdienst und die Gebetszeiten müssten verkürzt werden, damit die Schwestern mehr Zeit für die Feld- und Gartenarbeit haben. Die Maßnahmen möchte er in nächster Zeit überprüfen. Er werde das Klosterwerde in nächster Zeit öfter besuchen.

Bei seinem nächsten Besuch entwickelt sich zwischen der verführten Nonne und dem Priester ein Liebesverhältnis. Die Äbtissin ahnt nicht, dass Joseph das Kloster nur aufsucht, um seine sexuellen Lüste zu befriedigen. Er verabredet sich mit der Nonne Maria an allen möglichen geheimen Orten im Kloster. Einige Monate später kann die verführte Ordensschwester ihre Schwangerschaft nicht mehr verbergen. Die verängstigte Maria muss sich einer strengen Befragung durch die Äbtissin unterziehen. Sie stellt sich dumm und meint entschuldigend, dass es sich wohl um eine unbefleckte Empfängnis durch den Heiligen Geist handeln würde. So wie es die Jungfrau Maria schon vor zweitausend Jahren erlebt habe. Die Äbtissin ist empört über die Gotteslästerung. Sie glaubt ihr kein Wort. Sie habe den Einflüsterungen des Teufels nachgegeben und müsse das Kloster sofort verlassen. Maria muss ihre Ordenskleider abgeben. Wehmütig wirft sie einen letzten Blick auf die Klostermauern zurück. Inzwischen ahnt die Äbtissin, wer der Vater sein könnte. Doch Joseph besticht sie und erreicht damit ihr Stillschweigen. Er verspricht ihr, das Kloster nie wieder zu betreten. Die Äbtissin hält zusammen mit den Nonnen einen Dankgottesdienst ab. Der Priester Joseph nimmt die schwangere Maria als Haushälterin bei sich auf. Bald nach der Geburt wird das Kind auf den Namen Maria Magdalena getauft. Wenig später wird es den Barmherzigen Schwestern übergeben. Diese freuen sich über den unverhofften Nachwuchs. Maria wird ihr Kind nie wiedersehen. Es lebt jetzt im Schoß der Kirche. Der Not gehorchend, lebt Maria fortan im Haus des Priesters, ihr Herz ist gebrochen. Wieder singt der Chor ein Stück aus der Carmina Burana: »O Fortuna!« Maria erkennt, dass sie ihrem Schicksal nicht entrinnen kann. Abschließend berichtet Joseph dem Kardinal, dass das Kloster durch eine Missernte die erwarteten Abgaben im Moment nicht leisten könne.

Ich habe die Textbücher für die verschiedenen Rollen vorbereitet. Schaut euch eure Texte genau an, morgen beginnen die Dreharbeiten. Isabella spielt die Rolle der verführten Nonne. Christina erwartet euch morgen früh in der Maske.«

Am nächsten Morgen schminkte Christina die Nonne Maria. »Du hast noch nie mit Gunther zusammen auf der Bühne gestanden?«, fragte sie Isabella. Sie schüttelte den Kopf. »Ich kenne Gunther schon seit einigen Jahren. Er spielt immer die Rolle des Bösewichtes, und er ist ein alter Hase. Du kommst bestimmt mit ihm gut zurecht. Jetzt siehst du wirklich wie eine unschuldige Nonne aus«, sagte Christina erfreut. »Warte, ich gebe dir noch ein bisschen Rouge auf die Wange. Meine Güte, wer kann so einer hübschen Nonne widerstehen? Deine Augen glänzen voller Unschuld, die Wangen glühen voller Leidenschaft. Ich möchte nicht in Gunthers Haut stecken, wenn er hinter dir kniet.«

Mit anmutigen Schritten lief Isabella in die Klosterzelle.

Gunther wartete schon auf sie. Alfred zum Kameramann: »Klappe!« Gunther kniet hinter der Nonne. Er ergreift ihre Hände. Während des Gebetes gleiten seine Hände auf ihren Busen. Plötzlich springt Isabella entrüstet auf. Sie schreit Gunther an: »Das war nicht ausgemacht, dieser Lustmolch begrapscht meine Brüste.« Gunther reibt sich die Rippen. Isabella hatte ihm einen heftigen Rippenstoß versetzt.

»Das müssen wir machen!«, rief der Regisseur dazwischen. »Die Szene muss echt wirken. Isabella, du solltest dabei die Augen verdrehen, einige Worte stammeln oder stöhnen.«

»Nein!«, entrüstete sich Isabella. »Ich lasse mich von dem nicht begrapschen.«

»Stopp!«, rief Alfred verzweifelt. Er versuchte, Isabella zu beruhigen. Doch sie meinte, dass ihr das zu weit gehe. »Es widert mich an, wenn er mich anfasst und ich auch noch Lust heucheln muss.«

»Bitte!«, versuchte Alfred sie zu beruhigen. »Gunther meint das nicht persönlich. Schau ihn dir an, er spielt nur die Rolle eines Lüstlings.«

Isabella kochte vor Wut. »Nein, das geht mir zu weit. Ich steige aus. Gib mir bitte eine andere Rolle, wenn es sein muss, als Statistin.«

Ratlos fasste sich der Regisseur ans Kinn. Plötzlich drängelte sich Christina nach vorne. »Alfred, wenn du willst, übernehme ich die Rolle.«

»Kannst du dich selber vor dem Spiegel schminken?«, fragte er.

»Kein Problem«, erwiderte Christina.

»O.K.!«, rief Alfred. »Isabella ist ausgestiegen. Die letzte

Szene werden wir in einer Stunde wiederholen. In der Zwischenzeit könnt ihr das Textbuch in aller Ruhe noch mal durchgehen oder euch vom Imbisswagen eine Stärkung holen.« Der Regisseur warf noch einen Blick auf den Bischof, der in der Nähe stand. »Du siehst heute wirklich gut aus. Deine Augen glänzten voller Geldgier, als du den Priester aufgefordert hast, das Nonnenkloster zu besuchen.«

In der Drehpause wollte Gunther Isabella beruhigen, doch sie mied seine Nähe und unterhielt sich stattdessen mit Christina. »Ich habe gerade die Schauspielschule hinter mir«, erzählte Isabella. »Ausgerechnet in meiner ersten Rolle soll ich mich diesem Widerling hingeben. Außerdem war ich mir nicht sicher, ob er die Rolle nur spielt. Als ich seinen heißen Atem in meinem Nacken spürte, habe ich Panik gekriegt. Ich bin aufgesprungen, und was sah ich da? Er hatte eine Erektion. Alles, was recht ist, die Rolle einer verführten Nonne kann ich mit diesem Typen nicht spielen. Mit Männern habe ich bisher keine guten Erfahrungen gemacht, im Gegenteil. Auf der Schauspielschule musste ich aufpassen, dass ich den Lehrern nicht zu nahe kam. Einige hatten nur Sex im Kopf. Im Unterricht gehen die richtig ran. Die suchen in der scheinheiligen Maske eines väterlichen Lehrers Körperkontakt zu ihren Schülerinnen. Ihre Lieblingsschülerinnen werden von den Dozenten schnell protegiert. Ich habe nicht die geringste Lust, mich anzubiedern.«

»Ich verstehe«, meinte Christina. »Gebranntes Kind scheut das Feuer. Wo hast du deine Ausbildung gemacht?«

»In Freiburg. Heute ist mein erster Drehtag. Eigentlich sollte es meine Premiere sein.« Isabella schüttelte den

Kopf. »Der Regisseur hätte mir sagen müssen, was mich erwartet. Außerdem kann ich diesen Gunther nicht ausstehen.«

Christina legte freundschaftlich die Hand auf ihre Schulter. »Mach dir nichts draus, aller Anfang ist schwer. Wenn du willst, können wir uns in Freiburg treffen. Vielleicht kann ich dir ein paar Tipps geben. Aber du könntest mir auch helfen: Nächste Woche habe ich bei einem Tätowierer einen Termin. Ich habe ein bisschen Schiss vor der ganzen Prozedur. Vielleicht begleitest du mich und hältst mir das Händchen. Jana meinte zwar, dass Abdal ein Profi ist, aber man kann nie wissen « Allmählich beruhigte sich Isabella. Das freundschaftliche Gespräch mit Christina tat ihr gut.

Eine Stunde später betrat Christina die Klosterzelle. Ihre Augen glänzten verführerisch. Alfred ermahnte sie: »Denk daran, dass du eine unschuldige Nonne bist. Beim ersten Annäherungsversuch des Priesters stürzt du dich verzweifelt ins Gebet.«

Christina warf einen unschuldigen Blick zu Boden und nickte. »Das kriege ich schon hin, schließlich habe ich Übung in den verschiedensten Rollen. Ich habe sogar schon mal einen Stöhnkurs absolviert.« »Tatsächlich?«, wunderte sich Alfred. »Ich wusste nicht, dass es so etwas gibt, interessant. Als verführte Nonne musst du ohnehin stöhnen. Aber stöhne bitte nicht zu früh. Du musst erst mal Widerstand leisten. Es ist eine Attacke aus dem Hinterhalt.«

Nach Abschluss der Dreharbeiten bedankte sich Alfred bei den Schauspielern. »Ich bin mit unserer Arbeit sehr zufrieden. Christina hat die verführte Nonne sehr gut hingekriegt. Isabella, es tut mir leid, dass du der Rolle nicht gewachsen warst. Aller Anfang ist schwer. Als Schauspielerin brauchst du noch mehr Erfahrung. Aber beim nächsten Dreh werde ich wieder an dich denken. Ich möchte auch allen anderen danken. Nur wenn wir als Team zusammenhalten, bekommen wir einen guten Dreh in die Kiste.

Ein paar Tage später rief Christina Isabella an. »Hast du heute vielleicht Zeit für mich? Könntest du mich ins Tattoo-Studio begleiten?«

»Das geht klar«, versprach ihr Isabella. Sie trafen sich vor dem Studio. Abdal begrüßte sie und bot Christina einen bequemen Sessel an. Ihren Oberarm platzierte er auf eine gepolsterte Armlehne. Isabella hielt Christinas Hand. »Es pikt jetzt ein bisschen«, sagte Abdal. »Aber keine Angst, der Oberarm ist nicht besonders schmerz-empfindlich.« Nachdem er die Umrisse der Rose auf ih-rem Oberarm mit einer Schablone fixiert hatte, machte er sich an die Arbeit. »Möchtest du die Blütenblätter der Rose rot gefärbt?«, fragte Abdal. Christina nickte. »Und bitte nicht die Dornen vergessen.«

Die Tätowiermaschine surrte leise wie eine Nähma-schine. Christina biss die Lippen zusammen. Nach einer Stunde stand sie erlöst auf.

»In den nächsten Tagen den Oberarm bitte nicht zu sehr belasten«, empfahl Abdal.

»Könntest du mich nach Hause zu begleiten? «, fragte Isabella ihre Begleiterin. »Buh, nach der anstrengenden Prozedur muss ich mich erst mal erholen.«

Christina nahm das Angebot gerne an: Kaum waren sie in Christinas Wohnung angekommen, klingelte Christinas Handy. »Hallo Jana, danke, dass du anrufst. Ja, der Dreh mit Gunther ist gut gelaufen. Nein, den Stalker habe ich in den letzten Tagen nicht mehr gesehen. Wann arbeitest du wieder im Rizzo? Gut, ich komme heute Abend vorbei.«

Isabella fragte: »Entschuldige, hattest du gerade »Stalker« gesagt?«

»Ja, Stalker«, erwiderte Christina. »Ich war froh, dass ich in Benediktbeuern ein paar Drehtage hatte. Ich befürchte, dass er bald wieder auftauchen könnte.«

Ungläubig fragte Isabella: »Du wirst gestalkt?«

»Ja, das ist eine lange Geschichte, ich erzähle sie dir später mal.«

»Sag ich doch«, murmelte Isabella. »Die Männer sind wie Schmeißfliegen. Ich bin so froh, dass ich die Schauspielschule hinter mir habe. Dort gab es zwar keine Stalker, aber jede Menge aufdringliche Zeitgenossen. Den Männern traue ich nicht mehr über den Weg.«

»Mir geht's ähnlich«, pflichtete Christina bei. »Männer sollte man am besten mit der Peitsche behandeln.« Christina ergriff die vor ihr liegende Peitsche und schlug damit klatschend auf den Tisch.

Isabella lachte. »Du bist für alle Fälle gerüstet. Hast du sie schon mal einen Kerl spüren lassen?«

»Indirekt schon.«, meinte Christina. »Das erledige ich telefonisch: Die Männer rufen mich an. Manchmal möchten sie ausgepeitscht werden. Das geht ziemlich mühelos am Telefon.«

Isabella schluckte ungläubig: »Hast du noch mehr Instrumente in deiner Folterkammer?«

»Nicht viele, das meiste geht mit gewissen Geräuschen

oder mit Worten. Manchmal hilft auch ein Bambus-
stecken. Mit dem schlage ich auf den Sessel. Das gibt
dann ein schönes dumpfes Geräusch. Das Klappern der
Handschellen kann ich mit meinem Schlüsselbund er-
setzen.«

»Du bist eine Domina?«, fragte Isabella ungläubig.

»Nein«, erklärte Christina. »Bei mir rufen alle möglichen Männer an. Bei besonderen Wünschen hat sich die
Peitsche bewährt.«

»Eine saubere Sache«, sinnierte Isabella. »Jeder bekommt das, was er braucht.«

Das Handy klingelte. »Hallo, Christina, ich bin's, Gregor. Ich bin jetzt wieder in der Ukraine. Können wir
uns unterhalten? Ich muss dir schreckliche Neuigkeiten
erzählen. Meine Frau hat in meinem Handy herumge-
schnüffelt. Sie ist dahintergekommen, dass ich mit einer
Domina telefoniert habe. Sie spricht jetzt nur noch im
Befehlston mit mir. Sie möchte die Geschäftsleitung übernehmen. Ich brauche dringend deinen Rat.«

»Gregor, ich habe jetzt überhaupt keine Zeit für dich.
Ruf mich morgen wieder an.« Christina legte auf.

»Bravo«, meinte Isabella, »Du machst kurzen Prozess
mit den Männern. Ich kann noch eine Menge von dir
lernen.«

»Ich bin jetzt ziemlich kaputt«, sagte Christina. »Heute
Abend bin ich mit Jana im Rizzo verabredet. Vorher
möchte ich mich noch ein bisschen ausruhen. Du kannst
aber gerne bei mir bleiben.«

Isabella nickte. »Warum nicht? Ich habe heute nichts
Besonderes vor.« Beide kuschelten sich ins Bett. Nach einer guten Stunde räkelte sich Christina. »Wie schön, ich

habe seit langer Zeit wieder mal tief geschlafen. Ich bin froh, dass du bei mir geblieben bist.« Sie umarmten sich.

»Heute Abend treffe ich Jana im Rizzo-Hotel, hast du Lust mitzukommen?« fragte Christina.

»Gerne«, erwiderte Isabella. »Du hattest vorhin erwähnt, dass sie deine Freundin ist, ich bin gespannt auf sie. Ich habe noch nie eine Barkeeperin kennengelernt. Kann ich mich bei dir im Bad vorher noch etwas zurechtmachen?«

»Klar doch, wir wollen doch nicht wie gerupfte Hühner dort antanzen.« Christina half ihr beim Make-up.

»Ich gehe heute Abend nicht als Nonne in die Bar,« scherzte Isabella,» lieber als Domina.« Christina zog sorgfältig Isabellas Augenbrauen nach. »Du könntest noch ein bisschen Rouge vertragen«, sagte Christina lächelnd.

»Du weißt doch, dass ich die Anmache von Männern nicht mag, also schmink mich bitte dezent.« Christina lieh Isabella ihr schwarzes Abendkleid. »Perfekt, es sitzt wie angegossen.«

Christina dachte an Gunther. *Hoffentlich erscheint er heute nicht auf der Bildfläche. Sonst erlebt Isabella den Schock ihres Lebens.*

# 18. Die Verlobung

Wenig später begrüßten sie Jana an der Bar im Rizzo-Hotel. Christina stellte ihr Isabella vor: »Isabella habe ich bei unserem Dreh in Benediktbeuern kennengelernt. Sie hatte als Schauspielerin ihr Debüt in dem Fernsehfilm »Hinter Klostermauern«. Wir hatten dort eine wunderbare Zeit. Gunther hat dir bestimmt schon davon erzählt.« Geflissentlich überging Christina die unschöne Szene zwischen Gunther und Isabella in der Klosterzelle. »Wie ging es dir in den letzten Wochen ohne Gunther?«

»Während der Dreharbeiten habe ich Gunther ziemlich vermisst«, gestand Jana. Wir hatten wieder die Tourismus-Messe in Freiburg. Das Telefon klingelte ständig. Ein paar Damen konnte ich kurzfristig für den Begleitservice gewinnen. Gott sei Dank konnte ich Gunther wenigstens telefonisch erreichen.

Isabella hob ihre Augenbrauen. »Du kennst Gunther?«, fragte sie.

»Ja, ich arbeite manchmal für ihn. Während der Dreharbeiten habe ich ihn im Büro vertreten.«

»Verstehe«, sagte Isabella. »Als Schauspieler bekommt man nur unregelmäßig Gage. Da braucht man ein zweites Standbein. Ich habe mir auch schon den Kopf darüber zerbrochen, wie ich meine Einkünfte aufbessern kann.«

»Stell dir vor, Christina, Gunther hat mir den Vorschlag gemacht, dass ich bei ihm einzuziehen könnte. Ich bin hin- und hergerissen. Was meinst du?«

»Liebe Jana, was soll ich dazu sagen? Gunther ist gut zwanzig Jahre älter. Das solltest du dir reiflich überlegen. Andererseits, wenn du ihn liebst «

Jana warf Christina einen fragenden Blick zu. »Liebe? Sympathie ist doch auch schon eine ganze Menge.«

»Ist Gunther damit einverstanden, dass du hier weiterhin als Barkeeperin arbeitest?«

»Klar doch«, erwiderte Jana. »Mittlerweile hat Gunther sogar schon mit meinem Chef gesprochen. Ich weiß nicht, wie er das geschafft hat. Egal, jedenfalls ist der Hoteldirektor in letzter Zeit sehr freundlich zu mir. Über die Abmahnung hat er kein Wort mehr verloren.«

Plötzlich tauchte Gunther in der Bar auf. »Hallo, meine Hübschen!«, begrüßte er sie. Entschuldigend fügte er hinzu: »Tut mir leid, Isabella, dass es mit dem Dreh letzte Woche nicht geklappt hat. Ich habe mit Alfred noch mal unter vier Augen darüber gesprochen. Er hat volles Verständnis für dich. Er meinte, dass er dich zu schnell ins kalte Wasser geworfen hat. Das nächste Mal wird er dich besser auf die Rolle vorbereiten.«

Isabella verdrehte die Augen. »Das will ich hoffen«, knurrte sie und griff nach ihrer Jacke. »Entschuldige, Christina, ich wusste nicht, dass Gunther hier auftaucht. Ich gehe jetzt besser. Ich wünsche euch noch einen vergnüglichen Abend!«

»Warte!«, rief Christina. » Das ist doch Schnee von gestern. Er frisst dich bestimmt nicht auf. Er ist Schauspieler und macht nur seinen Job. Sieh mich an, ich habe seinen Angriff im Kloster bestens überlebt.«

Schmollend setzte sich Isabella auf ihren Barhocker.

»Wir sollten uns erst mal einen Drink bestellen und ein

bisschen Musik hören. Kennt ihr den Song, der gerade läuft?«, lenkte Christina vom Thema ab.

Isabella nickte. »Ist das nicht »Bed of Roses« von Bon Jovi?«

»Ja«, hakte Jana ein. »Ich möchte auch einmal auf Rosen gebettet sein.« Sie warf Gunther einen vielsagenden Blick zu. Der war auch froh, dass das Gespräch eine andere Richtung nahm.

Christina zeigte stolz ihr Rosen-Tattoo. »Siehst du die Dornen, Gunther? Immer schön aufpassen: Schon mancher hat sich beim Abbrechen einer Rose blutige Finger geholt.«

»Da hast du völlig recht. Aber ich habe Geduld. Einen echten Prinzen schreckt nicht einmal eine Dornenhecke ab. Ich möchte gerne eine Prinzessin aus ihrem hundertjährigen Schlaf wach küssen.«

Isabella: »Gunther, du bist ein großer Verwandlungskünstler. Der Priester hat sich plötzlich in einen Prinzen verwandelt. Hoffentlich bist du ein richtiger Prinz. Sehr viele sind auf dem Weg zu Dornröschen zugrunde gegangen. Warum sollte eine Prinzessin ausgerechnet auf dich warten?«

Jana lachte: »Der Priester verwandelt sich in einen Freier, nicht nur im Theater, das ist wie im wahren Leben.«

Beim nächsten Song tanzten Christina und Isabella eng umschlungen miteinander. »Ich bin froh«, flüsterte Isabella Christina ins Ohr, »dass Gunther uns in Ruhe lässt. Der ist auf Jana völlig abgefahren.«

Gunter saß neben Jana an der Bar und beobachtete die tanzenden Frauen. Erstaunt sagte er zu Jana: »Ich bin von den Socken, Isabella ist nicht wiederzuerkennen.«

»Tja«, meinte Jana: »So ist das im Leben, gestern Nonne, heute schon im siebten Himmel.«

»Es wäre schön, wenn du bei mir einziehen würdest«, platzte es aus Gunther heraus.

»Wie soll das gehen?«, fragte Jana. Du schickst mich auf Dates mit unbekannten Männern, und ich soll dann am nächsten Tag das Geld bei dir abliefern? Dann fragst du mich womöglich noch, wie es in der letzten Nacht gelaufen ist. Das ist mir zu viel, Gunther. Ich möchte nicht bei einem Zuhälter einziehen.«

Gunther schüttelte den Kopf: »Ich habe einen anderen Vorschlag. Du übernimmst bei mir die Büroarbeiten. In den letzten Wochen, während ich in Benediktbeuern war, ist es doch ganz gut gelaufen. Ich möchte dich nicht mehr zu irgendwelchen Dates schicken.«

»Ist das etwa ein Heiratsantrag?«, fragte Jana spöttisch.

»Nein«, meinte Gunther. »Wie wäre es mit einer Verlobung? Ich habe die Verlobungsringe gleich mitgebracht.« Gunther kramte in seiner Jackentasche, dann nahm er Janas linke Hand und schob ihr einen goldenen Ring auf den Finger. Jana starrte auf ihre Hand. Sie drehte und wendete ihre Hand nach allen Seiten. Dann schaute sie Gunther verdutzt an. »Du machst es mir nicht leicht. Das ist ein Überfall.«

Gunther küsste sie und flüsterte: »Aber er kommt von Herzen.«

Jana schaute Gunther tief in die Augen. Nach einer Weile sagte sie: »Jetzt hast du mich wirklich überrumpelt. Aber ich habe noch eine Frage an dich: Wer putzt das Treppenhaus, wer wischt den Staub, und wer bügelt deine Hemden?«

Gunther lachte. »Das ist alles geregelt, Jana. Meine Putzfrau wird sich nur wundern, wenn sie plötzlich zwei Betten aufschütteln muss. Keine Angst, ich brauche keine Haushälterin.«

Jana nickte erleichtert und gab ihm einen Kuss: »Abgemacht, deine Verlobte zieht bei dir ein.«

Christina und Isabella kamen erhitzt von der Tanzfläche zurück. Gunther strahlte: »Ich habe eine Neuigkeit für euch. Wir haben uns gerade verlobt.«

Ungläubig starrten Christina und Isabella das frisch verlobte Paar an.

Isabella grinste: »Es wird auch höchste Zeit, dass der Priester unter die Haube kommt. Jetzt gibt es ein Opfer weniger auf dieser Welt.«

»Das sollten wir mit Sekt begießen!«, rief Christina. Claudia blickte skeptisch auf das frisch verlobte Paar. Nach kurzem Zögern stieß sie mit Jana und Gunter an.

»Unverhofft kommt oft. Ich freue mich schon auf eure Hochzeit im Kloster Benediktbeuern!«, meinte Isabella schnippisch.

»Warten wir's ab, rief Jana. »Verliebt, verlobt und dann? Meine Eltern sind verheiratet, aber das Glück haben sie nicht gepachtet. Der Segen des Priesters ist noch keine Garantie für eine glückliche Ehe. Mal sehen, wie lange es Gunther mit mir aushält.«

Ironisch erwiderte Gunther: »Danke, die Hoffnung stirbt zuletzt.«

# 19. Ein Festtag

Vier Wochen später rief Melissa Alex an. »Alex, können wir uns bald treffen? Es wäre besser, wenn ich es dir persönlich sage.«

»Melissa, es tut mir leid, ich bin mitten in der Trainingsphase. Mein Trainer hat mich für die Bundesligamannschaft des ersten FC Freiburg vorgeschlagen. Ich kann jetzt nicht weg. Was hast du auf dem Herzen?«

Melissa schwieg einen Moment. »Na gut, dann sage ich es dir am Telefon: Ich bin schwanger. Meine Tage sind ausgeblieben.«

Alex schluckte, »bist du dir sicher?«

»Dumme Frage, ich weiß es.«

»Hast du schon einen Schwangerschaftstest gemacht?«, fragte Alex.

»Nein«, antwortete Melissa. »Aber ich spüre das. Ich kenne meinen Körper.«

»Melissa, bitte, du schiebst sofort Panik, weil deine Periode ausgeblieben ist. Außerdem muss ich dir noch etwas sagen. Als ich dich bei der Uraufführung von Rapunzel besucht habe, hat sich Silvio über dich ausgelassen. Ich stand zufällig neben Luigi und Silvio. Er sagte zu Luigi: »Ich hoffe, dass du jetzt endlich die Nase voll von ihr hast. Die singt zwar schöne Lieder, aber du bist bestimmt nicht ihr Prinz. Oder willst du auf mehreren Hochzeiten gleichzeitig tanzen?« Ich habe mir meinen Reim darauf gemacht. Du hattest was mit ihm, oder?«

Melissa: »Tut mir leid, das war ein Ausrutscher. Ich war damals von ihm begeistert. Er hat mich mit seinem

Charme eingewickelt. Das ist schon längst vorbei, es war nur eine Affäre. Seitdem sind wir nur noch Kollegen.«

»Man müsste Klavier spielen können. Wer Klavier spielt, hat Glück bei den Frauen«, höhnte Alex.

»Hör auf!«, rief Melissa. »Ich kann rechnen. Bis zur Sommerpause bleibe ich noch hier, dann gehe ich in Mutterschutzurlaub. Freust du dich nicht auf unser Kind?«

»Ich weiß nicht, was ich von der Geschichte halten soll«, antwortete Alex. »Du hast mich gerade auf dem falschen Fuß erwischt. Ich habe jetzt ganz andere Sorgen. Außerdem muss ich das Ganze erst mal verdauen.« Alex legte auf.

Melissa starrte ins Leere. Alle möglichen Gedanken schossen ihr durch den Kopf.

*Wie soll es weitergehen? Muss ich das Kind alleine aufziehen? Alex denkt nur an seine Karriere. Egal, was kommt, ein paar Monate bleiben mir noch. Meine Mutter wird sich bestimmt über den Nachwuchs freuen. Jetzt habe ich zwei Tage frei. Ich könnte Hase in Lüneburg besuchen. Vielleicht kann er mir einen Rat geben.*

Melissa kramte die Visitenkarte aus ihrer Handtasche. Kurz entschlossen rief sie ihn an.

»Paul Hase«, sagte eine helle Stimme am Telefon.

»Kannst du dich an mich noch erinnern?«, fragte Melissa. »Wir haben uns am vierundzwanzigsten Dezember im Zug nach Stuttgart getroffen.«

»Aber ja«, sagte Hase erfreut. »Melissa, wie geht es dir?«

»Könnte ich mal bei dir vorbeikommen?«, fragte Melissa. »Ich bin wieder in Hannover, nach Lüneburg ist es nur ein Katzensprung.«

»Das passt gut«, entgegnete Hase. »Ich habe heute einen

drehfreien Tag. Es müssen noch ein paar Requisiten besorgt werden. Die Dekorateure sind gerade am Herumbasteln. Erst Morgen geht es mit den Dreharbeiten weiter. Der »Rote Mohn« stirbt nicht aus.«

»Prima, ich freue mich«, sagte Melissa. »Was hältst du von einem Spaziergang in der Lüneburger Heide?«

»Das Frühlingswetter lädt zu einem Ausflug ein«, meinte Hase. »Wir treffen uns am besten am Hotel »Zur Heidschnucke«, direkt am Rathausplatz.«

Melissa fuhr mit dem Zug nach Lüneburg. Der Glanz und Reichtum der alten Hansestadt mit ihren prächtigen rotbraunen Ziegelbauten und den herrschaftlichen Fassaden strahlten ihr schon von Weitem entgegen. Sie lief durch die verwinkelten Gassen der Stadt und ließ sich vom Flair der mittelalterlichen Häuser einfangen.

*Aber jetzt ist Lüneburg die Stadt des roten Mohns,* dachte sich Melissa. *In der Serie geht es – wie im wahren Leben – um Intrigen, Ränke, Macht, familiäres Chaos und Romantik. Alles dreht sich um die Liebe. So gut wie die Serienhelden kann ich leider nicht lügen. Doch ich habe schon einiges dazugelernt.*

Begeistert stand Melissa vor dem Haus, das der Stadt zu neuem Ruhm verholfen hatte. Hier wurden die meisten Szenen gedreht. Roter und weißer Mohn, Narzissen und Edelweiß schmückten das Anwesen.

*Zu gerne würde ich Näheres über die Dreharbeiten und die Schauspieler erfahren. Vielleicht kann mir Hase etwas darüber erzählen. Wenigstens eine rote Nelke möchte ich auf meiner Wanderung in die Lüneburger Heide mitnehmen.*

Im Fanshop fand sie alles Mögliche. Melissa kaufte eine künstliche Nelke.

*Die duftet zwar nicht, sieht aber täuschend echt aus. Sie fühlt sich wie weicher Samt an. Aber es wäre doch peinlich, wenn ich beim Treffen mit Hase eine rote Nelke in der Hand halten würde.*

Schnell stopfte sie die Kunstblume in ihre Handtasche.

Vor dem Hotel »Zur Heidschnucke« wartete Hase bereits auf Melissa. »Hallo Melissa, wie geht's dir? Ich freue mich auf unseren Spaziergang. Ich bin zwar schon seit ewigen Zeiten in Lüneburg, aber in der Lüneburger Heide war ich noch nie. Es wird höchste Zeit, dass wir sie erkunden.«

Melissa: »Du kannst dich an unser Gespräch erinnern? Mir bist du als Skeptiker der Liebe in Erinnerung geblieben. Deswegen wollte ich dir ein paar Fragen stellen. Aber lass uns erst mal losziehen, ich möchte dich nicht gleich damit überfallen.«

Sie überquerten die Brausebrücke und die gemächlich dahinfließende Ilmenau. Dann gingen sie in Richtung des Örtchens Schwindebeck zur nahe gelegenen Schwindequelle.

»Dort soll man auf dem Feldherrenhügel einen wunderbaren Ausblick auf die Heide haben«, meinte Hase. An einer nicht beschilderten Kreuzung blieb Melissa mit fragendem Gesichtsausdruck stehen. Hase zog seine Wanderkarte heraus: »Sieh mal.« Er tippte auf die Karte. »Da ist die Schwindequelle. Wir müssen uns rechts halten.«

Hase ging das bekannte Volkslied von Eduard Mörike durch den Kopf. Laut sang er: »Auf der Lüneburger Heide, in dem wunderschönen Land, ging ich auf und ging ich unter valleri, vallera und juchheirassa bester Schatz, du weißt es ja « Melissa stimmte in den Refrain ein.

*Leider gibt es für mich keinen besten Schatz,* dachte sich

Melissa. *Mit den Männern habe ich kein Glück. Alex ist misstrauisch.*

»Ein komischer Name, »Schwindequelle««, sagte sie zu Hase. »Verschwindet die Quelle?«

»Nein, die heißt nur so. Sie ist die Quelle des Schwindebaches, und der mündet in die Luhe, und die fließt in die Ilmenau. Bis zur Nordsee ist es noch ein langer Weg. Was für eine Farbenpracht! Und dieser Duft. Das aufsprießende Grün, die ersten Knospen der Bäume und das frische Weiß des Wollgrases: Ein Bild wie auf einer Kitschpostkarte. Das Vogelgezwitscher und die Trompetenkonzerte der Moorfrösche klingen schöner als jedes Sinfonieorchester. Der Frühling meldet sich zurück. Ich freue mich schon auf die Schwindequelle. Sie soll ein beeindruckendes Farbenspiel bieten. Man sagt, sie sei ein Feuerwerk der Natur. Entschuldige, Melissa, wenn ich auf einmal romantisch werde. Wir reden im »Roten Mohn« immer von Liebe. Doch seit ein paar Tagen habe ich mich verliebt.«

»Wovon redest du, Hase? Ein Skeptiker spricht von Liebe und schwärmt von der Natur. Ich kann mich noch gut an unser letztes Gespräch erinnern. Du hattest über das ewige Einerlei geklagt. Und jetzt bist du mit einem Mal voller Leidenschaft. Was ist mit dir los?«

»Unverhofft kommt oft«, jubelte Hase. »Ich habe mich in Emma verliebt. Seitdem sie in unserem Team ist, beobachte ich sie die ganze Zeit. Ich bin von ihr hin und weg. In letzter Zeit träume ich sogar von ihr. Ihre Stimme, die eleganten Bewegungen, der Glanz ihres Haares, das Lachen faszinieren mich. Emma schwirrt mir ständig im Kopf herum. Sie erinnert mich an meine erste Liebe. Das ist leider schon ein Weilchen her.« Hase grübelte. »Das war vor fünfundzwanzig Jahren.«

»Und jetzt erlebst du plötzlich den zweiten Frühling?«, fragte Melissa.

»Ja, er hat mir einen bunten Blumenstrauß geschickt.«

»Hat sie sich auch in dich verliebt, oder will sie dir nur imponieren, weil du der Regisseur bist?«

»Keine Ahnung«, antwortete Hase. »Sie hat mir den Kopf verdreht. Wenn ich alles hinterfrage, passiert nichts.«

»Das kommt mir spanisch vor«, entgegnete Melissa. »Wie alt ist die Verehrte?«

Hase überlegte »Ich schätze mal, dass sie in deinem Alter ist.«

»Hase, bist du blind? Wie lange soll das gut gehen? Hat dich die Midlife-Crisis erwischt? Denk doch mal an die Folgen: In Windeseile spricht sich herum, dass – entschuldige bitte – ein alter Dackel eine junge Schauspielerin umschwärmt. Bald werden die Kollegen hinter deinem Rücken tuscheln. Hase, du bewegst dich auf sehr dünnem Eis. Womöglich ruinierst du deinen Ruf. Willst du das wirklich?«

»Hm«, knurrte Hase. »Vielleicht hast du recht. Ich müsste das Ruder herumreißen, bevor «

» es zu spät ist und du in einen Strudel hineingezogen wirst«, ergänzte Melissa. »Du verlierst die Kontrolle. Das Boot wird kentern. Du schnappst nach Luft? Gleich wirst du in den Fluten versinken. Hase, wach auf!«

Während Melissa Hase ermahnte, standen sie plötzlich vor der Schwindequelle.

Hase wirkte erleichtert. »Am vierundzwanzigsten Dezember habe ich dich vor den Hormonen gewarnt. Jetzt ist mir der Gaul durchgegangen. Trotz allem, die Schwindequelle bietet ein fantastisches Schauspiel«, stotterte er. »Die Quelle sprudelt. Wie im wahren Leben: Alles ist voller Energie. Wir sollten auf den Feldherrenhügel hinaufgehen. Dort hat man einen herrlichen Blick über die Heide.«

Kaum waren sie oben, rief Melissa: »Und das soll ein Feldherrenhügel sein?« Der ist gerade mal ein paar Meter über den Bäumen. Hoffentlich verlierst du nicht den Überblick, Hase, oder brauchst du vielleicht einen Feldstecher?«

»Lass es gut sein, Melissa. Meine Brille reicht mir vollkommen aus.«

Melissa versuchte, Hase zu trösten: »Alles halb so wild, Fantasien sind erlaubt. Eine Schwalbe macht noch keinen Sommer. Als Regisseur hast du die Beziehungskisten immer aus sicherer Entfernung beobachtet. Wie wäre es, wenn du Emma wie deine eigene Tochter behandelst, wohlwollend, mit väterlichen Gefühlen. Sie wäre dir bestimmt dankbar dafür.«

»Du hast recht«, murmelte Hase. »Ich muss wieder auf den Boden kommen. Morgen brauche ich bei den Dreharbeiten einen klaren Kopf. Sieh mal, wie friedlich die Heidschnucken da drüben grasen.«

»Melissa, du hattest mich angerufen, was wolltest du eigentlich mit mir besprechen?«

»Hase, um es kurz zu machen: Ich bin schwanger. Alex hatte mich bei der Uraufführung von Rapunzel in Hannover besucht, da ist es passiert. Heute habe ich mit ihm telefoniert. Zuerst bezweifelte er, ob ich überhaupt schwanger bin, und dann hat er noch eins draufgesetzt: Er bestreitet, der Vater des Kindes zu sein. Ich wollte dich um einen Rat bitten. Was soll ich jetzt machen?«

Hase schwieg eine Weile. »Warum zweifelt Alex, gab es noch einen anderen?«

»Meine Affäre mit Luigi war Monate vorher.«

»Dann ist ja alles klar. Alex ist der Vater. Glückwunsch, Melissa, du bist schwanger. Mach dir keinen Kopf. Ich erinnere mich an meine eigene Geschichte. Als mir damals meine Frau sagte, dass sie in anderen Umständen ist, bin ich auch nicht gerade vor Freude in die Luft gesprungen. Ich konnte wochenlang nicht schlafen. Immer wieder grübelte ich, wie ich das alles unter einen Hut bekommen soll: Beruf, Karriere und Familie. Schlagartig wurde mir klar: Jetzt ist es gelaufen, meine Jugend ist vorbei. Hilfe, ich werde Papa. Doch mit der Zeit gewöhnt man sich daran. Heute liebe ich meine Tochter über alles.«

»Mit der Zeit, so peu à peu «, sinnierte Melissa, »gewöhnt man sich daran. Wenn das so einfach wäre. Auch Alex denkt an seine Karriere. Ich bin mir ziemlich sicher, dass ihm meine Schwangerschaft in die Quere kommt. Vom Heiraten will ich gar nicht erst reden.«

»Kommt Zeit, kommt Rat«, tröstete sie Hase. »Vater werden ist nicht schwer, Vater sein dagegen sehr. Das habe ich aus eigener Erfahrung lernen müssen. Bald nach der Geburt hatte mich meine Tochter ziemlich schnell umgarnt. Als sie mich zum ersten Mal anlächelte, war es um mich geschehen. Nur das Windelwechseln habe ich nur ungern übernommen. Du wirst sehen, wenn Alex das Baby zum ersten Mal in seinen Armen hält, wird er der glücklichste Vater auf der ganzen Erde sein.«

»Dein Wort in Gottes Ohr«, zweifelte Melissa.

»Du kannst mich jederzeit anrufen, Melissa. Ich komme gerne zur Taufe, oder hast du schon einen Patenonkel? Übrigens schade, dass du bei uns in die Serie nicht einsteigen kannst. Wir suchen gerade eine junge Mutter, die den Namen des Kindesvaters nicht preisgeben will. Ob sie es wirklich nicht weiß, das kann nur der liebe Gott verraten. Sie besteht hartnäckig auf dem Eintrag »Vater unbekannt«. Melissa, das ist nicht persönlich gemeint. Du kennst ja den wirklichen Vater.«

Hase lächelte ihr zum Abschied zu. »Und danke, dass du mir den Kopf gewaschen hast. Ich meine die Sache mit Emma.« Einigermaßen beruhigt fuhr Melissa mit dem Zug nach Hannover zurück.

Vor der Vorstellung traf Melissa Luigi. Er übte gerade am Klavier. Sie fragte ihn: »Kennst du den Song »Mit der Zeit, so peu à peu, gewöhnt man sich daran«? Die Melodie geht mir nicht mehr aus dem Kopf.«

Luigi schmunzelte: »Das Lied habe ich früher ab und zu gespielt. Es heißt: Beim ersten Mal, da tut's noch weh, doch mit der Zeit, so peu à peu, gewöhnt man sich daran.»

»Stimmt.« sagte Melissa. »Den Titel hatte ich ganz vergessen.«

Luigi klimperte auf dem Klavier und sang dazu das Lied.

»Meine Güte«, rief Melissa. »Es geht in dem Lied darum, dass der Matrose nie wieder zu seiner Geliebten zurückkommt. Er hat ihr viel versprochen, doch im nächsten Hafen wartet schon die Nächste auf ihn?«

Luigi nickte. »Ja, sie hat sich allmählich daran gewöhnt, dass man sich auf Männer nicht verlassen kann. Nur beim ersten Mal, da tut`s noch weh. Im Lied von Hans Albers heißt es: Ein Seemann mit meerblauer Hose ist heute hier und morgen dort. In jedem Hafen wartet eine andere Geliebte auf ihn. Aber die verlassene Braut ist auch nicht von schlechten Eltern. Inzwischen hat sie andere Matrosen kennengelernt. Denn mit der Zeit, so peu a peu, gewöhnt man sich daran  Jedenfalls heißt es so in dem Lied. Wie kommst du ausgerechnet darauf?«, fragte Luigi.

»Ich war in Lüneburg mit dem Regisseur vom »Roten Mohn« verabredet. Der hat so etwas Ähnliches gesagt.«

Luigi staunte. »Meinst du vielleicht Paul Hase? Ich habe ihn erst kürzlich in Saarbrücken getroffen. Er hat an der Schauspielschule nach jungen Talenten Ausschau gehalten. Mich hat er auch gefragt, ob ich in seiner Serie ein paar Schmachtfetzen spielen könnte. Ich habe gleich abgewunken. Schnulzen interessieren mich nicht. Woher kennst du ihn?« ‚fragte Luigi.

»Reiner Zufall, ich habe ihn auf vor Weihnachten auf der Zugfahrt nach Stuttgart kennengelernt. Eins wollte ich dir noch sagen, Luigi. Nach der Sommerpause werde ich nicht mehr nach Hannover zurückkommen. Ich trete meinen Schwangerschaftsurlaub an.«

»Was, du bist schwanger? Wer ist der glückliche Vater?«

»Wer weiß?«, meinte Melissa ironisch. »Vielleicht sage ich im Standesamt: »Vater unbekannt«.«

Luigi schwieg eine Weile. Er schaute prüfend auf Melissas Bauch. Dann zählte er seine Finger bis neun ab.

»Melissa lachte. »Mach dir keine Sorgen, Luigi, du bist nicht der Vater. Alex war bei der Premiere von Rapunzel dabei. Du hast ihn in der Bongo-Bar kennengelernt.«

Luigi nickte erleichtert. »Und was sagt er dazu?«

»Nichts«, antwortete Melissa trocken.

»Wo möchtest du mit deinem Kind leben?«, fragte Luigi.

»Ich weiß es noch nicht. Am besten bleibe ich erst mal bei meinen Eltern in Lahr.«

»Hoffentlich geht es dir nicht so wie mir. Ich habe nur geheiratet, weil meine Frau schwanger war. Den Rest kennst du ja.«

Melissa nickte. »Ich hoffe nicht, dass es mir nicht so geht. Wann bist du in Saarbrücken?«

»Die Proben fangen schon im Oktober an. Das Musical soll im Dezember starten.«

»Und was wird aus Silvio? Bleibt er in Hannover?«

»Ich werde mit dem Intendanten in Saarbrücken reden. Der findet bestimmt einen Platz für ihn.«

Kurz vor der Sommerpause versammelten sich die Schauspieler im Foyer des Theaters in Hannover. Lars Lehmann hielt eine kurze Abschiedsrede: »Wir haben eine erfolgreiche Saison hinter uns. Ich danke allen KollegInnen, die an den Aufführungen mitgewirkt haben. Leider muss ich mich in der nächsten Saison völlig neu orientieren. Ich werde euch sehr vermissen. Luigi und Silvio gehen nach Saarbrücken. Luigi wird in dem Musical »Maguerite« einen deutschen Offizier spielen. Wie ich hörte, hat sich Claudia erfolgreich am Freiburger Theater beworben, und Melissa geht in den Mutterschaftsurlaub. Melissa, ich hoffe, dass du in den nächsten Monaten deine Mutterschaft genießen kannst. Ich wünsche dir vor allem ein gesundes und glückliches Kind. Du hast in unserem Theater Miss Kenton und Rapunzel gespielt. Rapunzel war an jedem Sonntagnachmittag ein Hit. Ich wünsche allen KollegInnen für ihre weitere schauspielerische Karriere alles Gute! Wir sehen uns hoffentlich nicht zum letzten Mal!«

Alle klatschten Beifall. Der Intendant drückte jedem persönlich die Hand und umarmte alle. Melissa wischte sich ein paar Tränen aus den Augen. Sie verabschiedete sich von Luigi und Silvio und wünschte ihnen viel Erfolg in Saarbrücken.

Melissa und Claudia fuhren mit dem Zug nach Freiburg zurück. Nach einer Weile fragte Melissa: »Warum möchtest du in Freiburg spielen? Ist es wegen Veronika?

Claudia nickte. »In der Bongo-Bar hat es zwischen uns gefunkt. Es war Liebe auf den ersten Blick. Wir mussten uns entscheiden. Das ewige Hin- und Herfahren ist uns zu anstrengend geworden. Veronika hat mich immer unterstützt. Männer interessieren mich nicht.«

»Das kann ich gut verstehen«, erwiderte Melissa. Den sturen Butler konnte ich auch kaum ertragen. Jetzt habe ich eine Abfuhr von Alex bekommen. Wenigstens meine Mutter freut sich auf das Kind. Melissa legte ihre Hand auf den Bauch. Auf Männer ist kein Verlass. Übrigens, wie hast du es geschafft, am Freiburger Theater ein Engagement zu bekommen? Dort warten die Schauspieler oft sehr lange auf ein Angebot.«

Claudia lächelte: »Über drei Ecken. Das hat Veronika eingefädelt. Sie kennt in Freiburg ein paar Theaterleute und riet mir, einen gewissen Gunther anzurufen. Der würde sich in der Freiburger Theater- und Filmszene gut auskennen. Außerdem konnte ich gute Referenzen vorweisen.«

»Tja«, meinte Melissa, »mit Vitamin B kommt man leichter weiter. Dein Name war dem Freiburger Intendanten wahrscheinlich schon längst bekannt: Die Intendanten tauschen sich doch gerne untereinander aus.«

»Ich soll in Shakespeares Liebesdrama »Ende gut, alles gut« die Helena spielen. In dem Stück geht es drunter und drüber. Ich habe es aber noch nicht bis zu Ende gelesen. Wie geht es dir, Melissa? Luigi hat mir erzählt, dass der Vater deines Kindes ein ziemlicher Sturkopf ist. Der will die Vaterschaft nicht anerkennen. Als ich Alex vor ein paar Monaten in der Bongo-Bar kennengelernt habe, war er aber sehr verliebt in dich.«

»So schnell kann es gehen«, ergänzte Melissa. »Ich habe kürzlich mit ihm telefoniert. Er meinte, dass ich ihm das Kind unterschieben will. Angeblich sei Luigi der wirkliche Vater.«

Claudia schüttelte mit dem Kopf. »Luigi ist doch verheiratet – oder hattest du was mit ihm?«

»Ja, schon, aber das war nur eine Affäre. Außerdem war das im September. Glaubst du vielleicht, dass man ein ganzes Jahr lang schwanger sein könnte?«

Claudia lachte. »Ja, die Männer tun sich manchmal im Kopfrechnen schwer, und dazu sind sie auch noch leicht vergesslich. Wie geht es weiter?«, wollte Claudia wissen.

»Ich fahre erst mal zu meinen Eltern nach Lahr. Ich brauche meine Ruhe. Vielleicht ändert Alex seine Meinung. Kommt Zeit, kommt Rat.«

»Eine gute Idee«, meinte Claudia. »Deine Mutter wird sich bestimmt freuen, wenn sie ein Enkelchen bekommt.«

»Na klar, sie kann es kaum erwarten. Ein Bettchen und ein Wickeltisch stehen schon im Kinderzimmer, und sie strickt bereits an einem rosa Jäckchen aus Merino-Wolle.

Den Kinderwagen wollen wir gemeinsam aussuchen.«

»Hast du dir auch schon einen Vornamen ausgedacht?«

»«Sophie« gefällt mir ganz gut.«

»Kann ich dich in der Klinik besuchen?«, fragte Claudia.

Melissa nickte: »Natürlich, ich würde mich freuen.«

Claudia vertiefte sich in ihr Drehbuch und Melissa hing ihren Gedanken nach. In Freiburg stiegen beide aus. Melissa fuhr nach Lahr weiter.

Melissa Mutter wartete schon am Bahnhof auf sie. Aus ihrer Tasche kramte sie ein rosa Jäckchen hervor. »Ich bin gerade damit fertig geworden.« Strahlend schwenkte sie das Baby-Jäckchen hin und her. »Es wird Sophie bestimmt passen. Den Kinderwagen können wir zusammen kaufen. Ich habe mir schon ein paar Modelle angeschaut. Sophie soll einen guten Start ins Leben haben. Melissa, warum schaust du so verdrießlich?«

»Ich habe dir doch schon erzählt, dass Alex die Vaterschaft abstreitet und sich nicht auf das Kind freut.«

»Mach dir nichts draus«, tröstete die Mutter sie. »Ein Tellerchen mehr auf unserem Tisch wird niemanden stören. Michail hatte zuerst geschimpft: »Jetzt haben wir die Bescherung. Ich habe sie vor der Schauspielerei gewarnt.« Aber inzwischen freut er sich auch auf das Enkelkind. Übrigens möchte Gerold bald ausziehen, er hat einen Studienplatz in Freiburg bekommen. In seinem Zimmer ist genug Platz für dich und das Baby. Alle fragen nach dir. Frau Heidenreich möchte bei der Taufe unbedingt dabei sein.« Elena gab ihrer Tochter ein Küsschen.

Einige Tage später rief Alex an: »Können wir uns treffen? Ich muss mit dir reden.«

»Wir könnten uns im »Grünen Baum« treffen«, schlug Melissa vor.

»Abgemacht«, meinte Alex.

Nachdenklich setzte er sich neben Melissa. Er erinnerte sich die verunglückte Silvesternacht mit Christina und an das anschließende Treffen mit Melissa. Nachdenklich schaute er auf Melissa Bauch. »Bin ich wirklich der Vater des Kindes?«

Melissa beugte sich zu ihm vor. »Alex, kannst du rechnen? Du warst Ende Januar in Hannover. Im Oktober kommt das Kind zur Welt.«

»Und was ist mit Luigi? Wird er jetzt der Patenonkel?«

»Alex, ich möchte nicht wissen, was du in der Zwischenzeit in Freiburg getrieben hast. Veronika hat mir einiges über deine Abenteuer erzählt. Vielleicht werde ich bald die Patentante deines Kindes. Wenn du abstreitest, der Vater zu sein, ist es mir auch egal. Ich kann mit dem Kind auch bei meinen Eltern leben.«

Alex schüttelte den Kopf. »Ich kann auch eins und eins zusammenzählen. Ich bin mir aber nicht sicher. Bei allem, was passiert ist, bestehe ich auf einem Vaterschaftstest.«

»Den kannst du gerne haben. Nach der Geburt des Kindes wird dir das Dokument persönlich zugestellt.«

»Lass den Quatsch, Melissa. Ich bin nur vorsichtig. Luigi habe ich in Hannover kennengelernt. Ihm traue ich nicht über den Weg. Ich frage mich, wer ist der Vater, er oder ich? Dieser Luigi ist verheiratet, der will bestimmt keinen Skandal. Der tanzt auf allen Hochzeiten. Hat er sich mit Silvio schon verlobt? Vielleicht bin ich der falsche Vater. So etwas kommt öfter vor. Ich lasse mich nicht für dumm verkaufen.«

Melissa starrte Alex an: »Ich weiß genau, was wann passiert ist und du solltest es auch wissen.«

»Das ist es ja. Du weißt es genau, ich nicht.«

»Glaubst du wirklich, dass ich dir ein Kuckuckskind unterschieben möchte? Freust du dich nicht auf unser Kind?«, fragte Melissa versöhnlich. Ich habe auch schon einen passenden Namen für unsere Tochter gefunden. Gefällt dir Sophia?

»Sophia, warum nicht? Es wird bestimmt ein kluges Kind. Vielleicht erkennt sie den richtigen Vater auf Anhieb.«

Melissa lächelte. »Wir machen es so: Du besuchst mich nach der Geburt, und dann werden wir sehen, ob sie mit dir schäkert.«

»Abgemacht«, meinte Alex. »Luigi hat einen dunklen Teint. Dazu ist er klein und untersetzt. Mal sehen, ob Sophia blonde Haare hat.«

»Genau«, lachte Melissa. »Wir werden sie nach der Geburt gleich messen und wiegen. Bei der Haarfarbe bin ich mir aber nicht so sicher.«

Drei Monate später war es so weit.

Melissas Mutter und Alex stürmten in den Kreißsaal. Die Hebamme hielt sie auf gebührendem Abstand. Melissa hielt ihr Kind glücklich in den Armen. Sophia lag an ihrer Brust.

»Siehst du die Ähnlichkeit?«, fragte Melissa.

»Wer weiß?«, zweifelte Alex. »Sie hat schwarze Löckchen.«

»Das bedeutet nichts«, fiel ihm die Hebamme ins Wort. »Sind Sie der Vater?«, fragte sie Alex.

Alex nickte zweifelnd. »Aber ich bestehe auf einem Vaterschaftstest.«

»Keine Sorge, wir haben schon alles veranlasst. Sie können gleich Ihre Speichelprobe abgeben. In spätestens zehn Tagen bekommen Sie von uns Bescheid.«

Einige Tage später erhielt Alex den Brief. Eilig überflog er die Zusammenfassung: »Aufgrund der vorliegenden Untersuchungsbefunde ist es erwiesen, dass Sie mit einer Wahrscheinlichkeit von 99,99 % der biologische Vater des Kindes sind. Mit freundlichen Grüßen...«

Alex fiel ein Stein von Herzen, und er eilte zu Melissa. Eine Weile saß er stumm neben ihr. Vorsichtig nahm er seine Tochter in den Arm. Dann fragte er Melissa: »Wann wollen wir heiraten?«

Melissa lächelte. »Je schneller, desto besser.«

»Wir müssen nichts überstürzen«, meinte Alex. »Die Heirat können wir mit der Taufe zusammenlegen. Der Pfarrer in Lahr hätte bestimmt nichts dagegen.«

Melissa nickte: »Gute Idee. Wen wollen wir denn überhaupt einladen? Wir sollten eine Gästeliste machen.«

»Alle, die wir kennen«, erwiderte Alex.

Melissa schnappte sich ein Blatt Papier und notierte: »Meine Eltern, deine Eltern, mein Bruder Gerold, deine Schwester Amely, Frau Heidenreich, Herr Dreifuß, die Eltern von Franz, die Mutter von François, Veronika und Claudia, Veronikas Eltern, Veronikas Halbbruder François, Franz, Christina und Isabella, Luigi und Silvio, deinen früheren Fußballtrainer Gerd, dann noch Paul Hase, vielleicht auch Intendant Lars Lehmann und Herr Fricke. Ich zähle fünfundzwanzig Leute.«

»Du hast Jana vergessen, deine Rivalin, die Seeräuber-Jenny. Mir ist zu Ohren gekommen, dass sie seit Kurzem verlobt ist, mit einem gewissen Gunther. Den hat sie im

Rizzo-Hotel kennengelernt. Er soll ein bekannter Schauspieler sein. Janas Eltern sollten wir auch einladen.«

»Meinetwegen, die kommen auch noch dazu«, nickte Melissa. Jana und ihren Verlobten hatte ich ganz vergessen. Es sind dann «, Melissa rechnete kurz, »alles zusammen 29 Leute.«

»Nicht ganz«, sagte Alex, »du musst uns auch noch dazuzählen.«

»Du hast recht«, lächelte Melissa. »Dann sind wir einunddreißig. Das wird bestimmt ein großes Fest.«

## Zum Autor

Wolfgang v. Alt-Stutterheim verbrachte seine Kindheit und Jugend in Leipzig. Kurz nach dem Bau der Berliner Mauer im Jahr 1961 flüchtete er aus dem sozialistischen System. Im Westen heuerte er zunächst als Seemann an. Anschließend verdiente er sich als Hafenarbeiter in Hamburg seinen Lebensunterhalt. Schließlich fand er seinen Weg im Studium der Psychologie: Nach dem Diplomabschluss arbeitete er in verschiedenen Institutionen, unter anderem in einer Klinik für drogenabhängige Jugendliche. Seit 1990 ist er als Psychotherapeut und Psychoanalytiker in München tätig.

www.alt-stutterheim.info

# *Danke*

Ines Hambruch und Dorothea Nestle haben mit mir nie die Geduld verloren. Sie scheuten keine Mühe, sich durch jeden Text durchzubeißen.

Ebenfalls möchte ich mich bei den geduldigen Helfern des Mentoriums Berlin und

Johanna Dörfler für die Korrektur des Textes herzlich bedanken.

Sabine Schuh verlieh dem vorliegenden Buch ein attraktives Cover. Dafür gilt ihr mein besonderer Dank.